CUNEI
F●RM
铸刻文化

單讀 One-way Street

林戈声
著

纷纷水火

上海文艺出版社

图书在版编目（CIP）数据

纷纷水火 / 林戈声著 . -- 上海：上海文艺出版社，
2024（2025.3 重印））
  ISBN 978-7-5321-8915-1

Ⅰ.①纷… Ⅱ.①林… Ⅲ.①短篇小说—小说集—中国—当代 Ⅳ.① I247.7

中国国家版本馆 CIP 数据核字 (2023) 第 236709 号

发 行 人：毕　胜
责任编辑：肖海鸥
特约编辑：赵　芳　罗丹妮
封面设计：程子萱
内文制作：李俊红

书 名：纷纷水火
作 者：林戈声
出 版：上海世纪出版集团　上海文艺出版社
地 址：上海市闵行区号景路 159 弄 A 座 2 楼　201101
发 行：上海文艺出版社发行中心
　　　 上海市闵行区号景路 159 弄 A 座 2 楼 206 室　201101　www.ewen.co
印 刷：山东临沂新华印刷物流集团有限责任公司
开 本：850×1092mm　1/32
印 张：11.5
字 数：200 千字
印 次：2024 年 1 月第 1 版　2025 年 3 月第 3 次印刷
ISBN：978-7-5321-8915-1/I.7023
定 价：59.00 元

告读者：如发现印装质量问题，影响阅读，请与出版社发行部门联系调换。

感谢我的朋友李一飘

她始终鼓励我写作

也是我作品的第一位读者

目录

001　终夜：忧伤的奶水

031　星期一的寒光

067　纷纷水火

153　掌控不吉者

181　嵯峨间

199　回纹

235　窃窃

273　看人间已是癫

331　太空：三个人的晚餐

终夜：忧伤的奶水

1 鹤梦

张光亮想起自己曾经蹲在花坛边上抽烟。那年他二十岁整，从技校培训班毕业，城市那时候跟他没有任何瓜葛，但它的花哨死死勾引住他，令他精力过剩，幻想无穷。

那个花坛他至今记得，沿边铺砌的植草砖皴裂斑驳，硌得他屁股疼，但当时他不感觉到，他一手摸出打火机，一手握着检查报告单,指缝里夹着烟。他把烟点上,抽了两口,才想起来他原本打算学周润发,先把报告单点着,再用着火的报告单去点烟。但事情已经发生,尽管是件再小不过的事,也已经无可挽回,他只好反过来,试着用烟去点报告单,点不着,只把纸给蹭脏了一角。最后还是启用了打火机。张光亮一边抽烟,一边看着报告单在地上烧化,周润发当不成了,反变成七月半在十字路口烧锡箔的老太婆。

那次是源于他跟濮建国打赌,赌谁的精子数量多。濮建国是他的发小,没有上技校,初中毕业就找工作,去皮鞋厂当了一年配底工,闻够了毒胶水,决定当一个文化工作者,于是去网吧当网管,暴力拍主机箱给人辞退了,于是洗尽铅华,回老家养鸭。

张光亮从培训班毕业,学的是平面设计,濮建国从农村进城,陪对象相看婚纱。这一年,张光亮在装潢公司找到工作,濮建国找到老婆,预备结婚。两个朋友在城里碰了个面,喝酒吃猪头肉,吃得酒酣头大,都感觉到人生壮美,眺望无垠的未来,陡生攀比之心,最后约定比精子数量,踉踉跄跄闯进医院。

第二天报告出来,濮建国已经回家,张光亮尚未正式上岗,满世界流窜,顺路拿了报告单,濮建国精子数量正常偏高，张光亮精子数量为零。

濮建国打电话来问结果，张光亮老实告诉了他，濮建国先是"操"了一声，又问张光亮"真的假的"，养久了鸭子，他的声调在这一刻终于起了变化，怪腔怪调。张光亮又说："只有你傻逼，验个鸡巴验，我就往里吐了口唾沫。"濮建国大笑收场。

很奇怪，现在想起当时种种，诸多细节依然清晰可见，但这之后的这么多年，人生却雾一样模糊，模糊中也有些人影来去，一晃张光亮三十岁了。

如今他也结婚，老婆也生下一个孩子。老婆身体瘦弱，不下奶，张光亮此刻站在桌边兑奶粉，一手抱着绵软的初生婴儿，不明白孩子是从哪里来的。

张光亮想老婆应当有一个男人，这个男人不是他。这么想的时候他有一点心悸，一瞬间不确定自己脑子里冒出来的念头究竟是什么意思，是在否定老婆还是在否定他自己。晚上他失眠，干脆就承担起了喂夜奶的责任，儿子头一个月里每天晚上醒三次，张光亮喂完夜奶去偷窥老婆的手机，把通讯录和微信都搜刮一遍，老婆底细清白，纯粹得一如他张光亮的精子数量，夜深人静，张光亮坐在抽水马桶上心眼空空。

等儿子过完百天，张光亮决定把自己的全部人生毁了。

他跟老婆摊牌,承认他没有能力拥有一个儿子,无论这个可爱的孩子从何而来,总之和他没有瓜葛。错是他张光亮挑起的,他没有事先告诉老婆他二十岁在医院花坛烧化给张氏先祖的秘密,因此夫妻二人这趟算是扯平,他要求和平离婚。

老婆一连给他十个大嘴巴。

第二天两个人去医院,重新验精子数量,还验血,验亲子DNA。验出来精子数量果然为零。儿子竟然是他的。

张光亮脸肿如猪,抱住妻子,此刻他可以大笑,大哭,下跪,跳跃,憎恶医学又感谢医学,他可以并愿意做一切事,无限的世界重又扑来。他精神百倍地工作,对难缠的客户笑脸相迎,然而医院打来电话,礼貌地请他过去一趟。

张光亮张嘴问"我儿子",那边开口回"你母亲"。

此医院非彼医院,张光亮母亲被人撞了一跤,歪在地上起不来,送进医院,腿脚没事,肚子奇痛无比,抽血查出卵巢癌晚期。给父亲打电话接不通,母亲肚子疼兼文盲,一时摆弄不清智能手机,便报了儿子电话号,由医院打过来。

张光亮三十岁,把准备在城里买下第一套房的钱拿去给母亲开刀。母亲术后预后良好，挺过放化疗，暂时没有生命危险，但癌症蛀蚀了她的骨头，她从此不能下地干活，也不能扛重物、快步走或大扫除，作为蛮强农妇的力量从此衰微。

母亲的生活变成长时间地坐在家门口。张光亮尽管钱包空空，还是给母亲买了一台平板电脑，但母亲对电视剧、歌曲、网购都没有兴趣，她与朋友们也不需要通过微信联系，他们想见她，立刻可以大步走到她家。时间久了倒是母亲先谢绝探望，她开始爱上清净，嫌弃别人吵闹。但回家一趟，张光亮看见母亲的眼睛艳羡地跟随着别人的腿脚。

张光亮把母亲接到城里。

母亲与媳妇不合的程度尚属传统文化允许范畴，可以忍受，有时甚至可以忽略不计。她们也轮流向张光亮抱怨几句，但儿子会翻身了，儿子会爬了，儿子会用不同的哼唧表达情绪了，儿子用他满世界涂抹的口水黏合了一些细小的裂缝。有一天张光亮跑完装修现场，天漆黑了回到家，发现婆媳两人在出租房的阳台上聊天，母亲又说起她那个梦：生孩子的前一夜，她梦见一只鹤飞进家里的果园……

张光亮端着饭碗加入进去，也就再一次问起这个未解之谜:既然梦到一只鹤,为什么他不叫鹤翔、梦鹤、梦飞?这些名字多么好听,而他却叫张光亮。

母亲说她也不知道。

父亲也不知道。

以前也问过亲戚朋友,离奇的是,没有人知道。最后的结论是,登记户籍的时候警察给起的。当年的户籍警谁也不记得了,死无对证。

妻子忽然有了灵感:"哎,鹤翔是好听,宝宝可以叫鹤翔!"

母亲畅快地附和:"张……鹤翔,好的,好的!"

张光亮攥着筷子的手紧了紧。

妻子说:"我爸爸说了,要是跟我姓郑,他就帮我们出一半首付。"

奶孩子头顶毛茸茸的,在大人的怀抱中没有目的地胡乱挥着手。如果这时候天上有星星,可以看作一个好兆头,是在跟天上的文曲星打招呼。

夜里母亲幽幽地叹息,张光亮喂完夜奶,悄悄挨过去,两个人在床沿并膝坐着。

张光亮打听下来,小孩出生六个月内就要把户口报好,过了六个月也还能报,但据说就会非常麻烦。

母亲回乡下去了。

儿子最后没有姓郑，也没有姓张，报户口的时候，张光亮抱着儿子，朝户籍警举了举："我们姓赵。"

赵钱孙李，百家姓第一。老婆一个月没好脸色给他，父亲打电话来大骂一顿，濮建国带全家来看望，他老婆手里牵着一个，肚子里又怀了一个，听说"赵"字，十秒钟说"哎哟哟我不能这么笑"，十秒钟说"哦哟哟啊哈哈真的姓赵啊"，循环往复，儿子受到鼓舞，在满间笑声里学会了站立，扒着婴儿床的栏杆直蹦，等到客人走了，张光亮、郑欣爱夫妇才发现赵梦鹤小朋友的重大进步。

一年后张光亮家凑够了首付款，钱款来自岳父母、公婆、小夫妻自己的积蓄。买完房子跟濮建国通电话，两个人暂时都喜气洋洋。聊完城市房价，濮建国聊起三胎正在准备当中，张光亮提起十来年前那份精子检查报告，彼此都有感慨，濮建国说："你当时敢吐唾沫进去，我就说，这小子肯定能留在城里。"

周末，张光亮一家回乡下看望父母，夫妻俩带着赵梦鹤与许多礼物，礼物交给父母，由父母转交亲戚朋友。岳父母给的房款来自两位老人的积蓄，张光亮父母自卵巢癌事件后，身体与家底都虚空，他们的钱是问亲戚朋友借的。

新的生活吮吸新城市人的汁水，张光亮只在父母家待半天，周六下午就一个人先行回城。现在的楼盘全是精装修，家装市场的蓝海变成老房翻新，周末是服务行业的农忙期，张光亮来回跑了六个装修现场，礼拜天还抽空回到公司的营业大厅，便于发掘新的客户。晚上回到家，时间已经过了十点，妻子是护士，当天轮值夜班，也不在家。但家里依然不寂寞，岳母的鼾声在紧凑的出租房里立体环绕。

岳母是张光亮母亲回乡下后不久就顶替过来的，小夫妻上班挣钱，老岳母过来做饭带孩子，老岳父独自住在镇上，尚未退休，仍需上班。

留给张光亮的晚饭在桌子上，张光亮懒得动用微波炉，往饭里倒进半杯热水，就着冷菜吃了顿夜宵。吃完倒头就睡。早上天蒙蒙亮，岳母听见动静，以为女儿下夜班回家，走出房门看见女婿站在饭桌前忙碌，洗奶瓶、兑奶粉，摇匀，倒一滴奶在手背上试温度。女婿穿着洗灰了的三角内裤，此外浑身赤条条，老岳母放轻脚步，走到侧面探查，看见女婿眼睛半开半闭，鼻腔里仍有轻轻鼾声。

背着张光亮，郑欣爱给婆婆打电话。

这通电话是岳母授意给女儿的，女儿虽然是护士，仍然听从母亲的迷信理论，在电话里告诉婆婆，张光亮梦游，要亲妈的声音方可唤醒，换作其他人就有风险，怕会在三魂七魄里留下病根。

母亲搞不定小小的智能手机，最后和媳妇连了微信视频，母亲在那头说，媳妇在这头录。母亲没干过这种近乎表演的事，说了前句忘掉后句，还笑场一次，四遍以后才算录成。

过了几天，张光亮再次梦游，岳母轻轻叫起女儿，两人在张光亮背后播放录音，一开始声音开得轻，后来逐渐调大，张光亮不为所动，冲好一瓶奶粉，放在饭桌上，悠悠回床。

前后一共试了三次，无果。

妻子转而求助科学，利用职务之便，弄来抑制梦游的精神类药物，张光亮按照医嘱服下，不起作用，只起副作用，药物说明上写服药后患者可能出现呓语、谵妄，张光亮吃了药，头两天指点江山，对出租屋提出一堆老房翻新的合理化意见，第三天抱着老婆不撒手，吃吃地问她生儿子前可有做过了不起的预言梦。

郑欣爱录下老公的蠢相，传阅双方父母。

张光亮的母亲笑得捶胸口，说："他自己原来有个鹤，就想宝宝也有个鹤。"

后来郑欣爱跟自己母亲讲，生产之前她倒是老梦见还在护校上学。学校外面有片荒地,尽头是一个土坡,梦里同学站在坡顶叫她一起玩,她便跑过去,但始终跑不到,醒来胸口麻丝丝地涨疼。胸口涨疼就是乳腺堵塞,堵塞了就不下奶,赵梦鹤由此要喝奶粉。这梦没有什么兆头,也没意思,母女俩讲过就算,不再提起。

张光亮吃药到第十二天,一阵头晕目眩突然袭来。那时他正在客户的老房子里沟通装修蓝图。张光亮劝说客户把普通窗户改成飘窗,这样的好处是增加采光,拓展视觉空间,增加工人师傅的工作量,拉动实体经济。客户微微心动,张光亮进一步蛊惑,手掌下按,令飘窗前的木地板升级为榻榻米,分隔空间而不多增房间;收回手,胳膊上扬,一挥,如升旗手漫撒红旗,描绘风动窗帘、轻纱飞扬的美景,话音未落,他眼前真的显现出一片白纱飞絮的景象,紧接着白光乱闪,如受惊的鸽群奋力扑翅,尖锐的鸣唳亦在耳中响起。要不是客户眼疾手快一把拉扯住,张光亮就要从敞开的窗洞翻身下去。

晚上,小夫妻脸凑脸在台灯下研究药物说明书,在几十条副作用里先是找到眼熟的"呓语、谵妄",慢慢地又找到一条"头晕、行动不便"。张光亮撕掉说明书,扔了药片。

张光亮的梦游断续进行,好在梦里他只泡奶粉,一次只泡一瓶，泡完放在饭桌上，并不强行喂给赵梦鹤。赵梦鹤小朋友早就吃上了辅食，如今对奶粉不屑一顾，最喜欢的食物是塑料玩具。

母亲打电话来，要带张光亮去拜庙。母亲相信村庙会保佑村里出生长大的人。

梦游并不影响张光亮的生活，但影响母亲的心情，张光亮只好百忙中挤出时间，回到乡下父母家。拜庙之前，母亲指挥张光亮扛一架梯子到果园，找到一棵杏树。枝头已经挂果，张光亮爬上梯子，摘下一些圆熟饱软的果实。

这棵树最早是桃树，就种在梦里白鹤降落的位置，和张光亮同岁。到张光亮十岁那年开春，父亲砍去桃枝，保留根干，嫁接上杏枝；十岁的张光亮出于玩心，也学样嫁接一通，到第二年，父亲的枝子没活，儿子的倒活了。母亲说，前两年父亲想在杏枝外再嫁接李枝，依然没活。

摘了白杏，拿上黄米糕、红曲馒头、高粱饴、供香，母子两个上路。一路上母亲细数还钱的进程，称某某家已还了多少，某某家可以不急。快到目的地时，迎面遇到濮建国的老婆，她挺着肚子，脸庞黑胖，颧骨上布满妊娠斑，正是拜庙回来。打过招呼，张光亮回头看她的背影，想到她两只乳房奇长地拖坠在肚皮上方，她凸起的肚皮像一张脸，只不过吃得饱足一些。

拜庙回来，父母留张光亮吃晚饭，张光亮婉言谢绝，装了一兜黄米糕、红曲馒头，匆匆回城。

他在城际大巴上打起盹，梦见自己要去一个地方，但梦里无外乎忘却，他只能无心地游荡。

云雾弥漫，层层云雾之外，时有不同的风景过眼，有些是遗址，有些在建造中。最后他累了，随便找了片树荫休息，等他醒来，大巴车依然在公路丛中摇晃。窗外的夜景引起一种古怪的预感，张光亮蓦地惊醒，四处打听，发现自己坐错了车，坐反了方向，再一抓手边，装食物的袋子竟也遭人顺走。张光亮不由得感到饥饿。

2 蚁乡

赵梦鹤二十岁时被诊断患有巨物恐惧症。一开始他只是表现为对微小事物的偏爱，从动漫手办、口袋书与迷你包装零食开始，逐渐发展蔓延，在十五岁生日前夕，他向父母提出生日愿望，想要养一只蚂蚁作为宠物。比起养猫养狗、养爬宠，这要求完全不过分，立刻得到满足，赵梦鹤给蚂蚁起名"福小姐",父母未知这名字的由来,也许问过但也很快忘记,只观察到赵梦鹤与福小姐的关系很快变得亲密,便认为这是儿子热爱大自然的一种良好品性,丝毫没联想到病症上面。

赵梦鹤十六岁,张光亮接到学校班主任电话,得知儿子已经连续一周独自坐在教室的角落听课,但鉴于赵梦鹤平时学习中等,性格温和,同学关系融洽,父母与老师再三沟通后,只得接受儿子"体验人生的不同角度"这一牵强理由。从此赵梦鹤带着他的小板凳坐在教室垃圾桶旁边听讲,学习成绩未上升也未下降,同学们尽管一开始好奇,慢慢地也习以为常,甚至把他的行为视为某种少年英雄式的叛逆,竟还得到了不少人的欣赏。

十七岁赵梦鹤视力下降,原因是他迷上微雕艺术,课余时间都用来钻研在粉笔、铅芯与蛋壳上构筑谁也看不清楚的精神世界;他的走路姿势也出现异常,总是低着头,佝偻着背,有时会停驻下来,盯着一个点看上好几分钟。这种事情总是逐步发生,当做家长的发现这一现象,他的脊柱已经出现轻微的侧弯,需要戴矫正器,好在这总还是一个温顺的孩子,除了专注于自己的小爱好,对于外界施加于他的好意并不拒绝。

十八岁赵梦鹤考上一所还算过得去的大学,由喜忧参半的父母一路送去报到。张光亮此时已经是个大腹便便的中年人，身量的阔气程度甚至比大部分同龄人还略胜一筹，他倒并不贪杯，只是爱吃馒头、糕点一类的米面点心；梦游程度已有所减轻，只在某些谁也不明缘由的日子里，家人们偶尔会在客厅饭桌上发现一瓶放过夜的奶汁，家里早就没有婴儿奶粉与奶瓶，因此奶瓶就以保温瓶替代，奶粉变成面糊。

张光亮的身材让他在高铁二等座车厢里受了不少窝囊罪，但好歹一切顺利，最后父母与孩子在陌生城市的大学宿舍里告别。母亲絮絮叨叨许多衣食住行的细节，最要紧的是叮嘱儿子要天天喝牛奶；父亲透过六楼宿舍的窗户俯瞰校园，刚想要感叹，凸出的肚腩已先一步抵上了窗台。

军训结束，赵梦鹤便遇到一个追求者，女孩子大胆表白，赵梦鹤落荒而逃，一路逃进学校的树林，藏身于一片稠密的灌木丛中。

灌木丛是微型爱好者的小小乐园，小石子、小昆虫与枝叶间细小的簌簌声都让人心旷神怡，赵梦鹤在其中蜷缩手脚，想象自己只有新生婴儿的大小，或者更小，变成魂入蚂蚁国的南柯太守，刚才的女孩子只让他记住了一个能产生颀长阴影的轮廓，与一把洪亮自信的嗓音，赵梦鹤此时无比想念福小姐。

大二下学期，赵梦鹤被学校劝退，至此，父母才知道他已严重旷课，并在宿舍与同学大打出手，原因仅仅是同学不小心踩断了他的一根粉笔。

父母急匆匆把儿子接回家，又急匆匆把他拉扯到医院，几番检查、哭闹与争吵，赵梦鹤终于说出自己对物体的恐惧，一切正常形体的事物在他看来都过大过密，而高大的建筑或加大尺码的任何东西（大号衣服、宽屏手机、三层牛肉汉堡）则让他直接感到心脏疼痛，有时甚至会诱发短暂的窒息。

此病超出了现有医学能力范围，医生给出的意见与对待癌症晚期的患者一样：想干嘛就干嘛，万事不要勉强。

父母一开始万念俱灰，认为儿子从此将成为一个废人，没想到休学一个月之后，赵梦鹤已能赚取小笔收入，半年后，他在网络售卖微雕作品的生意趋于稳定，月收入能与父母的收入之和持平，父母转忧为喜，甚至加入这项买卖的外围工作，帮助收发快递，充当临时客服。

赵梦鹤二十三岁，福小姐死亡，享年八岁零九个月，作为一只工蚁算得上高寿。此事无人知晓，一个月夜，赵梦鹤放下微雕工作，把福小姐放进一只玻璃小瓶，盖上软木塞。玻璃瓶只有成年人指甲盖大小，是专门订制的，平时用来盛装昂贵的微雕艺术品，它们的材质包括但不限于翡翠、沉香、蜜蜡、珍珠。

赵梦鹤把装有福小姐的玻璃瓶放进口袋，从床底下拖出背包，走出家门。他把福小姐埋在小区花坛一个不起眼的位置，在玻璃瓶旁边种下一粒芝麻，最后把土壤轻轻抹平。之后他起身。蹲得太久，小腿酸麻，他站了一会儿，等酸麻劲过去，便背着背包走出小区大门，再也没有回来。他留给父母一间收拾整洁的卧室，与一张大额存款单。

赵梦鹤知道他将给父母带来不解与悲恸，但一个投身于微渺的人无法向生存于宏大的人们解释清楚对于世界的不同想象，哪怕对象是父母。

这之后的许多年，赵梦鹤从许多城市与乡村穿行而过，有些地方百废待兴，有些地方已经垂垂老矣，赵梦鹤都一视同仁，不作感想，因为经过他仔细缜密的考察，这些地方都不适合一个巨物恐惧症患者生活。

这趟出走其实早有端倪。它萌芽于一个初秋的傍晚，那天，赵梦鹤和所有养宠物的人一样，晚饭后例行出门。邻居们遛猫、狗、鸟和养殖鳄鱼，赵梦鹤遛福小姐。他走走停停，耐心等待福小姐探索环境，和路遇的蚂蚁互相挥动触角，就像宠物狗互相嗅闻屁股，此时人的心情最为放松，脑子里没有特定的念头，耳聪目明。

晚风里送来一些声音。

它们是一些最为细微琐屑的语词，同傍晚的光线同样暧昧，同晚风同样疏散，它们像死去的人被时间冲洗干净的骨殖，懒洋洋惬意地摊在松软的泥土里，对意义与目的完全无动于衷。因此千万个人里面，只有赵梦鹤一个人碰巧遇到它们，又碰巧把它们捡拾起来，凑到耳边。

赵梦鹤不知道这些絮语来自何处，一开始他甚至不确定它们是彼此关联的同一类声音，但他发现，当他侧耳倾听的时候，福小姐也顿住脚步，一对纤细的触角敏感地在空气中微摆，几次三番，赵梦鹤就明白这不是幻觉。当晚，赵梦鹤在床上辗转反侧，想的是他自己当时也无法说清的东西，直到天色蒙蒙亮时，他依旧没有想清，如此迎来第二天，又度过一个月，来到下一个月、下一年。不知不觉间，赵梦鹤开始花越来越多的时间和福小姐待在一起，但绝不是出于对自然、生物、昆虫或生命的兴趣，他只是常常在脑海里回想起福小姐触角在微微旋摆的那个傍晚，秋风初起，晚霞温柔，蚂蚁触角这样过于微细的事物，世间只有他和福小姐心知肚明，这事的确毫不重要，但它发生于那一秒。

过后的几年，赵梦鹤、赵梦鹤的家庭与整个世界，都发生了一些大事，譬如赵梦鹤高考、郑欣爱荣升护士长、人类首次登陆火星、全球极端天气的比例上升、一种犀牛从地球上消失、养老金政策调整，而赵梦鹤记得的有：

鸡蛋壳小头的部分厚，大头的部分薄；

比起糖水，福小姐更爱喝牛奶，酸奶更好；

有一个网友想要购买他的微雕作品。

被诊断为巨物恐惧症之后，赵梦鹤感到如释重负，病症名称像一个容器，说不上合适，但至少容人暂居其中，再图以后。自此，赵梦鹤关上房门，一心沉浸于微雕工作。福小姐陪伴他左右，她已步入老年，不再热衷于在石膏巢穴里钻孔，大部分时间，她都趴在一个水槽旁边一动不动。

赵梦鹤卖得最好的作品是福小姐的等身像，用黑紫色淡水珍珠雕刻出来的福小姐完全能够以假乱真。这些用特制的高倍放大镜才能看清的作品在网络上传播，随发达的物流系统来到买家手中，他们付给赵梦鹤钱，并在闲谈之间透露只言片语的消息。由此一个小小的圈子在不经意间形成了，他们以巨物恐惧症来辨认彼此。一开始只是网络交流，渐渐地，胃口变大，这些人不再满足于虚拟交往，而是组织线下聚会，聚会时他们席地而坐，亲近地挨着地面而彼此间空出较大的间隔，他们使用白酒杯喝茶，用茶碗蒸的小盅涮火锅，旁观他们像一群木愣愣的痴呆患者，但实则他们表情丰富，只是他们使用微表情。

一次聚会上，一个刚刚旅游归来的同伴说起一桩见闻。她这趟旅行是不得已，是被家人硬拖出去的，地点是新西兰。她一路晕飞机、晕汽车、晕轮船，这些庞然的工业造物全都叫她肠胃难受。记不清哪一天了，她浑浑噩噩地被带到一片河岸边，坐船参观两岸风光，这地方是著名奇幻电影的拍摄地，为增添神话气氛，导游故作神秘地介绍两岸高矗的石壁：夹岸相对的山岩如果发挥想象力，可以附会成执剑相向的巨人骑士，在故事里，他们具有人类无法理解的生命性质，久远的年代里曾有旅行家时隔五十年故地重游，发现五十年前昂首挺立的巨人之一，竟在五十年后微微弯下了腰。

假如石壁巨人生活在人类无法企及的时间尺度里，那人类在它们看来就属于极其微小之物。这位同伴进而想到，尽管尺度如此不同，石壁巨人却和人类生存在同一个世界，正如人类和蚂蚁生活在同一个世界，而彼此仍可以相安无事。

聚会的巨物恐惧症患者们接连放下白酒杯,喃喃地回味着同伴的用词,"相安无事"。

赵梦鹤接着她说道:"我一直能听到一种声音,像电流一样,比电流还轻。"

"我能看见丝织品上经纬线之间的空格,"另一个人说,"有时候我不好意思上街,大家跟不穿衣服也没什么两样。"

"我不爱吃东西是因为味道在我嘴里是分离的,酸、甜、苦、辣,一样是一样,所以我只爱喝白开水。"

应该有一个地方能让巨物恐惧症患者按自己的喜好生活。应该找到这样一个地方。

事情就这样开始了。

赵梦鹤不是第一个脱离旧有的生活去找寻新栖息地的人,但截至他离开父母的那个夜晚,这样一个地方还没有被同伴们找到。这早在意料之中,巨物恐惧症患者有他们自己的特色和标准,他们大多也比较耐心,因为许多叫普通人心浮气躁的事物或事件,在这些人看来却是另一番光景,是许多微渺之物、细小逻辑的俏皮组合。

也许赵梦鹤最终找到了那样一个地方,也许他的旅行还在继续，我们作为外人无从知晓。哪怕赵梦鹤真的找到这个地方，这地方就在张光亮、郑欣爱夫妇楼上，他们俩很可能也察觉不到，那毕竟是另一个尺度，既存在于我们的世界之中，又游离于我们的知觉之外。

对张光亮和郑欣爱来说，儿子是彻底失踪了，他们再也没能找到他。

作为母亲，有时郑欣爱也有种古怪的感觉，她觉得赵梦鹤就生活在她身边，甚至于就住在她楼上，吹进窗棂的晚风中捎带着似有若无的气息，夜深人静，天花板传来熟悉的脚步声，但一切都只是感觉，感觉又转瞬即逝。甚至在赵梦鹤刚失踪的那段时间，有时候，刚生下儿子的记忆重回心灵，手臂跟着精准地感受到一个婴儿的重量，十五天与二十天都有严格的分别，鼻子也能嗅到孩子那股温热微酸的奶味。

也并不能说全都是捕风捉影。

离开家以前，出于一种爱屋及乌的心理，赵梦鹤在工作台的角落与窗台各放了一点牛奶，福小姐虽然去世了，他担心还有未收到消息的朋友来串门。牛奶加了红糖与蜜，盛在两盏小小的隐形眼镜片里。

后来牛奶被喝掉了一些，剩下的变酸了，干结在眼镜片底部。最后镜片也风干皱缩，不知所终。

3 猪圈

郑欣爱八十岁时罹患胰腺癌，已到晚期，同一年，生命医学领域在基因治疗方面获得重大突破，端粒再生术成功应用于一期临床试验，能使人返老还童，但手术的预后不好，术后两三年间，做过端粒再生的染色体崩解死亡，人在半个月内全身性器官衰竭，迅速死去。

郑欣爱年龄大、病重，丈夫已死，儿子失踪，曾从事护士工作，有一定的医学知识背景，是端粒再生术的理想志愿者。她也有运气，报上名以后便抽签中奖，不久做了手术，术后恢复期一个月，这一个月里，郑欣爱百病全消，返老还童。

再挨过三个月，医院方面对她的跟踪随访总算放松一点，郑欣爱立刻联系旅行社，坐上了全球巡游的豪华游轮。

游轮从上海出发，经由泰国、斯里兰卡、埃及、西班牙一直到巴拿马，之后绕美国重回上海，为期九十天。郑欣爱住头等舱，携带少许人民币、美元，另有许多小黄鱼。黄鱼小拇指粗细，半个指节长短，千足金，垒起一小摞，扎得严严实实放在行李箱夹层里。

早在做手术以前，刚刚交完手术志愿报名表的时候，郑欣爱就变卖房产、基金、钻石订婚戒指等，全都换成了硬通货小金条。郑欣爱现在回到三十出头的模样，老花眼消失，味觉敏锐。她在游轮上吃尽美味，喝酒，在酒吧和男士调情，给漂亮的小伙子请酒。有天晚上，她甚至和一个高挑的女青年跳了一支华尔兹，她把慢三步跳得相当舒展，低胸长裙的红裙子流水般飘漾。共舞的女青年是个混血儿，皮肤如蜜，灰眼珠，短发染成银蓝色，侧面剃光。一曲结束，女孩想吻她，闪烁的目光说明这不是个礼貌性质的贴面吻，郑欣爱便拒绝，女孩笑着耸肩，邀请她再跳一曲，郑欣爱已然尽兴，挥手离开。

她和人搂抱、上床，但是不接吻，因为端粒再生术并不能使牙齿再生，郑欣爱现在一口璀璨齐展的假牙，怕吓坏年轻人。

游轮驶入加勒比海，在三个知名的海岛轮番停留，郑欣爱比较以后，认为第三个海岛最适合她，这方岛屿地广人少，没有异色沙滩与海盗典故哗众取宠，她做出决定，把一切通讯设备与证件踩烂丢进海里，躲在一间当地人的茅屋背后，目送游轮远去。岛上原本民风淳朴，商业开发之后土著民也迅速学会了灵活变通，一家餐馆是夫妻档，丈夫收银，妻子主厨，儿女充当洗碗工和招待，他们喜欢郑欣爱的小黄鱼，进而喜欢上郑欣爱，他们比画着告诉她，一切不用担心，岛上连个像样的警察局都没有，郑欣爱一个字都没听懂，但这不妨碍她安心地住下来。

郑欣爱每天游海泳。一天清晨，日照尚不强烈，郑欣爱在蓝绿色的海水中神游天外，忽然感到有人摸她的屁股，一转头，看到一头慈眉善目的猪。

自从巴哈马群岛一群猪在海里游泳的照片走红网络，猪就加入了当地网红经济之一，各岛争相豢养。拱郑欣爱的这一只名叫伯纳黛特，昵称伯妮，是最早那群游泳猪的直系后裔，三年前餐馆老板娘为吸引客流量，将它从邻岛抱回。伯妮善解人意，不仅和餐馆自己养的公猪组成家庭，去年还成功带领老公和新生的孩子们下水。

伯妮对郑欣爱的亲近直接而纯粹，一起在水中游了一圈以后，她们俨然成了相见恨晚的灵魂搭档。伯妮的老公和孩子对海水的热爱有限，仅仅在伯妮的敦促下才下海讨好游客，伯妮对海却爱得天然。和郑欣爱建交以后，每天日出以前，母猪亲热的哼唧声就透过木片百叶窗传到郑欣爱的耳朵里，那时她往往在戴假牙、吃早饭，有时甚至还没醒。哼唧声持续一小会儿，接着转到门边，郑欣爱便开门让老朋友进来，如果早饭吃荷包蛋，就给伯妮也煎一个，它很爱吃。一天早上，哼唧声迟迟不出现，郑欣爱梳洗完毕，到猪圈查看，发现伯妮精神萎靡地趴在角落，它的丈夫心大无脑，兀自撅着屁股在食槽里寻寻觅觅。

经过兽医诊断，伯妮再次怀孕，胎儿成长太过迅速，压迫食道，使它无法吞咽。不吃不喝的情况应该是持续了一阵子，到今天它终于爬不起来了。兽医给母猪注射了抗生素与调节胃肠的药物，关照主人给以软食。接连两三天，伯妮都没有到郑欣爱的窗下叫早，倒是郑欣爱天天去探望它。伯妮热爱游泳，身体干净而无异味，郑欣爱抚摸它的脊背，顺着它的耳郭轻轻往下捋，它便惬意地眯起眼睛，热烘烘的气味从鼻子里喷到郑欣爱的胳膊、膝盖上，带一丝淡淡的动物腥臊，但也许真的是熟悉了，郑欣爱并不反感。有一个下午，她甚至偎着伯妮睡了个午觉，醒来时伯妮正淡然地吃着一盆特制的拌料，老板娘显然是来过一趟。

亚洲女人挨着猪睡觉的笑话两天内传遍了小岛，岛民们看见郑欣爱都笑嘻嘻地打招呼，种族差异的关系，郑欣爱不太看得出这种笑是善意还是讽刺。这之后，上餐馆找她的人变多了，有时土著民拿着一件他们自认为来自亚洲的东西，让郑欣爱相看，估计是否值钱，有时问她一些古怪的问题，比如"你是否有四个丈夫？某某说你亲口承认的，有四个丈夫"，岛民们大部分说土著语言，老板娘的女儿说那叫作泰诺语，他们的官方语言是英语，但从他们嘴里说出来也带上了浓重的口音，比印度英语还叫人摸不着头脑。郑欣爱英语极差，即便有老板娘女儿从旁翻译，往往也听得一头雾水，没有翻译的时候，就只能对着来客傻笑。

在岛上生活将满一年时，一个常来找郑欣爱鉴定亚洲物件的青年给她带来一束花，郑欣爱一时糊涂，想当然地以为仍然是份鉴别工作，仔细看过以后，确认在中国没见过同款，便对青年摇摇头。青年却拿着花，呜哩哇啦比画一通，把花往郑欣爱鼻子底下凑，郑欣爱懂了，接过来，对青年表达谢意，青年立刻倾身过来搂住她。

这误会可大了，郑欣爱赶紧找来老板娘女儿，告诉青年自己无心恋爱，青年垂头丧气地离开。当天晚上，郑欣爱揽镜自照，想象一个异族青年眼里的自己该是什么样子，台灯光下，她在年轻面孔的额角处发现三个老年斑。

岛民们发现，古怪的亚洲女人越来越爱和那头网红游泳猪待在一起。他们对于亚洲人的所有想象都来自这个女人，借由郑欣爱，岛民们认为亚洲人都不可理喻，但还算和善。

伯妮再一次怀孕，这不妨碍它游泳。有游客上岛，餐馆夫妇就让它带着全家下海，供游客惊叹和拍照，没有游客，它的游伴换成郑欣爱。游泳时它心无旁骛，游累了，它就在沙滩上睡觉，它很少发呆，它的眼神从不放空，它总是有目的地盯着什么地方或某个人、某样东西，郑欣爱认为伯妮思考的时间比人要多得多。

没有过去，没有未来，生活在一个假冒的躯壳里，郑欣爱却感到自己生发出了一种新鲜的爱，她爱上了一头猪。

那不是曾经对丈夫、对儿子、对父母的那种爱，那些爱都驱使她要去干些什么，对伯妮的爱却不改变生活里的任何一个细节。

胰腺癌曾经毁掉了郑欣爱的胃口，端粒再生术后，胃口恢复了，在游轮上，郑欣爱胃口大涨，但直到爱上伯妮，她才感到食物的营养百分之百地被身体吸收。郑欣爱胖了起来，渐渐超过正常的限度，变成一个胖女人，走在沙滩上，她和伯妮宛如真正的亲人。

郑欣爱时隔久远地回忆起张光亮。张光亮也贪吃且胖，但丈夫的胃口只在工作繁忙时阶段性地暴涨，并且儿子失踪以后，他以惊人的速度瘦了下来。有天晚上，他向郑欣爱商量再生一个，如果身体条件不允许（他的精子数量和她的年龄），他也愿意抱养一个。那时他骨瘦如柴，说完话，期待地看着妻子，突兀的眼球在眼皮下簌簌滚转，郑欣爱感到恐怖，仿佛看到一个两百岁不死不灭的人。

这一瞬间过去，张光亮的面目又恢复如常。

心伤随时间淡化后，张光亮、郑欣爱的日子也回归到普通人的水准。郑欣爱始终没有再要孩子，无论亲生还是抱养。赵梦鹤出走三年后，她甚至开始怀疑这个儿子是否真的存在过，他怎么可能会姓"赵"？甚至于世界本身也令人怀疑，这样一个世界使赵梦鹤出生，又使赵梦鹤消失，而世界本身并不发生根本性的变动，它仅仅在郑欣爱眼中倾斜。

郑欣爱最后一次邀请伯妮去游泳，伯妮的肚子胀鼓鼓的，怀着孕，划水时有些笨拙。它总是在这些方面奇怪地和郑欣爱保持一致，或者说郑欣爱和它保持一致，如今它行动不便，郑欣爱正巧也骨质疏松，肌肉僵硬，在水里坚持不了多久，两者都疲惫地爬上岸，气喘吁吁地休息。

夜晚，郑欣爱洗完澡梳头，梳子带下一大把头发。

镜子里的面孔还是三十出头，额角的老年斑也没有增加，可是郑欣爱听到自己呼吸的浊音，驱动肺叶要用不小的力气。她今天总共只吃了一片面包和半片菠萝。

拿着酒瓶出门时，郑欣爱在月光下站了好一会儿，还是没能适应黑暗。好在路是走熟的。她摸摸索索地来到猪圈，推开栅门，叫了两声"伯妮"，母猪温柔的黑影挨了过来，潮热的猪鼻子嗅了嗅酒瓶，又拱进老朋友的手心打招呼。

酒是岛民自酿的葡萄酒，度数较高，流进胃里刺激脆弱的胃黏膜，引起烧灼感和疼痛。

郑欣爱想偎着伯妮，但并不顺利，常有它的儿女挤过来亲近母亲，它们基本上已接近成年猪的体形，生命力旺盛，动作灵活躁动，郑欣爱重返老花的眼睛看不分明，只感到温热丰厚的身体在周围涌动，把她手里的酒杯撞得酒液四洒。这是一群温热的生命，郑欣爱伸着手，不知餍足地抚触着它们，与它们游戏，纵容它们舔舐她杯中的酒。她终于感到，此刻如果要生一个孩子，她是愿意的。

第二天早上，晴日照耀岛屿，猪圈里发生了两件事，一是亚洲女人死在了猪圈里，另一件是伯妮三度生产了，产下三头小猪。热烈的阳光把尸体都照暖了，猪崽吃过母乳，四处爬动，亚洲女人的躯壳成了它们天然的游乐场，它们在她的头发、胸腹、手脚间乱钻乱拱，倦了就睡在她的臂弯里。

星期一的寒光

1 通感

必须说一说许长生遇到周老三之前的经历。

十七岁,许长生跟几个同乡兄弟一起进城打工,他们坐普快火车,坐票一天一夜,一路上吃东西,打手机游戏,聊天,无忧无虑。厂子已经找好了,通过网上联系的中介。一切很顺利,他们出火车站,转公交车,跟中介在电子厂门口会合,做一分钟的面试辅导,具体内容就是，面试的时候问你打算做多久，一定要回答做长期，问能不能接受加班、倒班，就说能。

　　面试结束后就是培训，先看视频，视频拍得挺气派，大全景俯瞰整个厂区，中景仰角拍董事长讲话，没有人在听，虽然都望着屏幕。许长生不知道别人痴茫的脸孔下在想什么，后来一个老乡告诉他，他当时在想坐在第二排的圆脸小妹要不要男朋友，许长生自己在想宿舍条件怎么样，也没有很认真地想，只是听见后排有人嘀咕，说有的宿舍上下班要走半个多钟头，没有接驳巴车。

　　培训结束后参观工作环境，最后分宿舍。许长生运气不好，果然分到距离厂区最远的一片，大太阳底下拖着行李箱走了四十分钟才到，进门的时候他四面扫了一圈，发现下铺全都给人占了，白班时间，宿舍里只有一个人，盘在床上抽烟，看见他进来也没有反应。

　　第二天还不急着正式上岗，先观摩学习，偶尔试手，远没有想象中的累。下班回宿舍路上，大家交流经验，讨论哪条产线最轻松，夜班多久轮一次。

　　宿舍离厂区远，长处是宿舍楼底下的几个小饭店都很好吃，这当然只是据说，许长生抱着验证的心态走进一家面馆，要了一份招牌红烧牛肉面，果然价廉物美，牛肉不多但酥烂，面可以无限量添，三块钱半份的凉拌黄瓜也很脆，全都令人满意。一个同乡分在上下班五分钟步程的宿舍，但周围的小饭馆全都贵而难吃，许长生在微信上听他抱怨，笑眯眯地上楼，推开房门。

那个抽烟的舍友这会儿也在，许长生进门时他倚在窗前跟其他两个舍友聊天，说许长生听不懂的家乡话，许长生跟大家打过招呼，感叹楼下的饭店的确不赖，感谢舍友的推荐，几人聊了一会儿，那个抽烟的又摸出一根烟点了，抽了一会儿，就从窗口跳了下去。

自此许长生得了一种怪病，他经常听见声音的同时看见一些颜色，或者看着手机里的画面时闻到不存在的气味，或者触摸到一样东西的时候，要么耳朵里听见幻觉般的音响，要么嘴里尝到酸甜苦辣的味道，又或者看见某些文字或数字在发光。

精神科医生跟他讲，这种病本质上是一种感官紊乱，也叫通感、联觉，但大可不必惊慌，只要不影响生活，其实不治疗也没有问题，有好多人天生就有。

因此除了最初的怪异，许长生很快就不把这种基本不引起任何痛苦的疾患当一回事，极大地改变他人生的不是这病，而是他自己做的一个决定，他决定再也不进厂当流水线工人。那是他进厂的第三天，正式上班的第一天，工作内容是穿线夹，线跟线之间很难辨认，需要眼睛一眨不眨地盯住，同时这一天又要被喊出去做生产安全题，发工牌，适应并不整点的上下班时间，比如从十二点一刻到五点零五。

这一天新来的工人都不用赶产能，也就是说没有计件指标，安排还是比较合理的。许长生在晚上八点跟着下班的人群往宿舍走，一开始他走得很快，感觉自己似乎急需扑倒在床上大睡一觉，但走着走着，他又感到一阵陌生的阻隔，他不想回宿舍了，慢慢地掉在了大部队的最末尾，路灯下马路两边的绿化带看起来更像荒草坡了，仿佛城市实际上和农村并没有区别，草丛里传来蛙鸣声，更让他想起小时候躲开大人偷偷去田里逮田鸡吃的往事。

此后许长生找了一份工地打杂的活儿，做熟以后他跟着固定的包工头跑，工地分大小工，十七岁到二十一岁，许长生当小工，切钢筋、打夯、搬运石料、搭围挡、给地基抽水、磨石抛光，分到他头上的活儿都干，不挑剔，日薪三百元左右，如果一个月出工满三十天，能拿一万以上，但实际上是绝对不可能的，拿到五六千的都不多，并且非常、非常累，出工的日子回到移动板房就睡死过去了，不出工的时候如果在工地，那就一定是雨雪天气，连老鼠都不愿在外跑动，溜缝就往人的住处钻；有时上一个工程已结，下一个项目不知道什么时候到来，这时许长生就随工程队驻留在任何一座陌生的城市边缘，他很少呼朋引伴地进城游玩，通感作祟，无论繁华的商业区还是寂寞小巷，他都容易转迷了向，高高低低的建筑全都发出同一种叮叮咚咚的、雨滴敲击空心水管般的声音，近乎音乐，细听又只打捞到无序的混乱，敲得人心慌。

有一年去某城建一座医院，南方，梅雨季，便秘一般的出工频率令许长生病情加重，他总是在雨水丰沛的日子里闻到若隐若现的烟味，从而注意力涣散，不是穿错衣服、拿错毛巾水杯，就是张冠李戴，把老张叫成小李，记错日期和星期几，甚至和家里人打视频电话的时候，把父亲错叫成爷爷。那天难得连出三天太阳，把泡了水的地方都晒干了，所有人忙不迭地赶工，许长生站在扎好的钢筋地基上，扶着从泵车上高垂下来的输送管，好让水泥从管子里源源不断地吐注到中空的钢筋格栅里。这时周老三带着徒弟到医院小花园的规划区域，来砌装饰用的清水墙。严格说来，这就是许长生和周老三相遇的时间点，虽然这时候谁也没注意到谁。

小花园的树这时已经种起来了，中午吃盒饭，许长生避开那些喝酒吹牛的工友，独自到小花园的角落来吃。

这倒不是他性格孤僻,而是出于非常实际的考虑:喝酒几乎必然伴随着抽烟,一到两瓶冰啤下肚(工地中午一般不让喝白的),吃一通,饭后抽支烟,这是一整套午休流程。许长生对于啤酒没有意见,但现在二手烟的味道让他反胃恶心,有时甚至在他耳朵里唤起一阵尖锐的啸鸣。他当然是宁可耍单帮。

周老三有种划定界限的自持,他吃的是自己家的饭,他老婆把一个电饭煲带到工地上来,煮米饭的同时加热前一晚炒好的菜。吃饭时,周老三端着碗,边吃边看二徒弟教三徒弟砌砖。二徒是个严重的结巴,因此很少开口做说明,他只是在地上摆一摞砖、一盆砂浆,实操地演示三顺一丁墙的大转角是如何砌法;三徒是重度近视,戴一副酒瓶底眼镜,头埋得低低地盯着看。周老三注意到不远处樟树底下坐着个端盒饭的年轻人,时不时也往这里瞥一眼,有一副不多见的没有表情的面孔。

二徒手拿瓦刀,砌完一皮砖,把瓦刀在砖面上敲敲,示意三徒,三徒拧着眉,凝重、迟疑地点头,二徒便开始砌第二皮;第二皮砖和第一皮的摆放序列不同,砌完敲敲转面,再砌第三皮,第三皮又和第二皮不同,以此类推。

轮到三徒动手了,他拿几块整砖,摆出一个九十度的转角，又把大角处的整砖抽掉两块，先是填进半砖，想想，把半砖换成七分砖、六分砖，第一皮摆得差不多了，他往上垒第二皮，可第二皮无论怎么摆，上下层砖头之间都有通缝，墙如果这么砌，那肯定是不稳当的。

二徒看着三徒，照例不说话，周老三扒着饭菜，发出有规律的咀嚼声，三徒的眼镜不知不觉滑到鼻尖上，他盯看了一会儿，动手把第二皮拆了，重新摆放第一皮，砖头生涩地在他手里出出进进，他沉着地蹲在地上，滞留着，红砖在镜片里炀成旋涡。

二徒嗤了一声，推乱三徒的砖，重新摆。周老三吃完了，拍拍二徒肩膀："不忙。"他举起筷子朝许长生点点，许长生装没看见，周老三又说："过来嘛，看见你瞟个不停。"

许长生只好从稀疏未成的树荫底下跨出去，周老三让许长生摆砖，许长生蹲下来，大大小小的砖块，看过去毫无分别，之前吸引他目光的不是砖的排列，而是那只电饭煲。不得已，他胡乱捡起一块砖，灰扑扑的混凝土砖烫得他一缩脖子，连忙撂下，再拿一块，还是烫得扎手，试了三次，才找到块凉的，大小只有普通砖的一半，是块半砖，许长生头昏脑涨地安下这第一块，又找出第二块凉的，是块整砖，码在半砖后头。

半砖、整砖、半砖，由此第一皮便定下来。

第二皮的顺序则是七分砖、七分砖、六分头（整砖切去六分后的余料）、整砖、六分头。

到第三皮，每一块都烫得要命，周老三见他挑挑拣拣，拿不定主意，便叫他停下来，指着许长生垒的前两皮，问眼镜三徒："这次记住了吗？"

回过头来，周老三便打听许长生的姓名、年龄、籍贯，在工程队的工种，知道许长生不过是小工后，就问他，愿不愿意跟他干，一天五百，打杂，学会砌墙以后有六到八百。他主要是接私人委托，像今天这样给公家医院干得少。又说私活比工程大队好在清闲，没这么累，坏在私人有私人的规矩。

许长生答应回去考虑。

当晚收工，周老三发现吃饭用的电饭煲不见了。

许长生拎着电饭煲回了趟房子。

房子就是房子，很难称呼它别的，那既不是家，更不是他住的地方，但房租大半是他付的，里面住着圆脸的王丽君。

2 鬼胎

王丽君最早是电子厂入职培训时被许长生的老乡看中的圆脸女孩，很快这俩人耍起男女朋友，那时许长生游荡着，既不肯重回电子厂，又不知该如何寻找一份不用进厂的工作，这对情人便经常请许长生吃饭，请许长生一起去看电影，请许长生一起逛商业中心、游乐场，他们自以为好心，实际上是出于一种隐秘的需求，他们有收入，有爱情，有朋友，他们不能缺少一个活的见证。

后来王丽君再找到许长生，则是向他打听男朋友的下落，虽然一段时间以前，男朋友已经逊位成了前男友，可一个忽然冒出来却又骇然存在了数个月的孩子把死灭的过去根根挑断，扰乱得人夜不能寐。

许长生问王丽君："他不在电子厂？"

王丽君回答："大半年前就走了。"

许长生问："去了哪里？"

王丽君回答："不知道。"又说："他说电子厂太闷，闷死了，要去送外卖……有人在我们隔壁的充电器厂见过他，在车间打白胶，我去找了，没找到。"

得到怀孕的诊断以后，王丽君想堕胎，她此时没有一个合适的结婚对象，否则她也许会把孩子生下来，反正女人总要生孩子的，她不太介意孩子的父亲是否名副其实。她找前男友要堕胎费亦无关道德考量，只不过现今她拿不出这样一笔钱，她挣的钱都寄回家了，家里新建了自建房，用于两个哥哥娶亲，建房欠下不少钱；堕胎费亦不能够问小姐妹借，那都是本乡本土结伴出来打工的，很容易把消息传回村里，引起风波。

可无论是送外卖、换工厂还是进酒店端盘子，前男友就像沉入沙坑的旅人一样消失在城市里，所有打听来的消息都归于虚无，因此把许长生从微信好友里扒拉出来的时候，她都没指望对面会接她的语音通话。

现在结果却变成她住在许长生租的房子里。

孩子拿掉以后，王丽君仍然有一种没有弄干净、仍有残留的感觉，这种感觉不是空想，她每个月月经流血的时间变长了，由原来的四天变为七天，并且痛经十分严重，同时她觉得——孩子是四个半月时流掉的，做手术时已经有点显怀，而术后微微鼓起的腹部仿佛并没有收回去。还有一样，她还是无法抑制地爱吃酸。

这样的事情跟妇科医生讲不通，他们拿着她的宫腔镜检查结果、B超单、抽血化验单和她讲道理：不可能，刮得很干净，你的子宫现在恢复得不错，阴道没有异常分泌物，至于月经，规律就行，三到七天都算正常。顶多再加一句，痛经就吃点布洛芬。

这种医学不予承认的病症当然开不出病假条，并且即便开出来，哪个厂会要每个月必须请几天痛经假的工人呢，每月放假都统共只有一天。王丽君只好辞掉工作。让她意外的是，许长生居然像中了梦魇一样，对她的鬼话照单全收。她说起人流的种种后遗症，这是为了令他放宽归还堕胎费的时限，没想到许长生几乎对她的每一句话点头，他看着她雪纺衬衫下已经恢复平坦的小肚子，同她一起把视线从上挪到下，仿佛两个人都看见了那道不曾消下去的弧度。

王丽君不知道她跟许长生的关系是什么时候变得愈发古怪的，仿佛一段时间踏了空，回过神来，就变成许长生隔段时间来她这里看看，送笔生活费，有时候也捎带些蜜饯、杨桃、柠檬片，使得他们产生这种固定联结的，不是任何情感方面的基础，无论友情、亲情、爱情，而是一个共识，好像全天底下只有他们两个知道王丽君在某种程度上仍然是一个孕妇，滞留在四个半月的怀孕周期里，不再膨胀，也不收缩，是庞杂动乱世界里一只栩栩如生的昆虫标本。

许长生的态度并非出于超人的洞察力。

他只是感觉到热。

一开始他以为是手机电池老化。王丽君在微信上联系他的时候,他感到手机开始发热,发几条语音的工夫,手心就沁满热汗,他换个手拿手机,把原来那只手在裤子上蹭蹭,在空气里扇着,没等这只手晾干,那只手就又湿透了。之后手机又出现过几次类似的问题,许长生并没有意识到每次发热都是王丽君跟他联络的时候,直到王丽君辞掉工作,说不好是来上门道谢、顺便看望,还是潜意识干脆就是来赖上他的,他们这些人在城市里来去很容易,拖着行李箱就来了,她站到他面前,他无比清晰地感觉到她腹部那个肿胀的热源,像工棚冬天用的小太阳,有两挡,一挡中热,一挡高热,高热时伴随明亮的橙黄色照明,低热时不发光,但待在那附近还是能感觉到热量在持续地散发。

王丽君的腹部就怀着一个中热挡的小太阳,一时间许长生还以为这个女人骗他钱了,堕胎不过是骗钱的借口,幸好王丽君立刻就做出说明,孩子的确用那笔钱拿掉了,只是有后遗症,医院检查不出来。热量从她腹内源源不断地辐射着。

偷来的电饭煲把米饭煮得挺香。

它工作的时候微微发热,给人一种持续鼓胀的错觉,和王丽君的身形相得益彰。工作完毕,红灯跳绿灯,王丽君把盖子掀开，乳白色的蒸汽膨隆四散，她在迷雾里笑着留饭，许长生原本想回工地吃，他总嫌她这里热，但还是留了下来。饭后他们做爱，这是时不常发生的事，用于解决成年男女的生理需求，这次也凑合了一番了事。

第二天许长生问周老三抽不抽烟，至少工间饭点的时候没见他们这伙人抽过。周老三回答说没人抽，许长生便答应跟周老三学徒。此后周老三买了一个新的电饭煲，又跟许长生指明工程队的诸多坏处：人多眼杂，容易吵架，更容易丢东西。许长生点头称是。

周老三说："我就是看中你话少、老实，聪明还在其次。"

这是实话，周老三最看中许长生那张脸，像从时令里孳生出来的，同此时此地的梅雨季一样阴郁、水一样空泛的脸。

3 神曲

换到第五户人家的时候许长生才感觉出不对劲。

周老三有一个蓝牙音箱，给医院砌墙那会儿许长生没见到过，见到也许会同电饭煲一起拿回房子，它们在他眼里是一个一个或大或小的王丽君，同样圆润微丰的身形，自在地哼着歌，做着饭，应当属于一间按时缴纳租金的房子，而非流落在工地、车间或者任何不适宜居留的地方。

雇佣周老三的大概都算是有钱人，他们住别墅，独栋别墅，附带的花园有时甚至能把邻居的别墅完全隔绝在视野外。给这种主顾干活时，周老三就把他的蓝牙音箱带来，播放的是古老的流行音乐，无论语言还是音调，许长生都很陌生，他是听网红神曲长大的一代。但什么歌听久了总能哼两句，被王丽君听到，在百无聊赖的夜晚用手机搜索，查到是上世纪的港台金曲，梅艳芳、陈百强、黄家驹、罗文，都是已死的人。随机播放的歌单里，王丽君梦游般说起自己的名字，她父母曾经是村里的时髦青年，从镇上买来大收录机，喷射出的歌声整日翻滚在田埂与土路上，引来四邻的抱怨乃至叫骂，却死不悔改。从前有个唱《漫步人生路》的邓丽君，后来就有个会打猪草剁鸡食的王丽君。酒足饭饱的晚上，城中村的租户们鸡鸣狗盗，一瞬间，存在的幻觉轰击许长生，令他喝了假酒般头痛欲裂，他忽然分不清哪一个才是假的、人为制造或者塑造捏造的，是据说已死的光辉灿烂的女明星，还是滞留在怀孕状态连名字都是借来的打工妹？

像小时候对着水井扮鬼脸，井圈内外的两张脸必然一张真实而一张虚假，村里人口耳相传的常识是虚假的脸孔会招来鬼魂，所以要用一张铝皮把井圈盖上，压上砖头。

那晚许长生做了离奇的梦，梦里面他坐在教室里考试，面前没有卷子，监考老师也没有脸，题目则早就知道：如果率先向王丽君搭讪的不是许长生的老乡而是许长生自己，事情会怎样？这个梦枯燥极了，完全缺乏梦所理应具有的缥缈、虚幻、载沉载浮的超脱体验，许长生坐在散发出木头霉味的课桌前啃着脏指甲思考，同以往任何时刻一样，思考、教室、老师、课桌，他一接触到这些就犯困，困倦像一只拳头从肠子里面慢慢地伸进胃里，钻进喉咙，从嘴巴里伸出来，张开五指，反手攥住了许长生的脸，一下一下，把他摁进浓厚、均匀的虚空里面，许长生打起瞌睡，同时也醒了过来。

窗外雨水长注。

他照例去给周老三当帮工和学徒。

一切都有条不紊：周老三和大徒、二徒砌墙，许长生、三徒和师娘负责运砖、拌砂浆、把砂浆添进瓦盆。意外来的时候所有人都没有防备，也没有人表现出应有的关注，蓝牙音箱忽然停止播音，那时周老三正站在半人高的长凳上，在垒门柱，歌声停了片刻，周老三停下手里的活计，向那儿望了一眼，歌声的余音也消失在潮湿的空气里了，周老三跳下长凳，走过去，拿起蓝牙音箱，不得要领地拨弄开关和音量按钮，又用手拍打。这时，监理陪着主顾一起走进院子，随着他们脚步走近，许长生闻到一股蔓延过来的淡淡的二手烟气味，同时感觉耳鼓膜胀胀的，像坐电梯短时间内升到几十层楼那样。

音箱给周老三拍出胆子，古老的流行乐曲又接续起来，失真地唱着"恨事遗留，始终不朽"，烟味和鼓胀感消失了，破烂的播放设备把人声毁得男女莫辨，刀架脖子那样颤颤地唱，"对对错错千般恩怨，像湖水——"戛然而止，再一次哑住了。

监理向主顾介绍工程进度，他们恰站在许长生背后，监理说完话，主顾发表意见，穿着Polo衫牛仔裤的主顾说话声音是一片含糊滑腻的吱吱扭扭，像集市上卖鱼人熟练地剖开鱼肚子掏内脏，随着他嘴巴的张合，变质的烟味一阵阵地散发出来。

许长生耳朵里生疼，过了几天发现是长了个疖子，他忍着疼干了几天活，到这一家完工，他终于忍不住去看了医生，医生开了口服抗菌药和滴耳液。

也是此时他和王丽君住到一起。

这是王丽君主动要求的。

在许长生跟着周老三赶工的那几天，警察来了，敲了哪一户的门王丽君不知道，也没有打听。警察走后，流言四起，有说是杀了人，血顺着门缝流进走廊，受惊吓的邻居耐不住报了警；有说是打死了一个孩子，又说是打死了一个老婆，也有说是两兄弟酒后对殴。王丽君任由流言或整或零地飘进耳中，从不求证，因为血腥气丝丝缕缕地逸散在整栋楼里的时候，楼内机敏迅捷的老鼠尚未弄清状况，她便嗅出不过是打死了一条狗。

另有一天晚上，凌晨一两点钟，附近忽然起油锅似的爆出一阵叫喊，夜半惊醒或尚未入眠的人都弄不清楚状况，年长而疲惫的人担忧失火、盗贼，年轻好事的则打开窗把头探入昏黑夜色里，希望抓摸到一缕闹剧或桃色事件的余韵。王丽君亦被吵醒，睁眼躺在床上，夜风从窗里送来酗酒与垃圾堆的气味，但更清晰的是夹杂在其中的血腥味，浅淡到可归于无形，却像大字标题一样明确乃至枯燥地强迫王丽君读到，今晚的嘈杂是在抓一个从家里叛逃出来的人。这种事王丽君小时候也有听说，谁家的媳妇抛家走了，谁家的儿子赌博丢了魂不知所终，过几年又被找回来。如今的撕打声补足了儿时睡前故事的另外半边，却格外有种粗粝摩擦的热痛，令王丽君意识到，现在一切血腥气味，无论浓淡，都对她赤裸裸地敞开了谜底，在身体里死过一部分生命以后，血液的魔咒降临在她身上，使得她万般不情愿地通灵了，像一个被鬼魂选中的使者，知晓世间一切流血的秘密。

几天后她给许长生打电话，不提诅咒与秘辛，只说十分现实的事，说子夜的抓人事件，警察调查事件，最后她说，要不你过来住，你陪着，我安心一点。

许长生本打算拒绝，现在是梅雨季，过后就是夏天，他不愿意和一个热气腾腾的王丽君住到一起，但耳朵里的疖子疼得他张不开嘴，他站在镜子面前挤滴耳液，滴得满耳朵晶亮，却流不进耳道。他去了房子，王丽君让他侧躺下来，把头搁在她膝盖上，滴耳液一滴，两滴，滴进耳朵里了，凉阴阴、缓慢地滑向深处，同时感觉到女人大腿的绵软。合住的事情就这么定下来。

周老三的生意不错，很快给许长生发来第六家主顾的地址。

这次是一幢老别墅翻新，别墅初建于三十年前，许长生跟着周老三一行人走进别墅内部，里面已经是一片废墟，残留着几件被抛弃的家具、吊灯，地面贴的瓷砖花样让许长生想到找工作时住过的破招待所。

干了十来天活儿以后，主顾来过一次，是一对年轻的夫妻，许长生说不出他们的年纪，也许是三四十岁但保养得像二十岁，或者是二十岁但打扮跟举止矜贵得像三四十岁，这不是他所能知道的知识。这一次蓝牙音箱没有坏，监理陪同上楼，与工头簇拥着他二人站在三楼的露台俯瞰，周老三也在其中，这时许长生正撅着屁股在一楼餐厅与花园之间找平，因为设计是要抬升花园里通向餐厅门这一块的高度，使之与餐厅齐平，还要挖出一个游泳池，这样人就可以从餐厅平平顺顺地走入花园，直接迈进冰凉沁人的泳池。泳池里还规划出一个圆形的温泉。季节只会给这块福地增色，而不能减损它。

破音箱倾倒着破损走调的歌声，唱的是"同是过路，同做过梦，本应是一对"，这歌让许长生想起王丽君，她现在找了一份洗头店小妹的工作，职业上的发展是以后当美容师，说动一个客人办卡，提成百分之三十。许长生提出他们现在可以住到好一点的地方去，王丽君不同意，她想尽快攒上钱，跟许长生分摊房租，还要趁夏天到来之前买上一台空调，这样不管住到哪里都可以永远不开窗。现在她对窗户或者说空气的关注度远超其他一切住房问题，有时许长生半夜起来撒尿，看见王丽君蜷身睡在一旁，两只手抚着肚子，脸上竟然戴着口罩。

这些都是在许长生脑子里自由来去的一些思绪，他从没有刻意想它们,他愿意自己的脑壳是个四方的游泳池,一面进水一面出水,保持水域的清洁干净,但这时一股烟味笼到他脸上,他难受地抬起头来,便看见三楼露台上的主顾夫妇。

这对夫妇的话音听起来倒是正常的,但当许长生起身,走到筛黄沙的筛网旁边,把蓝牙音箱摁掉,关停以后,说话声就又变成了掏鱼内脏的声响。不等周老三发话,许长生把音箱又打开了,重换了一首歌,歌声掩映下,揪扯内脏的声音再度变回人的言语,但二手烟味始终不绝。

工期进行到快一个月的时候,周老三让许长生和二徒、三徒留在花园里,他跟大徒单独进别墅内部去做活。大徒脸上永远是一副开心的白痴相,提着瓦盆,进去前还回头冲师娘做了个鬼脸。

许长生问二徒为何不让其他人一起进去,二徒砌砖的手停都没停,许长生去问三徒,三徒推推眼镜,说"再搬一袋塑化剂过来",许长生把塑化剂搬来,割开,二徒用瓦刀铲了一些拌到水里,把水浇到水泥和黄沙上,开始搅拌,此后再无下文。

这样的分工进行过一个多礼拜,有一天上午大太阳,下午却下起雨来,花园里面只好停工,许长生拖延着走在最末尾，最后没有忍住，还是趔进了别墅。

别墅里十分安静。

许长生退出门去，门外雨势在增强，雨点子越砸越重，雨声里传来做木工的声音，搬动重物的声音，人的脚步声、说话声，别墅里的活计不受大雨的影响，仍在继续。许长生抬腿，再一次迈进大门，安静的气氛像一张渔网罩下来蒙住他。

所有的墙壁都早就抹过灰、刮过腻子、粉刷完毕了，可往四周看去，墙上还是那么脏，甚至比他刚来的时候显得还要脏，似乎这幢房子在一个月的梅雨季里迅速地被霉菌给侵占了，泡烂了，阴惨惨的绿色在墙角、楼梯转角和窗沿上孳生，东一块西一块；墙壁上到处有潮湿的灰黑色污迹，像那种刚拖过地的脏水给人一大桶一大桶地泼上了墙，然后任由它们流淌，在地面上聚成大大小小的水洼。

许长生从一楼走到三楼，一个人也没有看到，三楼的房间全都门洞大开，一望过去荒朽破败，空无一物，只有一间房间不同。许长生转过楼梯拐角，从门框里看到那间房间里摆着一张长餐桌，桌腿是黄铜铸件的，雕刻着鲜活的怪兽，是许长生所不认识的螭龙与饕餮；桌面是白底黑色花纹的大理石，四边雕成弧形海浪纹样；桌面上罗列着杯盘碗盏，一只口沿鎏金的粉青大汤碗里腾腾地冒着热气。桌子两边各放了几把温莎椅，同样黄铜骨架，坐垫蒙着白底黑花的蟒皮。许长生走进房间，看见一张椅子的椅背上搭着一件长裙，光闪闪的，淡金色，八成是丝绸质地，许长生回头向门外觑了一眼，便把裙子卷进手里，想了想，又展开，铺在椅面上，挑了桌上还算干净、似乎没盛过食物的两只餐盘，一大一小，用裙布裹了，夹进胳膊底下。

下楼时他依然没碰到一个人，墙上的水渍似乎比刚才洇得更深了些。

许长生把裙子和盘子带给王丽君，东西装在一个黑塑料袋里，到了城中村的出租房，他把手伸进沉甸甸的袋子里，却只摸出来一把石灰粉。一整袋东西都化为了石灰，倒是拌混合砂浆的好原料。王丽君把这看作许长生编演的小把戏，不光令人愉快，他向她描绘的丝绸长裙与鎏金瓷盘还带来富有光泽感的想象。她一边递毛巾给许长生擦手，一边告诉他，她老家那边的田都给水淹了，雨在那里下个不停，鱼塘的鱼都被冲走了。

"人有出事的吗？"许长生问。

"不知道，以前有过。"

晚饭过后便滴耳药，王丽君坐在床沿，把许长生的头搬到膝盖上,她低声说起今天辞掉了洗头妹的工作,钱太少,三餐不能按时,况且她看那些晋升为美容师的女人攀谈拉客的样子,感觉自己不是那块料。她怀念在电子厂上班的日子,她嘴笨,但手聪明,各种线夹的穿法都学得很快,本来是有机会从辅线升到主线去的,说不定还能当上线长。

她没有说今天被一个男客摸胳膊的事。

男客先是与她闲聊,问她年纪、工作时间,王丽君答得心不在焉,男客说话时,从口腔吐出牙龈肿烂的气息,其中的血腥味事无巨细地向王丽君报告此人生平中一切暴行、恶念与破坏,王丽君丝毫不想知道,丝毫不关心,但气味是比声音、图像、触感都更恶毒的一种讯息,与其说你闻到它,不如说它标记了你。王丽君在源源不绝的血腥味中变得僵硬,以至于男客伸出他的手,从她的肘弯一直摸到手腕,她也毫无感觉,心里只有一个明确的念头,那就是干不下去了,她得离开这里。

这些事无法和任何人说,不是找不到合适的对象而是缺乏相应的语言,为了填埋空缺,王丽君便絮絮地回忆着电子厂的种种琐屑,每隔两小时休息十分钟,食堂的饭菜,宿舍楼下三块钱一个的饼夹菜,她甚至怀念厂里始终传言却迟迟没兑现过的通勤巴士。

一开始许长生跟她搭着话,但渐渐地,他的注意力转到了床对面的墙上,他拂开她在头皮上揉捏的手指,起身,歪着头看着墙上斑斑点点的污渍,又弯腰侧身盯看,最后他站直了,叉腰面对墙壁,闭上了眼。

这天晚上王丽君起了点兴致,她爬到许长生身上,伏趴下来,抱着许长生的肩膀亲他。许长生在床上一向不大主动,好像他愿意让别人随便对他做点什么,这几乎变成一种神秘的仪式,但今晚许长生格外地缺乏动作,在门外传来不知哪一家的"砰"的一声摔门声后,王丽君决定还是算了。

睡着以前,王丽君想到前男友,那是个快活的人,送她玫瑰花、果冻、毛绒玩具,在她轮到一个月一天的休息日的时候,他就也请假,请不下来就旷工,和她去网红打卡地点吃饭拍照,但她想不起来他在床上的样子,一点也想不起来。朦胧中,一种很笃定的幻觉油然而生,她觉得他已经死了。

许长生很快睡着了,在梦里,他理清了思路,他跟随自己的意志回到别墅,别墅忠实地保持了现实中展露在他面前的样子,墙壁上垂下条条野蛮的污痕,他运用此前,也就是晚饭后滴耳药时迸发的灵感,蹲下来,接着干脆整个人趴下来,结结实实、不要一点花招地紧贴地面,侧过头，使劲扭转脖子，头顶心顶住地面，从这样上下颠倒的角度，他终于看出了一点端倪，看出那些污迹实际上是一个个迎面走来的人影，它们头朝下，脚朝天，像要迈出墙壁，又似乎是恐惧着而踌躇不前。

第二天王丽君出门倒垃圾，顺便把那袋石灰粉丢掉。装石灰粉的塑料袋是便宜货，稀薄，一用力就给扯破了，石灰哗哗流到地上，扬起的烟尘落定以后，王丽君看见灰堆里埋了一样东西，她用手指抹了抹，从中捡起一块硬疙瘩，比一块钱硬币略大一圈，蜡渣黄色，拿在手里掂掂，又用指腹捻了捻，王丽君认出这是一块鱼惊石，乡下人家常从鱼头里掏出这块骨头，打孔穿绳给家里小孩佩戴，传说可以不做噩梦。回到房子里，王丽君把鱼惊石塞在许长生枕头底下。

4 归墟

第七家主顾是做花园改造。

说是花园，其实是一个四面围廊的天井，是这幢院墅的六个内院之一，原本做成一个日本枯山水的开放布景，现在听说受高人指点，全面认祖归宗，把原本的日式东洋风全都改成粉墙黛瓦，天井的枯山水也扒了，要做一个百川汇流的"四水归堂"。

许长生跟着周老三师徒进场时，房屋改建已经完成大半，天井的排水也做好了，但瓦工师傅砌墙铺砖的手艺不精，尤其天井位于门屋与前厅之间，是别墅的第一层门面，所以改请周老三来救场。

当天便开始干活，中午工歇时监理向他们进一步介绍，天井的"四水归堂"是专门请美国设计工作室的华裔设计师设计的，四面屋檐做成圆形拼接，底下水池是方形，象征天圆地方，万物在握，到下雨时，水从坡式的屋檐一圈流下来，沿反复计算过的路线弧形注入方池，水主财，这叫八方来财……

周老三沉默地听说，既不表示惊叹，也无漠然鄙夷，到句子接榫处，他便点点头，扒一口饭。大徒在玩手机游戏，连连看，二徒打盹，三徒精细地擦拭他的眼镜。

只有许长生听得津津有味。

这些知识于他像是听一场魔术表演，并且他看见监理说话时，黄绿色的幻彩从他手里迸发出来，随着手势高低起落，天女散花一样四处抛洒。周老三冷眼旁观许长生的脸，专注，却依然空洞，这让周老三感到不安。监理说完了，周老三咳一声，问上午短暂来过一趟工地的男人是否就是主顾，监理暧昧地笑了笑，摸摸下巴："你就当他是老板，也行。"后来他们从其他工人那儿听说，那位老板"来头大得不得了"，整个工期里来过不同的男人女人，他们之间似乎有上下级的区别，却仿佛永无止境，真正的老板始终没有现身。

见过了这样的宅院，当天晚上许长生也做起从未做过的梦，他梦见自己趁人不注意，溜进了现在这幢院墅的室内，室内同他猜想的一样，布置得十分典雅气派，清式建筑里陈列着明式家具，墙壁悬挂唐宋八大家的字画，一路走过的茶室、禅室、书室、琴室里都点着秦汉风格的赤铜鎏金香炉。许长生慢悠悠地游览，一层一层地往上走，走到顶层露台，发现还有一架电梯，开着门等在那里，许长生不做他想，自然而然地走进去，电梯门丝滑无比地合上了，没发出一点声音。过了一会儿，许长生只觉得电梯在原地动都没动，电梯门打开，却把他送到了设计天井的美国设计工作室，设计室宽敞极了，最中央放着一架天文望远镜，一位设计师把许长生引到望远镜前，请他观看。许长生便弯下腰，对准镜头，短暂的模糊过后，视线里映出一个扁圆形、餐盘似的东西，银蓝色，绝亮无比，餐盘上下还各缀着一颗圆球，同样光彩惊人，宛如一对世所罕见的夜明珠。许长生看得目不转睛，这时，有人在他耳边用悦耳的英文向他介绍："您现在观看的是'银心'，即银河系的中心，直径约十万光年；银心附近有成对的粒子和反粒子，它们互相湮灭，释放出高能伽马射线，银心上下两边的夜明珠，就是伽马射线喷射所形成的高频辐射气泡……"

此时一切语言他都能听懂，一应的知识全都熟稔在心，他默念粒子、反粒子、高能伽马射线、黑洞，每个词汇都带来一阵凉爽的轻盈，令他耳聪目明，心跳平稳，从而觑见银心附近一个肥皂泡一样的圆圈，许长生用同样流利的英语问道："这是一个超新星爆发的遗迹吗，它看起来太完美了！"如此兴奋，热情洋溢，许长生不自觉地舔了舔嘴唇，尝到薄荷糖般丝丝清凉的甜味。

王丽君发现许长生睡眠的时间越来越长。

但每次醒来，他的眼圈比入睡前更青，嘴唇更加干裂，像古老的故事里一意孤行在东海里饮水的先民。

王丽君催促许长生去医院看病，许长生答应这档活了结就一定去。

从不现身的主顾对周老三修葺的天井十分满意。尽管今年的梅雨季延长，周老三仍然以其专业和经验，赶在不多的晴日里砌完池塘，铺好池塘四周的花砖，此后，园艺工人陆续在池中布置假山、莲藻，放入鱼龟。又一个雨天来临，雨水四面环注，飞晶溅玉，池中金红锦鲤与粉白荷花上下交映，美不胜收。这一天有摄像师把景色拍成视频传给主顾勘验，工人们则赶在雨前停工离开。许长生兀自淹留，他立在角落的阴影中，同摄影机镜头一同饱览了一会儿美景，便迈着轻松的步伐向更辉丽精巧的内室走去。

这幢院墅的建筑内部同样青苔遍布，墙上污痕赫然，倒过来看如一个个人形，既冒险前行，又畏葸踟蹰。

许长生不在意这些，他知道是通感使得一切华丽的染污、光鲜的衰颓，他几乎不看这些扭曲异变的图景，只管坚定地向楼上走去，虽然是第一次来，但在梦里他早已走过很多次，每一个转角他闭着眼都能安全通过。越走，他的步子迈得越大，心跳声像军鼓，与脚步声呼应。空荡荡的房子里，许长生层层攀升，他感觉自己能透过重重墙壁看到那架电梯，它停在露台上，开着门，从某个早于他想象的时间点就在等待着他。

许长生推开露台的双开门。

台面平平展展，空无一物。许长生前后转身，寻找，雨水千头万绪地从广阔的天宇尽头扑跌下来，亿万次重复的透明锤凿。

许长生毫不惊慌，亦不气馁，任何怪诞知晓它的成因就能遏制恐惧的生发，他知道电梯必定在露台上等待，只不过通感作祟，令上下颠倒、水火互攻、鱼龙混杂，洞彻了真相的人绝不受幻觉的摆布，许长生抹一把脸上的雨水，反身下楼。他知道纠正错乱的办法，尽管此时遍体湿透，头脑昏沉，雨水中弥漫呛人的烟味，耳朵里的疖子一跳一跳地作疼，许长生捂住耳朵往楼下疾走，只要下到一楼，出了别墅，到院子里，再重新进来一次，富丽精致的世界便会像下对了刀的牲口一样，柔顺地敞开粉红鲜热的内里。

许长生快步赶到一楼。

过度的兴奋与自信让他有些托大，下最后一阶楼梯时没注意水洼，脚踝一别，人便趔趄着栽了出去。这一跤摔得倒不算特别狠，但跌倒时捂在耳朵上的手掌往深里杵了一记，耳道里的疖子受了猛力，瞬间剧痛钻心，炸得许长生眼前一片雪光。

等白光渐渐散去，许长生发现自己横趴在一堵墙壁面前，离得极近，鼻尖差一点就要蹭上聚攒在踢脚线的一块青苔，而在这么近的距离，在浓绿青苔的映衬下，墙上那些人形的污水黑得是那样浑浊、不纯粹，许长生不由自主凑近了，伸手抹了一指头，沾到手指尖的不是黑的泥污，而是一摊极深极脏的暗红色碎渣。

纷纷水火

掏挖鱼内脏的声音吱吱扭扭，从别墅的角角落落漫涌出来，像蟑螂，像蚁群，从四面八方密密麻麻地向一个中心汇聚，向许长生汇聚。

这下许长生算是有些着慌了，他上下摸索，把手机从裤兜里掏出来，急切地解锁屏幕，找出音乐软件，点击播放，古老的流行歌曲便从上次中断的地方开始唱：

恨事遗留，始终不朽……

手指哆嗦着按住音量键，把声音摁到最大——

对对错错千般恩怨，像湖水……

一种声音打败了另一种声音，一种声音吞吃掉另一种声音，死者的歌吟已无济于事，撕扯鱼内脏的声音凶顽地浇灭了它。

许长生抵靠在墙角。看不见的声音包围过来，包围圈越缩越小，声音的前锋扎得他刺痛，呛人的烟味闷得他想吐，他开始剧烈地挣扎，动乱中，墙上的人影摇漾起来，一个个并排的黑红色身形时而互相凑近，时而疏远，它们之间，墙壁白色的部分便时而抽紧，时而撑开，正如电梯的门开开合合，等待着一个莫名犹豫的乘客。

许长生把墙壁看了又看，越看，越觉得电梯原来是等在这里，这和梦里面可不大一样，可现实和梦境又怎么能够完全一致呢？许长生不禁嘲笑起自己的死板。

声音就要捕获它的猎物了，它奋力一扑，然而许长生轻轻巧巧地一抬腿，便跨入了墙壁，声音只捞到他衣角撇出来的一两滴雨水。

只要下对了刀，譬如对准鱼鳃下方的软肉，剪刀尖戳进去，一转，一铰，顺着豁口，刀刃便能一划到底。

墙壁内是长长的通道，通道两侧一开始是纯白色的，平滑如镜，顺软如绸，发出莹莹的微光。

渐渐地，淡淡的粉色沁了进来，粉得那样新鲜润泽，如婴儿的肌肤，又在不知不觉中一点点加深，变成了少女的脸庞，之后是七月的晚霞，云锦的红，宝石的殷，葡萄的紫，情人眼眸的黑。

那黑色绝不让人害怕，相反，它温暖，丰润，恰到好处地滋养人，即便通道越来越窄，让许长生由走到爬，到匍匐，都不觉得委屈。

一切的光都消失了，彻底的黑暗里，许长生满怀希望地前进，不觉得累，也不觉得久。

这里，万事万物都安排得恰到好处，许长生刚一感到肌肉微微地酸疼，甬道便分出两条岔路，他眯眼细看，左边岔路的尽头闪烁白色的微光，右边的终点则跳动着红色的微芒。

许长生想了想，但头脑空空，思考一向不是他的长处，他干脆丢开捉摸不定的思想，随机朝左手边的白光前进。爬了一阵，潮润润的黑暗唤起了有关夜的记忆，一些悠远但依然清新的画面在心中活泛起来，许长生想起了田地里麦穗出芒的夜晚，月光如波如浪；从家里溜出去捉蛐蛐的夜晚，闭着眼睛倾听叫得最响最脆的那一只；还有王丽君趴在身上的夜晚，女人的长长的发梢垂下来，送来一股洗发水的馨香，她红色柔软的嘴唇一点一点地靠近，一直挨到许长生敏感的耳边，用幽微的气声低低呢喃："别来，别过来……"

有一瞬间，许长生不知怎么竟考虑起堕胎术的细节，脑子里像凭空生出另一个人在帮他思考，那个人想象出一间四四方方的手术室，想象王丽君躺在一张牙科诊所似的躺椅上，蓝帽子蓝口罩的医生走过来，手里拿着一个金属盘子，里面码着大大小小十几把精光闪闪的剪刀。

许长生犹疑着，在甬道中停顿下来。

动脑筋实在是难受，浑身悚起寒战，耳朵里的疖子又疼起来，他伸手揉了好几下，手术室和尖利的剪刀消散了，但死灭的总也不肯彻底死灭，它呼唤起幽灵的同伴，强令许长生万般不情愿地想起电子厂的流水线，工作台上不分昼夜的照明，塑料线头里的金属丝，又想起工地上的钢筋、玻璃面板，紧接着又是主顾们说话时白展展的牙齿……

甬道似乎变短了些,尽头的白光仿佛注意到这里有个活物,它盯看过来,慢慢地,露出尖刺邪恶的微笑。

许长生本能地倒车,在被白光攫住以前,手脚并用地退回到岔路口,隆隆的心跳声中,他喘息着,过了一会儿才能鼓足勇气看向右边,但红色的光芒和白色截然不同,它是如此亲切、熟稔,不温不火,像一只在秋天的阳光里熟透的甜柿子,要抚慰一副饥荒了太久的肠胃。

许长生甩甩手脚,松松劲,暗自庆幸着重新出发。

这次没有幻觉与预兆了,温暖的红色,越离得近,越看出那光是毛茸茸的、浑圆的一朵,不单是耐心地等待一次重逢,甚至于在时空的开端处便延宕着,守候着。

再没有困顿、疲倦、疼痛、萎靡,许长生朝着红色的光晕一寸寸挪近,他稳扎稳打,按捺下所有的急躁,摈弃一应杂念,庞大的世界缩小到一个红点上,一个大爆炸大喷发的开端,一个炽烈瑰丽的起始,到了——

甬道消失了,许长生倏地爬空,头重脚轻,跌进一具肉身。

片刻的混乱后,五感归位,他抬头,看见天空高远,楼宇林立;他闭上眼,感到潮湿的微风吹过面颊,梅雨季即将来临,还闻到空气中熟悉的工厂味道,那淡淡的燃烧胶皮般的污染味。

手中夹着一簇小小的暖意，睁开眼，那是一支烟，烟头红艳艳地闪着火的微光。

他擎起烟，深深地吸了一口，然后翻过窗台，纵身跳了下去。

纷纷水火

1

警方发布玉房市关于"青蛙外星人绑架未成年人"谣言的通告,内容如下:

通告

近日,有外星人绑架未成年人的消息在我市民众间流传,经调查,此消息为谣言,请广大市民切勿轻信，并看管好家中儿童。

我市近期并无未成年人失踪案件，近日在市民中间广泛传阅的"绿衣少年被黑色触手拖入居民楼"的视频，为某电影的片段截取，拍摄地点也不在我市。

另外，网传上周二的"金色火球坠入我市太平湖"的消息，为不实信息。经调查确证，"金色火球"为太平湖新开设的游乐项目"水上漫步"的误传，该游乐项目可通过在水上漂浮的充气式"水上步行球"开展，步行球为透明塑料制品，内部可容纳一名成人或儿童，因而体积较大，是太平湖公园新开设的暑期创收项目，但因近日连续高温，为防游客中暑，水上步行球项目仅在上周二试运营一天后，便告暂停。塑料步行球在水面反射出强烈的太阳光，外加球体本身的彩色装饰，被不明真相的热心群众误认为"金色火球坠入太平湖"，请广大市民擦亮双眼，辨别是非真伪。

再另，"青蛙外星人"谣言是"金色火球"谣言的附加产物，经民警走访调查，周二当日，水上步行球结束试运营，进行回收工作时，有两个步行球因操作不当，在湖面漂离过远，工作人员前去回收，为防不慎落水，引发危险，工作人员身着潜水服与游泳脚蹼，被热心群众误认为"青蛙外星人"。

时值暑假，玉房市警方再次提醒广大群众，请勿让儿童靠近危险区域，请确保您的孩子度过一个安全、健康、快乐的暑假。

玉房市公安局

20××年8月7日

2

周炎亮的暑假作文（节选）：

太平湖探险小分队

……到了8月9号，就是礼拜五晚上，我、徐子佳、王慧慧和陆涵四个人就偷偷从家里溜了出来，本来蒋心羽也要来的，但她撒谎被她奶奶识破了，就没能出门，不过她还是很义气的，没有把我们供出来。

我们的集合地点是公园狗洞，那个地方的栅栏断了几根,平时白天我们也会从这个地方钻进公园,这样就不用买票了。我爷爷说了,太平湖在他小时候根本没有围墙,也没有栅栏,现在拦起来卖门票,是欺负本地人,买票才见它的鬼了,这话是我爷爷说的,不是我说的。

……

等大家都来了,我们才发现,因为事先说好蒋心羽带手电,她家有一个露营用的大手电,特别亮,我们就都没有带手电,当时徐子佳想回去,但我跟王慧慧不同意,因为已经打过赌了,回家就很丢人,很不勇敢。陆涵说他听大家的……

我、王慧慧和陆涵就顺着塑胶步行道往湖边走去,我们发现,虽然没有蒋心羽的大手电,但是公园晚上开了不少路灯,比我想的不可怕多了。

从湖边回来以后,我们都不太想说话了,本来我们还有一个计划,就是要去看一看公园的儿童乐园,看它在晚上是什么样子,后来也没去。

后来陆涵说他想回家了,我也同意回家。但回去的时候发生了一件事情,我们找不到狗洞了。

我跟陆涵对太平湖公园都非常熟悉,但我们两个人找了好久,都没有找到狗洞,陆涵说会不会被工人发现，给补好了，我觉得不太可能，因为已经很晚了，我想工人肯定都下班了。我们又找了一会儿，还是没有找到狗洞，但在路过太平湖公园大门的时候，陆涵说我们可以从闸门底下的空档钻出去，现在没有人。他试了一下，钻过去了，我就跟着他钻了过去，我们就回家了。

3

尊敬的娲山街道派出所领导：

你们好！

经过我们认真、细致的调查，现将结果汇总如下：

① 太平湖公园占地二百七十亩（十八公顷），为封闭式公园；

② 公园外墙总体为砖石结构，小部分为喷涂铁艺栅栏；

③ 经过调查，园地东北部的铁艺栅栏有小部分损坏，造成的空洞面积不足一尺见方，身高一米以上的儿童无法通过（详见附件照片1）；

④ 另外发现砖石墙面有三处破损，造成的空洞面积不足一尺见方，身高一米以上的儿童无法通过（详见附件照片2、3、4）；

⑤ 所有破损处已通知工人进行修补，并将于三日内修补完毕。

在此，衷心欢迎领导及全市人民继续对我园工作进行监督与建议！

太平湖公园管理委员会
20××年8月12日

4

谷文华的口述：

9号晚上是我值夜班，我们园是这样的，接待游客的时间是早上8点半到晚上5点，所以早上6点半到8点半，晚上5点到7点，这两个时间段游客是不能进来的，但附近的居民可以进来散步。也没有什么凭证，基本上大家都是熟面孔，就住在附近嘛！

纷纷水火

然后像我们值班么，除了接待游客的时间，就分早班跟夜班，夜班是晚上8点到早上4点，一共是八个钟头；早班是4点到中午12点，也是八个钟头。

那天晚上我上夜班，上班的地方在保安办公室，离大门还是有点远的，所以那几个孩子要是真的来了，又从大门口出去了的话，那我也看不见的，不在一个地方。

不过当天晚上我是接到过一个电话，晚上打到公园来的电话都会转到我们24小时值班室里来的，对，是自动转接的，是一个女的，她的声音我倒没有注意，没觉得有什么问题，她问的问题倒是很奇怪，不过公园嘛，有时候也会接到一点莫名其妙的电话，要不是后来这个事情，我也就不会放在心上。

她问我，原话就是这样子讲的，她问的是"你好，请问公园今天开不开门"。

那大概是八九点钟的时候，因为我值班的时候都会放《新闻联播》，那个时候《新闻联播》已经结束有一会儿了，我在看一个电视剧。

我以为她其实问的是"明天开不开门"，我就告诉她"明天开门"，我们公园是这样，每个礼拜一闭园，其他时候都开放的，那天是礼拜五，第二天是双休日，又是暑假，不光开门，人肯定还非常多。

事情到这个时候就有点叫人发怵了，这个女的又问了一遍："你好，请问公园今天开不开门"，我很奇怪，所以也是下意识地就问她："你问的是今天还是明天？"

然后这个女的就换成一个男的来问，还是一模一样的话："公园今天开不开门"，其实全部的话应该是女的说了一句"你好，请问——"，然后男的接过来说"公园今天开不开门"，所以现在想起来，他们三遍问的其实一模一样，都是"你好，请问公园今天开不开门"。

要说这个男的有什么特征……我觉得也没有什么特征，就是动作蛮快的。

嗯，是因为他们换人听电话的速度特别快，就好像这个男的就等在电话前面，而且两个人事先都练好了，女的刚说完"你好"和"请问"，男的立马就把电话夺过去说了后半句，要不是他们声音变了，我可能都听不出是两个人说的，还以为是一个人说的呢，这一点是有点奇怪的。

另外，我们晚上要围着公园巡逻的，一般是两个人一起，开电动巡逻车。9号晚上是我跟老纪一起巡逻。我们在开到儿童乐园附近的时候见到了那个手电，对，就是图片上这个。一般来说失物当然是规定要上交的，但老纪这个人嘛……那个手电又大、又亮，一看就是高档货，也的确是老纪捡到的，因为那天晚上是我开车，他打手电，给他在儿童乐园门口照到了这个东西。拿回办公室以后他没放到失物筐里，我看在同事的面子上，也就睁一只眼闭一只眼，我是没想到他会失踪。

5

下面紧急插播一条新闻：

8月9日晚间8点左右，家住我市太平湖公园附近的五名儿童相继失踪，此前他们曾相约晚上8点整在太平湖公园外集合，闯入公园进行探险活动。

他们分别是：

周炎亮，男，十三岁，七年级（附生活照），失踪时身穿墨绿色条纹衬衫、浅咖啡色短裤、白底网面球鞋，头戴灰绿色棒球帽，并背有蓝色双肩包；

徐子佳，男，十二岁，六年级（附生活照），失踪时身穿蓝色圆领T恤、棕色收腿长裤、蓝色运动凉鞋，脖子里挂白色包耳式蓝牙耳机；

王慧慧，女，十三岁，七年级（附生活照），失踪时身穿米黄色娃娃领连衣裙（领边与裙边均有黑色装饰线）、棕色罗马式平底凉鞋，脖子里挂一枚冰种翡翠佛公；

陆涵，男，十二岁，七年级（附生活照），失踪时戴黑框眼镜，身穿白色棉T恤（印有绿色暴力熊图案）、深蓝色五分裤、黑白色板鞋，右手手腕戴白色"小天才"牌儿童手表；

蒋心羽，女，十三岁，七年级（附生活照），失踪时身穿浅粉底大朵黄花连衣裙，束腰式、泡泡袖，头戴黄色蝴蝶结发箍，脚穿白色凉鞋，左腿外侧有一块类似一元钱币的深褐色胎记。

上述五位儿童最后出现的地区为太平湖公园一带，如有知晓相关信息的市民，请拨打娲山街道派出所电话0094-65225661，也可直接拨打110提供信息。根据消息的实际价值，市公安局将提供500至5000元奖励。

此外，太平湖公园安保部工作人员纪有发，于8

月10日凌晨4点半左右,从公园至娲山区福寿路太平花苑住宅的下班途中失踪。

纪有发,男,四十岁(附证件照),失踪时身着灰色职工短袖、黑色短裤,随身携带一支"艾尔明"牌露营专用照明电筒,电筒为蓝色手持式。知晓相关信息的市民同样可拨打娲山街道派出所电话或110,根据消息的实际价值,市公安局将提供100至500元奖励。

6

网红达人"奇奇小魔仙"的直播回放(均未剪辑)

视频一

标题:"两万赞"福利来了!你们猜我去了哪儿?

大家好,我是奇奇小魔仙,嗯……上个视频有宝子留言,说我的"聊斋艳鬼"系列古风照片可以去他们那的太平湖去拍,那个地方最近特别火,我说点赞过五千我就考虑一下,结果家人们也太给力了,你们自己看吧——点赞超过了两万，两万啊我的天呐！我朋友说我的视频火了，我还不相信，我太爱你们了家人们！

所以猜猜现在我在哪儿？

对，我现在就站在这个"太平湖公园"附近，视频里可能看不清楚，我调个焦距大家看一下，看能不能看到那个公园的大门……看见了吗？就是最东北角的那个地方，能看到大门吗？这个公园现在是不让进了。我也是来了以后才知道，现在不光是小孩失踪，大人也失踪，我查了一下新闻，说一共失踪了十一个人，但我们摄影师涛哥打听了一下，他们本地人的说法是失踪了三十多个，也不知道该相信哪个，反正现在这个公园有警察值班，每个门都有，不过我是不会让大家失望的，主要是我们万能的妆造师冰冰——她的一个大学同学就是玉房市人，然后我们就一通联系加一通找人求人，现在已经完美搞定了！明天早上3点钟，你们没有听错，为了给大家发福利我们也是拼了，早上3点钟我的天，我们找的人会带我、冰冰和涛哥进园，然后待上两个小时左右，因为6点以前必须出来，说是6点开始查得就特别严了。

所以，只有我们三个人，要进去两个小时，找地方，拍照，时间其实非常紧迫了，而且为了节省在园里的时间，我今天就不睡了，从晚上11点钟就得开始化妆做造型，我太拼了，真的，太拼了。

然后先小小地剧透一下，这次的造型特别、特别地花心思，你们绝对想不到！又美艳，又恐怖，一个字，绝！冰冰跟我说构思的时候把我给兴奋得！我们冰冰真的，百万妆造有没有？

我边走路边说话有点喘，大家别吐槽我啊！你们也能看到，这里路上基本上没什么人现在，也不知道是因为太阳太晒了，还是因为有人失踪，就我一个人在大马路上叭叭叭的，哈哈！

我们接着说明天的主题，灵感呢，是姑获鸟，有没有人知道的？就是《山海经》里的一个女妖，跟太平湖小孩失踪的事其实是特别贴的，没有任何不尊重别人的意思啊，希望不要有家人杠我啊！

那我简单说下姑获鸟，我看评论里已经有宝子说了，是的，姑获鸟就是专门吃小孩的，会趁晚上把小孩抓走。据说姑获鸟是难产的产妇死后变的，她长着人的头，鸟的翅膀，很大一只，叫声特别恐怖。

好了，今天的直播就到这里，家人们下个视频见，想看什么造型都可以给我留言，我都会看的，我是喜欢古风造型和拍照的奇奇，爱你们哦！

视频二

标题：无

哈喽大家好，我是你们的奇奇。

这个点还醒着的，你们都是我的神！刚刚我回酒店就睡觉了，从5点多睡到9点，睡了三四个小时，你们看我这眼睛，这么肿，毛孔也都炸开了，冰冰已经在骂我了，给她的工作带来了巨大的挑战，哈哈！

我现在边做造型边跟大家聊天，我看看大家说了些什么……哦，"太平湖现在在网上特别火"，对啊，来的高铁上我查了一下，真的特别火，各种分析，看得我都晕了。

嗯……"知不知道那篇作文"，知道呀，我也看了，不过我可能比较笨，没看出什么来，是看了别的大神的解析才吓得要命，那个作文也太吓人了，一起去的小孩一个一个失踪，但写作文的人却好像根本没感觉似的，想想都瘆得慌，所以你们让我来太平湖可太狠了，真的，就问还有没有比我更宠粉的，我是真的拿生命在宠粉啊家人们！

"到时候你们准备怎么进去"，嗯这个嘛，就算商业机密啦，毕竟现在是直播，说出去了也不大好，反正是费了好大一番工夫，那位大叔要价也要得挺那什么……（做鬼脸，竖大拇指）

好啦，我现在要去换衣服了，先下播了，等进了公园我会重新开直播的，想看的话一定要先关注我啊，关注奇奇小魔仙，关注我的"聊斋艳鬼"古风系列，奇奇不仅有好看的照片，还带大家直播探险，爱你们哦！

视频三

标题：无

家人们，我们现在已经在公园里啦！

刚刚我就想开直播了，但带我们进来的大叔不让，这个大叔可凶了。现在他走了，说一个半小时以后，他还在带我们进来的那里等我们，把我们带出去。

大家现在可以看到公园里的情况，我开了夜景模式,能看清吧?

其实没有我想象的恐怖,你们看,灯光打得挺足的,我们现在在往河边走,走的是一个——我看看那个指路牌啊——它写着太平湖是往前,儿童乐园往右,我们的计划是先去太平湖,然后去儿童乐园,姑获鸟嘛,要抓小孩子的,在儿童乐园拍照肯定也特别出片。

大家可以看到我现在这个造型,你们看这个大袖子,看,华丽吧?这个衣服是特别定制的,上面的绣花和金线都特别费工,然后穿在身上也特别热,不过我已经预料到这个情况了,所以我出门前喷了凉肤水,腰和脖子上还贴了冰贴,所以还可以,还有就是头套和假发(凑近镜头看弹幕)——"推荐一下凉肤水的牌子,好用吗?"有人问那我就介绍一下,这个凉肤水特别的黑科技!而且用法也很简单——涛哥?涛哥?怎么了?哦哦哦哦!

(镜头凌乱晃动)

嘘——我们现在是躲在这个,一个假山后面,刚刚涛哥看见有人,会不会是巡逻的,但带我们进来的大叔说现在这个点应该没有内部巡逻,只在外面巡,防止人进来什么的……不过还是小心一点,我们现在等一等，等那个人过去，我拍给你们看一下：

能看见吧？嗯，看见了是吧？就是那棵树旁边，站在那里，后背上一闪一闪的，可能是镶在衣服上的那种反光条，就跟环卫工或者消防员制服上的一样，所以真的可能是工作人员我猜。

（镜头对准湖边，但即便把视频调到最亮，也无法找到任何人影）

我们再等等，等他走。

他好像准备走了……现在我们过去。

哇，我们真的到达太平湖了！它……这个湖好大啊！真的好大！

（涛哥的声音出现在镜头外："不是说就十来公顷嘛，这看着绝对不止，至少有个三五十公顷了，网上的资料这么不靠谱的吗？"）

哈哈哈，涛哥之前还说就是个小水池子，没想到这么大！我太高兴了，这下成片效果肯定特别牛，这湖也太给力了！说到来之前，我又想到一个笑话，趁涛哥调整相机，我跟你们说，之前我们到涛哥家去吃饭，他妈妈做饭可好吃了。然后我们说这次去玉房山的太平湖公园，结果涛哥妈妈从厨房里冲出来，说"太平间公园？哪个公园会叫这个名字，不能去！太不吉利了！"我们笑死了都。

啊来了来了！宝子们我要去拍照了，为了省电，我就先不播了哈，一会儿我们儿童乐园见！

视频四

标题：无

嗨，现在我和冰冰到了儿童乐园了，我们刚刚在湖边拍了照，运气挺好的，等我们拍完湖上正好起雾了，要是先来儿童乐园，再去湖那边，那现在就拍不了照了。

（冰冰的声音出现在镜头外："湖又变大了。"）

我看看大家在说什么……"涛哥呢？"涛哥没有跟我们来，所以我们今天只能先逛一逛，找找合适的拍摄地点，等明天涛哥到了我们再一起……"奇奇脸上是怎么回事？"脸上？冰冰，你帮我看看，我脸上怎么了，妆蹭花了吗？

（冰冰进入镜头，说："湖越来越大了。"）

我看看你们又在说什么，怎么刷这么快，你们今天好热情啊！我来念一下弹幕——"冰冰看起来不太舒服""冰冰为什么老是说湖在变大""我有点害怕""涛哥呢?涛哥刚刚在的""奇奇,你的脸,脸上的肉""我也有点害怕"

(镜头凌乱摇晃,弹幕开始刷"怎么回事""奇奇你们快出公园""这个公园不对劲")

(视频黑屏,听见喘息声,像有人在跑步)

(视频恢复正常,冰冰一个人坐在儿童公园门口,在哭,眼泪不断地从她眼眶里涌出、流下,但她表情茫然,眉头微皱,像在回忆或思考)

(视频第二次黑屏)

(视频恢复正常,此时弹幕的主要内容为"要不要帮你们报警")

(此后直播的人为冰冰,说话的人也是冰冰)

我现在……因为时间差不多了,我要去那个地方等大叔,带我出去。我今天玩得……很开心,我想跟大家说,太平湖公园真的很美,我从来也没有见过这么美、这么美的地方,比梦里还美,是的,比梦里还……你们一定要来亲眼看一看,我想,我不重要了,重要的是我明白了一些道理,我以前不明白,但现在我明白了。

你们知道的,我小时候很……矮小,我在土里的时候，那时候我总是想着，四条腿和八条腿的区别是什么呢？我喜欢触摸……因为是好的，但走路是不好的，走路是一种、残酷的、方式，你要相信眼珠的不同味道，因为有它们自己的原因，和组成方式，而空气不一定同意……

（视频第三次黑屏，此后持续黑屏13分24秒，能听见杂音，但无法分辨，此后视频结束）

7

张贴在玉房市第七人民医院（暨玉房市精神康复病院）门口的公告：

公告

尊敬的患者及家属，你们好！

因近日患者增多，为合理利用有限的医疗资源，确保医护人员与患者高效沟通，有序接诊，我院将就诊相关事宜调整如下：

① 如您自8月1日以后（包含8月1日）去过太平湖公园（通过公园任意一道门禁进入园区，即视

为"进入"），无论您目前出现何种症状，请走红色通道。

② 如您自8月1日以后（包含8月1日）没有去过太平湖公园，但自8月1日以后，接触过符合①情况的人员，无论您目前出现何种症状，请走黄色通道。

③ 如您不符合①、②任意一种情况，但出现记忆力衰退或紊乱的症状，请向入口处工作人员索要一枚标有数字③的贴纸，贴在病历本封面中央，并走紫色通道。进入医院就诊大厅后，请勿在自助挂号机前挂号，请您走人工通道挂号，并且按人工指示前往指定科室。目前非指定科室不接诊记忆力衰退或紊乱的患者。

④ 如您不符合①、②、③任意一种情况，且出现头晕、恶心症状，在其他医院经常规检查，未查出任何器质性病变，并由该医院推荐来我院就诊，请向入口处工作人员索要一枚标有数字④的贴纸，贴在病历本封面中央，并走紫色通道。进入医院就诊大厅后，请勿在自助挂号机前挂号，请您走人工通道挂号，并且按人工指示前往指定科室。目前非指定科室不接诊神经性头晕、恶心的患者。

⑤ 如您不符合①、②、③、④任意一种情况，

请您走绿色通道，按常规流程挂号就诊即可。

⑥ 无论您属于哪一种情况，请您和您的家人在就诊期间不要和除本院医护人员以外的任何陌生人交谈，如有陌生人向您请求帮助，无论是问路、病情交流还是任何其他情况，请您和您的家人都不要理会，并尽快离开此人。如果无法脱身，可站在原地大声叫"保安"，医院保安会迅速前来，为您提供帮助。

⑦ 任何人（包括病患、家属、医护人员与出入医院的任何人）向您提到"太平湖"一词时，请您务必不要理会，尽快离开。如果无法脱身，可站在原地大声叫"保安"，医院保安会迅速前来，为您提供帮助。

请大家遵守就诊规定，共创文明和谐的就诊环境，方便自己，方便他人。

第七人民医院（市精神康复病院）全体医护人员祝您和您的家人就诊顺利，生活幸福！

玉房市第七人民医院（市精神康复病院）
20××年9月1日（宣）

纷纷水火

公告

尊敬的患者及家属，你们好！

为合理利用医疗资源，确保医护人员与患者高效沟通，有序接诊，我院将就诊相关事宜调整如下：

① 如您自8月1日以后（包含8月1日）去过太平湖公园（通过公园任意一道门禁进入园区，即视为"进入"），本院暂时不接诊，请您前往新建成的娲山康复医院就医。

② 如您自8月1日以后（包含8月1日）没有去过太平湖公园，但自8月1日以后，接触过符合①情况的人员，本院暂时不接诊，请您前往新建成的娲山康复医院就医。

③ 如您不符合①、②任意一种情况，但患有记忆力衰退或紊乱症状，本院暂时不接诊，请您前往新建成的娲山康复医院就医。

④ 如您不符合①、②、③任意一种情况，但出现头晕、恶心症状，在本市任意一家医院经常规检查，未查出任何器质性病变，本院暂时不接诊，请您前往新建成的娲山康复医院就医。

⑤ 目前政府提供前往娲山康复医院的接驳班车，本院北门（即正门）右侧一百米处有接驳班车等

待点，可根据北门附近的指引牌自行前往。接驳班车乘坐免费，发车时间可见等待点公示牌。

⑥ 本院友情提醒：患者及家属就诊请以"最新就诊公告"为准，任何人（包括本院医护人员在内）提供的就诊信息，请您不要相信。

⑦ 本院目前拥有三个院区，分别为总院（九冬南路188号）、洛泽分院（即北院，洛泽路213号）、天虞分院（即南院，天虞西路11号）。

⑧ 本院没有太平湖分院，如果您在本院遇到自称来自太平湖分院的医护人员或医院职工，请您及时拨打院内紧急报警电话0094-65331110，或玉房市报警电话0094-110，电话接通后，只需告知接线员"四号警报"即可。

请大家遵守最新就诊规定，提高警惕，切勿轻信。

第七人民医院（市精神康复病院）全体医护人员祝您和您的家人就诊顺利，一切平安！

玉房市第七人民医院（市精神康复病院）
20××年9月7日（宣）

纷纷水火

公告

（20××年9月10日最新版）

尊敬的患者及家属，你们好！

本院最新公告如下：

① 本院从即日起暂停营业，因此给大家带来的不便，全体医护人员及在职员工深表歉意！

② 如您是本院的既往就医、就诊患者，如需拿药，请至临时拿药窗口，凭往期医师处方续药，临时拿药窗口位于院区大门外三百米处（蓝色帐篷），可根据沿路指引牌自行前往。

③ 如需其他治疗项目（如电休克疗程等），请拨打医院临时热线，并按接线员要求提供相关信息，我们会尽快为您做出合理的安排，医院临时热线为：0094-65339999。

④ 如您有家人、亲属在本院住院，目前本院住院部谢绝探视，请家属们放心，本院全体医护人员及在职员工将全力以赴，尽最大努力保证住院病患的有序治疗、健康生活。您可通过通讯设备与住院病患进行电话或视频联络，也可拨打住院部电话，询问病患的近况，住院部电话为：0094-65331234。

（工作时间：上午9点至11点，下午2点至4点）

玉房市第七人民医院（市精神康复病院）
20××年9月10日（宣）

玉房市第七人民医院（市精神康复病院）
全体医护人员及在职员工
告玉房市全体居民书

尊敬的我市全体居民：

大家好！

最新通知如下：

① 我院总院区、洛泽分院（北院）、天虞分院（南院）即日起全部实行封闭化管理，严禁任何人以任何理由进出。

② 本院所有联系电话从即日起暂停使用，玉房市通讯运营公司业已暂停本院所有联系电话的通讯连接，请勿拨打。

③ 如您不慎拨打了本院任意电话，请您立即挂断。无论电话中传出何种语言、声音，声音属于何种性别、年龄，哪怕是求助信息，也请您务必忽略，

纷纷水火

尽最快速度挂断电话。

④ 如您接到自称来自本院的任意电话，请您立即挂断。无论电话中传出何种语言、声音，声音属于何种性别、年龄，哪怕是求助信息，也请您务必忽略，尽最快速度挂断电话。

⑤ 本院目前任何人员，包括但不限于医护、病患、员工，都将严格遵照封闭管理内部条例，严禁使用任何通讯设备与外界联络。请勿拨打医护、病患、员工的私人电话、网络语音或视频电话，如您收到相关来电、网络语音或视频通话请求，请不要接听。如您不慎接听，请立刻挂断。无论电话中传出何种语言、声音，声音属于何种性别、年龄，哪怕是求助信息，也请您务必忽略，尽最快速度挂断电话。

⑥ 本院目前饮食、饮水、电力、药品等物资均准备充分，请不必担心院内供给状况，我们全体医护人员与在职员工再次郑重承诺，我们将不畏艰难、不怕牺牲，尽最大努力保障病人的身心健康，保护医院的财产安全，我们将始终恪守希波克拉底誓言，秉持坚定的人道主义精神，生命不息，奋斗不止！

在此，谨代表目前封闭滞留在院内的所有人员，衷心祝愿大家平安!

  我们热切盼望着封闭解除,与亲人、朋友们再度相聚的那一刻!

       玉房市第七人民医院(市精神康复病院)
       20××年9月15日(宣)

  (以下为半张横格纸,纸张从病历本上匆忙撕下来,边缘残缺破碎。纸上蹭有两道干涸的暗红色血迹,及不明黄色污渍。纸张张贴在玉房市第七人民医院总院大门口,纸上的字迹潦草歪斜,且不是出自同一个人的笔迹)

第一种笔迹:

(黑色水笔书写,字迹较其他笔迹规整,但所有字都被蓝色圆珠笔涂抹了删除线)

  救救我们!救救我们!我们出不去了!我们还活着!

  我们……(后面过度删涂而无法看清)

第二种笔迹:

(蓝色圆珠笔书写,字迹最大,较黑色字迹潦草,但比红色字迹规整)

  不要进来!!!

  不要救援!!!

纷纷水火

不要靠近!不要靠近!!!

不要电话!!!

救救我们!(这行字被蓝色圆珠笔自行删涂过)

不要救援!!!!

第三种笔迹：

(红色圆珠笔书写，字迹极为潦草，几乎难以辨认，这些字写在纸页边缘，行与行、字与字之间的排列极为混乱，仿佛是在不同的时间和情况下零碎写成的，并且随着纸张从病历本上撕下而缺损了部分内容；血迹与黄色污迹均染于红色字迹处)

不要相信天空，因为天空是恶心的；

不要相信地面，因为地面是眩晕的；

不要怀疑错误的事情，因为它们是正确的；

不要提起过去的事情，过去是指~~五分钟~~(这里"五分钟"三个字被删涂过)

过去是指三分钟以前的事情。

走路的时候，要注意别人的……(此处缺损)

水是一种无色、透明的液体，是流动的，它不会……(此处缺损)

(此处缺损)……保护不是为了……

8

玉房市公安局特警支队特别行动队20××年9月21日进入一级（特高）风险地区的行动录音（文本整理稿）：

我们准备进入思槐外国语学校小学部。

本次行动人员共十二人，分为四组，每组三人，行动目标是侦查学校内部情况，标记不同区域的危险程度，并尝试救援。

目前所有的特高风险区里，思槐小学是最后一个划进来的，算是特高里风险最低的。

在思槐小学封闭前，我们掌握的情况是，仍有三十五名学生与六名老师被困在学校内，没法撤离，最后一次跟他们取得联络是在三天以前，那时他们全部转移到了学校食堂，那里可以保证食物和饮水。

我们现在的位置是学校侧门，这个门距离学校食堂最近，直线距离不超过两百米。

从外面看，学校太安静了，我现在透过栅栏门往里面看，没有看见行动着的人或者……生物，也没听到任何声音。

我们现在进去。

（轻微呼吸声、跑动声，简单的低声指令）

我们刚刚经过了学校的教师办公楼和篮球场，办公楼窗户上有血迹，篮球场上没有人，也没有尸体。之前篮球场是发生过情况的，我们原本的预测是会看到尸体，但没有。

我们现在距离食堂还有三十米左右。

（一名组员轻声说话："老大，看。"）

我们在食堂大门上发现了一张便条，写着"我们去实验楼了。"还有，"不要进食堂"。

之前陈曦教授给我们做讲座的时候说过，"异常人员"或"生物"仍然具有一定智慧，会模仿、诱骗和伏击猎物。

（极其轻微的衣物摩擦声，提示说话者在做手势，脚步声）

我们排查了食堂周边区域，没有发现明显异常，现在由B组三名队员进食堂查看情况。

（呼吸声，等待，五分钟后，B组队员撤出食堂，组长包明松向行动队长骆毅汇报："里面没人，也没有发现其他情况，地板、墙和天花板上都有血迹，但没看到尸体。"）

我们现在去实验楼。

我们不知道他们为什么会去实验楼,因为实验楼房间多,会让情况变得更加复杂。现在发给居民的行动指南也是建议,发生意外的时候要尽量躲到房间少、空旷的地方。

(轻微呼吸声、跑动声,简单的低声指令,实验楼为高层建筑,共七层,有两个正门、一个消防通道门。行动队勘察外部情况后,决定从其中一扇正门进入)

我们现在在一楼——

(突兀地响起歌声,伴随手枪、狙击枪被迅速拉开保险栓的声音,行动队员的脚步声与呼吸声全部静止。)

(五六秒后,在死一样的寂静中,歌声仍在继续,似乎有儿童在唱歌)

(微不可察的脚步声缓慢、慎重地响起,一组人留在原地,一组人跟随行动队长骆毅向歌声处逼近)

(约十秒钟过后,一声惨烈的惊呼只发出了一丁点,就立刻被死死捂住了,另有一人发出一声干呕)

(骆毅的深呼吸声,然后开始说话,嗓音异常低哑)

我们……在实验楼一楼,从南面大门进来,走廊的尽头有一间教室,教室名称是"生物3",我们是听到歌声后跟过来的。

我们看到……靠窗的一面墙上……有一个小女孩,她……

(深呼吸声)

她嵌在墙壁上。

是的,她的一半身体……看上去就像是跟墙壁长在了一起。

之前我看到过纪有发的照片,他整个人和一棵樟树像扭麻花一样缠在一起,但是这个……女孩子……她还活着。我不知道她这种状态能不能算"活着"。但她……她在唱歌,歌声是她发出来的,她的眼睛也睁着,表情……按我的理解,我觉得她看起来很……平静,我不知道我能不能这么说。

(沉默,呼吸声,五六秒钟后,响起短促的、经过消音器弱化的枪声)

我们按照《行动守则》第六版的规定……做了相应的处理。

(沉默)

现在我们打算去二楼。

（轻微的脚步声）

二楼有一个巨大的游泳池。

一栋实验楼里居然有一个游泳池，这明显不正常，属于……我一下想不起来那个词了，空间混乱？之前在别的风险区也出现过，不同的建筑物掺和到了一起，让人头皮发麻。我们现在试着近距离侦查……

游泳池里漂浮着……动物。有一些融合在一起，有些缺少身体的一些部分，断面很整齐。看起来像市立动物园之前失踪的动物。有一些看起来还活着，算是活着吧，但就像一楼那个小姑娘……睁着眼睛，没有表情，也没有反应。

游泳池周围看不出明显的标记，不知道是哪里的游泳池。

（一名组员说话："老大，水不对劲。"）

嗯，我注意到了。

（轻微的水声）

游泳池里的不是水，是一种颜色很像水的液体，像胶水一样稠，有淡淡的臭味。我们不知道是什么。按照陈教授的交代，我们没有直接接触这种东西——小周！你在干什么？！

(队员小周的声音,茫然:"老大,我……")

小周!周成益!

(衣物摩擦声、揪扯声)

(队员小周的声音:"我好渴……")

(另一队员:"老大,这水是不是陈教授说的……")

大飞,你带小周去一楼,三分钟内他如果能清醒,你们再跟上,否则你带他出学校。

(队员大飞:"是。")

C组、D组,你们从消防通道直接上七楼,从上往下扫。

(C组、D组两名组长:"是。"六人脚步声渐远)

B组现在,丽丽,你跟我,剩下大志还跟组长明松,我们两两行动,从下往上。

(原B组三人:"是。")

我们现在去三楼,既然出现了这种水,大家提高警惕,不要往天上看,也不要往脚下看,只用余光注意上下环境,还有,注意旁人脸上的表情,一旦出现面部肌肉痉挛,立刻报告。

(队员应答声)

(脚步声、呼吸声、上楼梯声,一切忽然暂停)

（沉默）

（传来某种无法辨别的声音，类似咯咯的磨牙声，但具有某种令人不安的规律性，声音逐渐靠近，暂停，有十秒钟左右没有任何声音，之后类似磨牙的声音再度响起，仍具有某种规律性，但和之前的频率不同，声音渐渐远去）

我们……刚刚看到了……

（呼吸声）

两个人……或者说一个，一个老师，和一个学生，融合……在一起。它用四条腿和两只手走路，这六条……东西像章鱼须那样的……动作，我们只观察到它有两条手臂，另外两条手臂不知道上哪儿去了。它的声音很奇怪，我们开始以为那种声音是它从喉咙里发出的，但后来发现不是，声源存在于它身后三四米远的某个空间点。

我们按照《行动守则》第六版，和这个……始终保持十米以上的距离，以防受到影响。

（女队员的声音："松哥！"）

（迅速的行动声，安瓿瓶被掰断的清脆玻璃声，一次性注射针筒被拆开塑料包装的声音）

……队员包明松刚刚出现面部肌肉抽搐，我们立刻给他注射了强效镇静剂。并按照守则，由一名队员留在原地看护。

（骆毅打开对讲机）

C、D组，你们怎么样？

（短暂的通话、汇报声）

好，我们在五楼西侧楼梯处会合，保持高度警惕。

（此后行动队在五楼发现幸存学生，在营救过程中发生枪战，录下来的声音剧烈而混乱，充满尖叫声，哭喊声，拖动桌椅、实验台等重物的刺耳摩擦声，玻璃器皿与门窗碎裂声，夹杂行动队员的指挥声与互相配合声。

此次行动总共救出六名幸存儿童，此前滞留在学校的两名教师在行动队员到来前，一人自杀，一人因保护学生而死亡。

此次行动牺牲的特警队员有：蒋荣轩、许艳、包丽丽[姓名按死亡顺序排列]。

行动小组长包明松、队员周成益在行动中负一级精神损伤，队长骆毅负二级伤；经治疗，骆毅恢复健康，周成益一级精神残障，包明松二级精神残障。）

9

玉房市公安局关于"吴永昌故意杀人案"的通告：

通告

20××年10月2日下午4点45分，玉房市南禅区世纪嘉园东侧发生一起重大恶性刑事案件。

犯罪嫌疑人吴某昌（男，48岁，玉房市人）以运送灾情物资为由，闯入世纪嘉园一居民家中，持刀砍死三人，砍伤两人，伤者中包括一名儿童。

接警后，巡防民警于5点02分赶到现场，在鸣枪警示无效后，民警开枪击中吴某昌腹部、小腿。吴某昌与伤者均已送往医院救治。

目前，两名伤者伤情稳定，无生命危险。吴某昌仍在昏迷中，亦无生命危险。案件正在进一步办理中。

玉房市公安局

20××年10月2日

玉房市灾情指挥办关于"发现异常人员的报警办法"的通知：

通知

现在我市全城戒严，全区域一律停产、停工、停课，居民生活实行"四不"方针（非必要不出门、不靠近风险区、不接触陌生人、不接打任何形式的电话），因此公共区域几乎不会出现治安管控人员以外的闲杂人员。

一、治安管控人员的异常情况

治安管控人员按职能，分为公安巡防、机动特警队、区域排查队、物资运送组、医疗救援队。

① 公安巡防：浅蓝色夏季执勤服（短袖），佩戴扣式软质肩章、软质警号、胸徽，戴执勤帽（视情况，有时可能不戴），佩戴灾情特制护目镜（上下遮蔽式），巡防时两人一组；如遇未佩戴护目镜，或单独一人行动的巡防人员，请您立刻发短信至0094-99110，短信内容为星号（*）+异常人员所在位置。

公安巡防人员标准着装示范：照片A（男性）；照片B（女性）。

② 机动特警队：黑色特勤作训服（短袖），作战背心，警用头盔或头套（有时两者均穿戴），灾情特制风镜（边缘涂黑），佩戴警用枪套、腿包，穿黑色作训靴。特警队行动时人数不定，但任何特警队员一定会佩戴特制风镜，如果发现未佩戴风镜，或佩戴非特制风镜者，请您立刻发短信至0094-99110，短信内容为星号(*)+异常人员所在位置。

机动特警队标准着装示范：照片A（男性）；照片B（女性）。

③ 区域排查队：排查队员由辅警与保安志愿者共同组成，身穿藏蓝色夏季辅警制服（短袖）或写有"××物业"或"××安保"字样的保安服装，并佩戴醒目的荧光橙色排查队胸牌，进行排查工作时，两人一组。如遇佩戴胸牌但单独行动者，或两人行动但其中一人或两人均未戴胸牌者，请您立刻发短信至0094-99110，短信内容为星号(*)+异常人员所在位置。

区域排查队标准着装示范：照片A（男性）；照片B（女性）。

④ 物资运送组&医疗救援队：物资运送员身穿便服，外套统一的黄色马甲，马甲镶有反光条，背后

纷纷水火

印有"物资运送"字样；医疗人员身穿白大褂；物资组、医疗队成员工作时始终处在物资转运车或急救车内。如您在转运车或急救车外发现上述人员，请您立刻发短信至0094-99110，短信内容为星号(*)+异常人员所在位置。

物资运送组标准着装示范：照片A（男性）；照片B（女性）。

医疗救援队标准着装示范：照片C（男性）；照片D（女性）。

二、闲杂人员的异常情况

目前我市实行全区域戒严，任何出现在公共区域的非管控人员，无论外观、行为如何，一律视为异常人员，如有发现，请您立刻发短信至0094-99110，短信内容为星号(*)+异常人员所在位置。

三、重点说明

① 无论异常人员看起来是否正常，是否处于危急情况（濒死、受伤、失忆、冷热饥渴等等），是否向您请求帮助，都不要靠近他们，不要和异常人员交流，并至少和异常人员保持十米以上的安全距离。

② 目前，任何人员（包括管控人员在内）都不会敲您的房门或按您的门铃，如遇敲门、按门铃，无论门外是几个人，着装、身份如何，请不要开门，立刻发短信至0094-99110，短信内容为感叹号（！）+您的地址。

③ 目前已发现异常人员可模仿人类使用电话，但尚未监测到异常人员具备书面表达能力，请广大居民优先选择短信等文字报警方式。

④ 如无法使用短信，则可使用视频通讯报警。视频接通后，请保证您的脸部全部出现在镜头内，并在通话过程中，始终保持正面朝向。如不能达到视频通讯的面部要求，接线员将拒接您的报警。

坚定信念，众志成城！

在此特殊时刻，我们只有更加严格地遵守规定，远离危险，高度警惕，才能渡过难关！

玉房市灾情指挥办
20××年10月3日

纷纷水火

10

玉房市110报警平台灾情专线的一些视频录像。

录像一：

接线员："您好，这里是玉房市110报警平台灾情——"

报警人："我刚刚发了那个星号和位置到99110，但我不知道这种情况是怎么回事！有个女的在我们这里，我们小区的花园里！一开始我们以为是不遵守规定偷偷跑出来散步的，但她穿得怪模怪样的，好吓人！业主群里也没人认识她，然后刚刚她那个——她趴到花园那个水池里去喝水了，她那个舌头，那个舌头上有东西！"

接线员："请问您现在的位置在哪里？"

报警人："我在家里——哦哦，我是那个合美御府一期的，在那个红星南路靠绿地广场那边，那个女的在我们一期门口的小花园里！"

接线员："好的，合美御府一期，我们会尽快安排人前去处理，女士，您的手机镜头不要摇晃，我们规定必须能看到双方的脸。"

报警人:"好的,好的。"

接线员:"女人的舌头您能具体描述一下吗?"

报警人:"我老公拍了照了,你等一下。"

(报警人丈夫翻出手机照片,放到镜头前)

接线员:"女士,照片不能挡住您的脸,我还是要看到你的脸。"

(照片调整位置,一张有些模糊的斜角俯拍照片上,一个女人蹲在水池边,她的形象的确令人毛骨悚然,穿着肮脏却又华丽的长袍和长裙,仿佛是从古装戏里跑出来的疯子,她低头对着水面,舌头从嘴里伸出来,舌面上长着一些绿色斑点,舌头中间还有一个模糊的图像)

接线员:"女士,那个女人的舌头上是有一个洞吗?"

报警人:"不是洞!是一个白色的什么东西,具体看不清,但是那个东西在动!"

(报警人丈夫提示报警人看一条消息,报警人侧过脸去看丈夫手机,然后回过头面对视频镜头)

报警人:"我们群里刚刚有人认出来了,那个女的好像上过新闻,是个网红,叫小魔女还是什么,就是去太平湖拍照的那个!"

（报警人又看了眼丈夫手机，然后回头看向客厅窗外，水池边的女孩）

报警人："真的！那个裙子和头发，一模一样！她她——她不是失踪了吗？这……"

接线员："女士，请您保持镇定，锁好家里的门窗，不要给任何人开门，不要接打任何电话，我已经把你的后续补充情况也报上去了，巡警或特警很快会到你们那里。"

报警人："好好好，你们一定要快点啊！"

录像二：

接线员："您好，这里是玉房市110——"

（撕心裂肺的号啕声，哭叫声，还有人扭打和捶门的声音，视频内图像与声音都极度混乱。）

接线员："您好，请你把脸放置在视频中央。"

（一个女人的声音哭号着"让我去！""你们让我去吧！""我一个人出去！"，镜头一阵晃动后，露出一个男人狼狈不堪的脸，他表情焦急中夹杂着某种绝望，脸色红白交错，布满不知是汗还是泪的水渍，他抹了一把脸，快速地说道："玉成路134号！我在玉成路134号，是个独栋别墅！我儿子回来了！他之前失踪了，是去游泳馆——青少年游泳馆游泳的时候失踪的！失踪了14天，刚刚他回来了，在我家门口！你们快来！我老婆崩溃了，对，还要医疗队！她受不了了，我们也——你们快派人来吧！快点！"）

接线员："好的，已经联系机动队，玉成路134，对吧？"

男人："没错！"

接线员："先生，先不要挂断，我还要跟你确认一下，您家人没有给回归人口开过门吧？"

（男人焦急地回头看了一眼，他妻子爆发出惊人的力量死死拽着门把手，她的父母则埋头咬牙，使出浑身力量把她往回拖，两位老人脸上也满是汗和眼泪。）

男人："没开，没开过！"

接线员："好的，请问您的儿子在外貌、行动上有任何异常吗？他和你们说话没有，说话状态怎么样？"

男人："没……没有——哦有的！他，鹏鹏他，他不是这个样子的，我说不好，就是你看的话可能看不出来，外人是不会觉得——但我们一看就知道，你懂我意思吗？我儿子从来没有过那种表情，真的从来！而且他，他每隔几分钟吧，眼睛就要整个转一圈！鹏鹏有点假性近视，但他眼睛从来没有这个样子过。声音……他妈妈哭成这样，他也没有反应！像怪物一样！"

接线员："回归人口有没有说过清晰的，可以理解的话？"

男人露出崩溃的表情："一开始他叫我们开门，后来他妈妈受不了了，他就变了，他现在一直在叫'妈妈，开门'，他知道他妈妈受不了了，他是故意的！我——"男人的眼泪夺眶而出，"我也快疯了，你们快来吧……"

录像三：

接线员："您好，这里是玉房市110报警平台灾情专线，请问您需要什么帮助？"

老太太温和的声音："您好，我家里的食品……不大够吃了。"

接线员："请把您的面孔放到视频里来，让

我看见。"

老太太:"我还不大会弄这个。"

接线员:"请您把手机转一转,看到您的脸以后,我叫停,您就停下来。"

老太太(慢吞吞):"哦,好的。"

(视频开始缓慢而不太稳当地转动,照到墙壁、冰箱、电视机、五斗柜和柜子上的景泰蓝花瓶,瓶子里没有花。)

老太太:"停了吗?"

接线员:"还没有,您继续转,我还没有看见您。"

(视频继续转动,照到铺着手工钩织线毯的布艺沙发、关闭的客厅门、半开的厨房门。)

老太太:"看见了吗?"

接线员:"还没有,您可以各个角度都试一下,上下转一转。"

(视频顿了顿,接着往上,转到了天花板,天花板上有一盏风扇灯,橘黄色的灯光亮着,扇叶也在慢悠悠地匀速转动。)

老太太:"现在呢?"

接线员:"您身边有年轻人可以帮您操作吗?"

老太太:"我就是一个人住,才这么麻烦呀!"

接线员:"那您赶紧继续转吧,90秒内看不到您的脸,我这里只能挂断了。"

老太太:"哦,好的,我转……"

(视频从风扇灯回到沙发,然后往下,露出一具没有头颅的躯体,脖子上方仅剩下巴掌大的一块脸部皮肤,皮肤顶端留有几缕稀疏的白发。脖子断面处,一些浅粉色的肉芽组织像蚯蚓似的扭动屈伸着。

接线员立刻切断了视频通讯。)

玉房市灾情指挥办关于"失踪人口回归与安置办法"的通知:

针对失踪人口回归的操作指南

近日,我市陆续发生失踪者回归事件,此前在各级风险地区失踪的居民,陆续出现在我市各处。针对此种新现象,灾情指挥办现出台"操作指南",请居民仔细阅读,牢记在心,遇到回归的失踪者(以下简称"回归人口"),请务必严格按照指南的条款谨慎、小心地操作,安全至上。

一、如何判断回归人口的身份:

独自徘徊在公共区域的人,无须辨别着装、身份、年龄等因素,均可视为回归人口。

在公共区域出现,但人数≥2的,如确定不属于公安巡防、机动特警队、区域排查队这三类人员,可等同视为回归人口。

二、如何判断回归人口的危险性:

回归人口身体有明显变异,如缺损、冗余或有不属于人类的部分,列为危险级。

其中,融合程度越高则越危险,譬如仅手臂部分出现融合者与上身大面积出现融合者,后者的危险性要大于前者。

有行动能力回归人口,其危险性要大于无行动能力者。

有语言表达能力(说的话听得懂,有逻辑,能理解抽象概念比如数字、时间等)的回归人口,其危险级别远大于无语言表达能力或语言表达混乱的回归人口。

在所有回归人口发出声音以前,应把所有回归人口一律视为有语言表达的能力,不能根据他们是否长有"嘴巴"（或类似的发声器官）来判断其是否有语言表达能力！

三、目前已知的回归人口行为规律：

① 有模仿能力，会模仿普通人类的行为方式，尤其倾向于模仿儿童、老人。

② 部分回归人口表现出食人、生食活物的倾向，具体规律专家仍在研究。

③ 身体越完整、越接近人类的回归人口，越倾向于向原本的家人、朋友求助，他们会表现出失踪前的某些行为习惯，以骗取被求助者的信任，切勿大意上当！

四、安全距离：

① 不要主动接触任何回归人口！接触行为包括但不限于语言交流、肢体接触、无接触递送食物饮水、目光交流。

② 请与回归人口保持三十米以上的直线距离，如条件有限，至少要保持十米以上的直线距离。

③ 实在无法保持极限安全距离（十米），如回归人口在门外，而您家的面积不够大，请务必保持您或您的家人和回归人口之间没有任何液体存在（擦干地面，挪开一切装有液体的容器，挪开水分含量较

高的瓜果蔬菜），然后闭上眼，捂上耳朵，把呼吸调整至最轻，并且不要随意走动。

五、报警方式：

请在看到回归人口（或疑似回归人口）后，立即发送短信至0094-99110，短信内容为"回归人口+回归人口所在地址"，我们在收到短信后，会回复"SD"，如发送短信后未收到"SD"，请隔一分钟后再次发送原短信，直至收到回执"SD"为止。

六、接到报警后，我们会立刻派出专员前往处理，如专员在处理过程中发生危险，请您千万不要前去帮忙！此前曾发生过热心群众帮助特警队员处理回归人口事件，引起异常状况大范围扩散，造成了极其严重的后果，请广大居民务必铭记在心，引以为戒！

七、如您发现本指南未曾提到的任何新问题、新发现，请编辑成短信，发送至0094-90110，灾情办再次郑重提醒，安全第一，不要靠近回归人口，不要发生任何接触，切勿出于任何目的以身涉险。

新问题、新情况仍在层出不穷，在此，灾情办谨代表所有仍奋斗在安保、救援一线的工作人员、

纷纷水火

志愿者，向大家郑重保证，危难无情，信念不灭！

社会是一个有机整体，我们每个人在社会中都有不同的身份与职责，让我们坚守各自的岗位，共渡难关。唯愿金风送爽时，玉房市能重获新生！

玉房市灾情指挥办

20××年10月9日

11

一本无法证实作者的日志

灾情指挥办指挥中心安放了一台保险柜，用于存放核心资料，知道保险柜密码的仅灾情办主任、玉房市公安局局长与市长三人。某日，灾情办主任打开保险柜取阅材料，一本日志凭空出现在一摞文件夹的最上层，日志封面上有手写的作者姓名——陈曦，但问遍整个灾情办，没有一个人对"陈曦"这个名字有印象。

灾情办进一步联络了市局、公安，仍然没有人认识"陈曦"，公安局户籍科随后调取全市户籍与暂住人口信息，找到两个名为"陈曦"的人：一人为初中生，女，14岁；一人为保险公司经理，男，42岁。二人均对日志一无所知。公安局刑侦大队鉴定科调取了两人的笔迹，经比对，与日志上的手书均无相似性。

以下为日志摘录：

20××年10月21日

不要相信天空，因为天空是恶心的；

不要相信地面，因为地面是眩晕的；

不要怀疑错误的事情，因为它们是正确的；

不要提起过去的事情，过去是指五分钟（这里"五分钟"三个字被删涂过）

过去是指三分钟以前的事情。

走路的时候，要注意别人的……（此处缺损）

水是一种无色、透明的液体，是流动的，它不会……（此处缺损）

（此处缺损）……保护不是为了……

———

已经基本解决的问题：

天空、地面：天空和地面都有可能让人心智失常，这是空间异常现象；

走路：和人一起的时候，要互相观察面部肌肉，一旦出现抽搐、痉挛，就是出现精神异常的前兆；

水：一切水域都有受到污染的可能，变质为一种外观类似水的无色无味、散发淡淡臭气的黏稠胶质，人靠近这种胶质（目前掌握到的极限距离是十米左右，一般安全距离是三十米），就会诱发精神异常，产生强烈想要饮用这种水的冲动，饮用者随后会与接触到的任意物质（有机物或无机物均有可能）发生融合现象。

———

未解决的问题：

·不要怀疑错误的事情，因为它们是正确的；

·不要提起过去的事情，过去是指三分钟以前的事情。

灾情还在进一步恶化，我有种预感，不解决这两个问题，我们将面临更大更惨重的损失。

今天娲山康复医院开始第四次扩建了。

现今对回归人口和异常人员的措施仍旧只有收容和限制行动，暂无医治办法，康复医院沦为一个打强效镇静剂的地方。今天新出的医疗指导意见是镇静剂量可视具体情况调整上限，我们不得不忽视高频率使用镇静剂对大脑的副作用。

20××年10月22日

· 不要怀疑错误的事情，因为它们是正确的；

· 不要提起过去的事情，过去是指三分钟以前的事情。

———

今天我以三分钟为时间段，分析了手头所有的视频、音频资料，没有新的发现。

骆毅今天醒过来了，但说话困难，无法提供有用的信息。

所有从危险区逃出来或者救出来的幸存者都不记得在危险区发生的事情，我们无法从他们身上得到任何有用的信息。

补充：这些人都存在不同程度的记忆力衰退。

今天，我这个搞物理的跟精神科医生、心理学家、脑科专家一起开了研讨会，还有一个搞拓扑学的教授，耳目一新。交叉学科的确是未来学科演进的方向。明天还会有语言学家和文化理论学家的加入，希望对分析现状有帮助。

20××年10月23日

我不应该骂小沈。但她更不应该瞒着我去接触娲山医院的回归人口。我不需要，也不能允许我的学生不听指挥，自作主张冒这么大的风险。

但她采录到了有效信息。

研究有了重大进展，我们由此弄清了"三分钟"的含义。

从认知学的角度来讲，人的记忆是跟时间、空间相关联的，精神医学证明了人的神经细胞是立体的，具有空间性的结构；心理学对认知方面的研究则表明，人类思维的建立过程伴随着对时间和空间的感受。

小沈从回归人口那里证实，危险区域里的时空顺序只能维持三分钟。

即危险区域里的任何事物，不论死活，有机无机，都只能维持三分钟左右的正常状态，一旦超过三分钟，空间结构就开始变动，时间性就破碎、扭曲。人如果不注意到这个变故，精神还能勉强维持正常，一旦注意到，就完了，认知崩溃，接着记忆力出问题，神经异常。

时间和空间是物理学最基础的概念，人是依赖时间和空间存活的三维生物。

这也解释了写那篇作文的小学生是那群孩子里最后一个失踪的。

心理学许教授、语言学戴教授联合分析了那篇作文，认为那个孩子是五个孩子里对时间和空间变化最不敏感的，所以最后一个出问题。

这同样解释了思槐小学得救的六个孩子全是一年级的原因。

我们现在基本厘清了"发生了什么"的问题，但仍无法回答"为什么会发生"。

20××年10月24日

不要怀疑错误的事情，因为它们是正确的；

——

语言是思维的体现，思维是认知的运动形式，而认知的建立要依靠稳定的时间和空间。

语言学，心理学，物理学。

终于联系起来了。

时间和空间出了问题，认知就会出问题，人的思维就会混乱，这种混乱体现到语言上，就会说出正常人理解不了的话。

所以我们会看见这句：不要怀疑错误的事情，因为它们是正确的。

小沈的父母今天给我打了视频电话，我告诉他们小沈在娲山医院第四院区接受治疗和隔离。也告诉了他们小沈得病的原因。

汪市长的市民撤离计划未得到上级批准。

不要怀疑错误的事情，因为它们是正确的……
什么是错误的事情？

玉房市什么时候发生过"错误"又"正确"的事情？

20××年10月25日

今天梳理玉房市八月份至今发生的所有事情，并结合时间、空间、水。

备忘：联络许教授、戴教授，讨论我的猜想。

20××年10月26日

我的猜测可行。

备忘：制订一个行动方案。

这个方案一定会失败，只有失败了，它才能成功，因为错误的事情才是正确的。

因为记忆的衰退和紊乱发生得比我们想象的还要早得多。

杀一人，救百人、万人、无数人？

20××年10月27日

一切都准备好了，明天行动。

希望我的猜测是对的。

希望我这个人从来没有存在过，没有人记得我。

这样，我就能成为一个开始。

20××年10月28日

正在看这份日志的人，你好。

如果你看到这本日志出现在资料保险柜里，并且看到封面上的名字"陈曦"，感到惊讶和困惑，完全不知道这是怎么回事，也不知道"陈曦"是谁，我将会非常高兴。

我是谁不重要，重要的是玉房市到底发生了什么。

你们也许会提到居民的失踪、回归，水的变质，天空和地面的空间异常，人们的记忆出现问题，是的，这些都是发生过或者仍在继续发生的事情。但如果现在没有人记得我，没人知道我是谁，怎么能把这本日志放进如此机密的保险柜里，那就证明我的猜测是对的，玉房市所有灾难的根源，不是上面这些，而是那个最早出现的谣言——

"青蛙外星人绑架未成年人"

这的确是个谣言，但语言是思维的体现，顺着谣言查找它的成因和源头，我们会发现惊人的事实。

8月5号玉房市公安局发布了一则通告，披露了谣言风行的原因：太平湖公园新开设了"水上步行球"娱乐项目，但因为天气太热而暂停了，此后，"水上步行球"被谣传成"金色火球"，穿着潜水服的工作人员被谣传成"青蛙外星人"。当时正值暑假，小孩玩得疯，潜意识里心存担忧的家长们进一步发挥想象，外星人很可怕，是来掳掠儿童的，于是"青蛙外星人绑架未成年人"的谣言便被炮制出炉了。

后来玉房市真的开始了居民失踪等恐怖事件，这则小谣言立刻被大家遗忘了。

但这不是玉房市居民的第一次群体性遗忘。

有一句话始终困惑着我，我怎么都想不明白，什么叫"不要怀疑错误的事情，因为它们是正确的"。后来，关于记忆、时间、空间的研究，加上几位心理学、语言学、文化传播与理论学教授的帮助，让我开始注意到一切表面上看起来"错误"的事情。其中，"青蛙外星人绑架未成年人"这则谣言看起来最诡异，原因有两点：

首先，这则谣言的发生地就是后来一切异常的起始地点，太平湖公园内的太平湖；

其次，这则谣言发生的时间距离第一起居民（五名儿童）的失踪案非常近。

基于这两个原因，我着重搜集了这则谣言的相关资料，请来各学科的教授帮助分析，果然发现了疑点：这则谣言传播得过于广泛，以至于市公安局不得不花费有限的警力，进行了详细的走访调查，并发布了一篇正式的辟谣公告。

研究文化传播学的褚正则教授告诉我，任何引起群众群体性反响的事件，无论是谣言还是事实，它一定是基于某种普遍存在于群众心中的心理潜意识，也就是说，越是广泛传播的事件（无论真假），它越具有广泛的心理基础。

褚教授列举了几个曾经在不同国家和地区大范围传播过的谣言,这些谣言的背后都隐藏着某种真实情况,有些情况乍一看和谣言不相关,但仔细探究,就会发现其中存在着千丝万缕的联系。

我逐一研究了太平湖"外星人"谣言所包含的元素,其中,那个谣言背后的谣言,即诱发"外星人"想象的"金色火球"最为突兀。我搜索了各种资料,发现"步行球"和金色火球的相似度其实很有限,这个一点不高明的谣言怎么会在一夜之间骗倒了如此大范围的居民?

我还联想到,玉房市这场灾难中最令人费解的东西——水。

水的变异,水的胶质化。

金色火球,水,塑料步行球。

就像科研项目都需要某种灵感,一个假设在我脑海里迸发出来:

也许真的有过一个金色火球,它曾经真的落入过太平湖。

这个火球是一枚突破人类想象的天外来物,它也许拥有特异的质量、密度或者别的理化性质,它砸到地球上的一个湖泊里，引起了一系列恐怖的灾变。

这个假设不是异想天开，对物理概念有一定基础认识的人也许知道，时间、空间，那都是人类对于宇宙中某种现象的人为定义，就像闪电曾被人类看作雷公电母的发威，闪电是客观现象，雷公电母则是人类的想象。同样，时间、空间也是一种想象性质的定义，在地球上并没有一条一往无前不回头的透明射线叫作"时间"，也没有三根指向前后、上下、左右的透明柱子撑开混沌的天地，为人类开辟出可以生存和活动"空间"。对于物理学家来说，时空是一体的，它们是同一种东西的不同性质的体现，就像西瓜的形状和西瓜的颜色，对于西瓜本身来说是一体的，分不开的。

对我来说，不存在彼此独立的时间和空间，时空一体，就如同一张薄膜存在于宇宙中，承托着万事万物，说得更晦涩一点，连引力、斥力、温度——这些也都和时空"集成"在一起，是"宇宙"这个西瓜不能互相分割的不同面向。

唯有如此，唯有从宇宙本体的角度，从物理学最本质的概念出发，玉房市的一系列灾难才有可能解释得通：

重一些的地球是轻一些的月亮围绕地球运转的原因；

而我假设，的确存在一个金色的火球，它从遥远外太空而来，落入太平湖，成为玉房市一切灾难的真正起点。

它引起时空紊乱，引起依赖时空才得以思维和生存的生物——人类的异变，它落入太平湖，瞬间改变了太平湖的水质，使太平湖湖水变成另一种东西。太平湖是活水湖，它四通八达，流向玉房市的各处水道、暗河，引起可怕的连锁反应。

根据这个猜想，我继续推出了第二个假设：

玉房市居民在见证金色火球落入太平湖之后，便集体遗忘了这件事。

为此我咨询了心理学许教授，许教授告诉我，人忘掉异常可怕的事情，是一种远古就流传至今的心理保护机制。

加上时空的紊乱对思维、认知能力的影响——

这些因素加起来，极有可能造成全市居民的第一次真正的遗忘：忘掉金色火球曾经坠入过太平湖。

当时也许有炽烈的火光弥漫整个天空，那场景就像辉煌却又惨烈的世界末日，给所有人带来视觉与心理的双重重创。

此后人们开始遗忘这件事，这是出于恐惧、混乱与不能理解而发生的群体性癔症，金色火球坠湖事件被遗忘了。紧接着，"青蛙外星人绑架未成年人"的谣言不胫而走，风靡全城，它是记忆与潜意识对于遗忘的反抗。许教授打了个比方：人的这种心理就像跷跷板，摁下一头，必然跷起另一头，我还跟她开了个玩笑，说物理学上这叫力的相互作用。

咨询完几位教授，剩下的事情就是我这个物理学人的本职工作了。

我列了一份计划表：

我打算测试太平湖的面积、附近的重力数值、光在附近的传播速度，我还要借一台超声波仪器，用来测定湖底的深度、沉积物厚度、水质的体积与密度的关系，等等。技术细节不赘述了，我把所有的实验计划书夹在本子最后一页的封皮内部，计划书详细列举了我将要用到的方法、公式、证明思路，还有取得结果以后将要使用的数据分析框架。

我希望所有的实验结果最终能支持这样一种假设：

太平湖湖底有一个巨大的深坑，深坑内的物质具有极强的放射性、极高的密度。

根据我的预想，那些测试结果加上今秋最初落入湖中产生的冲击力——这就是玉房市一切时空异变的源头。

打个容易理解的比方，时空原本是一张平稳地飞行在虚空中的魔毯，人类、湖泊、花鸟鱼虫、高楼大厦等等一切，都依附着这张魔毯生存与消亡。但忽然之间，一个滚烫且特别重的小金球被无形的命运砸到这张魔毯上，把魔毯砸出一个洞——

于是，以这个洞为中心，原本在洞周围生存的一切事物，都遭遇了灭顶之灾。

如果以上理论能够成立，人口失踪与回归的难题也将迎刃而解：

魔毯被金球砸穿以后，不光破了一个洞，洞周围的布料也因为撞击而发生起伏震荡，毯子凹下去时，生活在上面的人便因陷落而失踪；而毯子回弹时，陷落下去的受害者们又纷纷被抛出。并且在这个起伏过程中，各种物质互相碰撞，有的碎裂，有的挤压粘连，这种挤压粘连，就是我们现在说的，令人绝望的"融合"。

而一切灾难，越靠近洞口越剧烈，同时，其影响是逐渐扩散的，这就是玉房市如今的现状。

因为金色火球坠落在太平湖，太平湖成为时空破溃的地方，我们此前制定的方针有一项极其正确，就是禁止任何人靠近太平湖公园。

唯一值得庆幸的是，时空是自宇宙大爆炸之初迸发而生的，有其自身的延展性，因此，虽然人类在宇宙面前渺小如尘，至少我们可以等待，等待时空的魔毯自行延展修复。

写完这篇日志，我就会开始行动。

我将去太平湖公园实地走访，寻找关键的证据来证明我的猜测（我将违规闯进特高危风险的太平湖公园，还以灾情指挥办研究组组长的身份撒了几个谎，搞定了一系列流程）。

我将撬开太平湖公园几间办公室和库房的门，亲眼看一看与谣言相关的潜水服、脚蹼、步行球。

如果我的假设正确，那在公园库房里，我看到的将不是未经充气的步行球满满当当堆在库房地面上，而是彻底的一无所有——库房里连步行球的影子都不会有。

此后,我将会搜寻太平湖岸边的那些草丛,从中发现一些可疑的残渣,它们有着被高温烧灼过的卷曲、焦黑的不规则边缘。这些残渣的材质必然是软塑料,就是制造步行球的那种原材料,这些步行球曾经漂浮在太平湖上,作为公园的创收项目在进行试运营,这时候,金色的火球从天而降,太平湖的水面瞬间变成火海,漂浮中的步行球被烧毁,塑料碎片炸飞,气流与喷溅的水波把它们抛到空中、岸边、草丛里。

写到这里,原本要谈我到底是谁了,但在整理思绪的过程中,灵感再一次出现,我想到了更多的东西。

我想到,政府现在每日更新的失踪人口名单是不全面的。

因为不是所有从魔毯破洞处陷落的人都会"回弹"出来,而是只有大家记得的人才会这样。

我这么说实际上因果倒置了,话应该这么说,才更符合事情的客观发展顺序:只有会"回弹"出来的人,才会依然留存在大家的记忆中。

因为这张毯子,是具有"魔力"的时空之毯,而人类,是依附于时空才能生存的三维生物。那些

"失踪"的人里，有的尚处于魔毯震荡的范围内，所以能被"回弹"出来，成为回归人口，而有的，则掉到了时空的破溃与震荡范围之外，永远掉出去了，随着这种永远的掉落，他的亲朋好友、伙伴同事，他养的宠物，他不知名的暗恋者，所有的时空生物都将因为这个人身上时空性的崩毁而遗忘掉他。对一个人的种种记忆，就像一颗颗珍珠，串联在与这个人相关的一条时空丝线上，现在，时空性消失了，于是珠子纷纷掉落，记忆消弭于无形。

这种消散与死亡不同，死亡是停止在时空的某个点上，而陷落是滑脱到时空之外去了。

这也是我即将迎来的结局。

因为一旦我闯入太平湖公园，突破跟太平湖的警戒距离，再做上一番实地调查与实验，其中或许还有我因为害怕和操作生疏而耽误的不少时间——那我就滞留得太久了。

我的身上不仅会产生异变，失踪，还会失去"回弹"的可能。

因为太平湖是金色火球的坠落点。当震荡的涟漪不断向外扩时，中心就会越来越平静。所以，当灾情从八月初"震荡"到现在，太平湖这个中心的

"布料"就不会再回弹了，因此，我这粒渺小的尘埃也将不可逆地从洞口滑落出去，一直滑落进记忆无法触及的虚无世界。

不必为此惋惜甚至难过，比起宇宙的宏大、客观规律的深邃，我个人是微不足道的。

不仅如此，我的消失还将是一件好事，是我一系列计划最后、也是最重要的关键：

只要有人看见这本日志，看见封面上"陈曦"两个字，却又找遍全世界都没有一个人知道我是谁，记得我是谁，那就说明我是真的从时空魔毯的破洞里滑脱出去了。

由此可证，破洞必然存在；

破洞存在，则金球存在；

金球存在，则我上述一系列假设、推理、证明过程，都存在，都为真。

所以我消失，则一切逻辑链成立，玉房市灾情终于真相大白。

——

我叫陈曦，曾在玉房市灾情指挥办工作，担任指挥办研究组组长。

灾情办和我有过较多工作交流的人有：灾情办

主任顾捷元，机动特警队队长骆毅，我的研究生沈梦雨（目前在娲山康复医院隔离治疗），赵赫，研究组褚正则教授、许萍教授等。

如果这些人对我记忆全无，那基本可以说明，我以上的假设和推断都是正确的，附在日志最后的实验计划书也具有参考价值。

此外，我还提供一个额外的验证方法，说不定对后续的灾情救助工作有一点参考价值：

如果救援工作有余暇，可以在办公文件、报告打印件、名册、会议视频录像等文件上寻找可能的痕迹，比如我的名字、我的影像或声音等，以证明"我"，陈曦，真的存在过，并且真的无人记得。

不过我不敢百分百确定这个方法绝对有效，因为我不知道在我失踪以后，那些痕迹是否还会继续存在。时空的性质至今仍有诸多谜团留待人类探索研究，加之个人学识有限，我无法预料我的失踪会对这些痕迹产生怎样的影响，它们是否会随着我的失踪而一起消失溃散。

此致。

祝：

灾情早日停止扩散。

12

下午三点钟,演讲开始了。

许萍教授走到大厅前面,她年逾七十,体貌清癯,一头灰白的短发,戴玳瑁纹细框眼镜。开口前,她先扶了扶眼镜,然后举起手里的矿泉水瓶,冲台下微微鞠躬:"各位同志、领导,大家下午好。"

那支充当话筒的空矿泉水瓶让邹敬远不大舒服,他有饮水方面的问题,和水有关的东西都容易引发负面联想,这也是他现在坐在这个整洁、空旷的大厅里的原因。大厅并非真的空无一人,始终有人在出出进进,往来穿梭,但它的确有一种空旷的氛围,让人不自觉地安静下来,说话声也放得低沉轻缓。

许萍教授的演讲内容是一段科研经历,她讲得很认真,用的是一种相当实事求是的态度,以求提供最大的参考价值,尽管大厅里并没有几个人在听这场演讲,仅有的几个观众也心不在焉。包括邹敬远在内,大家在此都是为了打发时间,他们抠指甲,打哈欠,瘫在椅背上定定地望着窗外的风景,眼里却什么都没看进去,要是有护士走过,他们就也跟着转头看上两眼。

许萍教授讲的是二十年前的一场实地调研活动,那时她刚回国不久，担任某国家级研究中心的实验室主任，兼大学博士生导师。她所在的研究领域，重理论，重实验，参加国际学术会议的机会也很多，实地调研则很罕见。实际上，那次调研活动是临危受命，头一天她接到通知，第二天就坐上飞机出发了，这是许萍有生以来第一次坐军用飞机，在颠簸的飞行过程中，她和两个随行的博士生争分夺秒地阅读资料，那些资料甚至是当天凌晨才打印出来，交到她手里。当她在逼仄的机舱内，在充耳的机械噪声里迅速翻阅纸质的文件时，能触摸到厚厚的纸摞中未散尽的热气。

两个多小时后，一行人来到了玉房市。

听许萍教授的讲述，你很容易把玉房市当成一个真实存在的地方，它的地理位置、城市风貌与两个月内种种庞杂恐怖的变化，都在许萍教授平实得有点枯燥的叙述中呈现出土夯砖垒般的逼真质地，这让邹敬远想起老丁的话——"我估摸着，科学家发起疯来就是这样"，老头的表情半是促狭，半是疑惑。老丁是邹敬远的邻床，邹敬远住进来的时候，他就靠在床头，玩平板电脑里的斗地主，他的病症是轻微的精神分裂，犯病时能看见一簇簇火苗在眼前跳舞，不犯病时和健康人没两样。邹敬远的问题则是喝水，他没办法独立地喝水——只要是水，透明无色的液态H_2O，他就必须跟在别人后头喝，无论是一瓶水、一碗水还是一杯水，即便邹敬远渴得要昏过去了，他也必须先看别人喝过，才能去喝那份经人喝过的水，跟古代的皇帝非得要太监试毒似的。这是一种偏执症，属于这个大类底下进食障碍的一种，很年轻的时候，邹敬远莫名其妙地得了这种病，那时他还在上大学。父母带着他多方医治无效，无法可想，打算从此把这个儿子看作废人，养在家里，结果过了一年多，邹敬远都习惯了辍学在家打游戏的日子，这个病又忽然消失得无影无踪。

邹敬远便回到学校，上课、考试、毕业、工作、结婚、生孩子。

上个礼拜，邹敬远去了趟桂林，旅游，回来睡了一觉，第二天起床，给自己倒了杯水，看着透明的玻璃杯和杯子里透明的液体，嘴唇开始哆嗦。医生让他住院，预期疗程四周，邹敬远办妥了手续，站在病房门口算了算，距离上次犯病隔了有二十年。

老丁说许萍教授真的是个教授，只不过她早就离开了实验室和大学，成了住院部的常客。老丁有癫痫，精神分裂一犯就有诱发癫痫的危险，必须上医院来监控着。从二十多年前他第一次在火焰的群舞中口吐白沫地被抬进医院，许萍教授就在这儿了，只不过那时候还有学生和科学家同事来看望她，那些人如今都见不到了，许萍教授的演讲雷打不动地还在继续，讲的内容也没有变过，老丁都能把开头那几句背下来了："各位同志、领导，大家下午好，我长话短说，我们新近的战果是找出了应对空间性认知紊乱的问题，遮蔽型防风镜被证明是有用的。但对于时间性认知紊乱问题……"这么多年来，老丁最多只听到这里，便意识到这堆胡言乱语里没有什么能引起他兴趣的八卦，果断放弃了，他建议邹敬远也这么干，全部的乐趣只在开头，之后就再没有什么新鲜的了。邹敬远不知道是什么吸引他一直地往下听，那几个一开始和他做伴的听众都走光了，他还待在原地，老太太讲的东西他一概听不懂，只觉得困倦，可他还一直坐着，直到一个女护士经过，看看许萍，再看看邹敬远，问道："你也知道玉房市吗？"那种随口一问的语气，仔细琢磨的话，却又像提起一门高精尖且特别冷门的学问，绝大多数人不仅不能通晓，连知都不会知道。

小护士跟邹敬远的儿子差不多大，年龄差让邹敬远生不着这份闲气，加上药物反应让他的感觉和思维都迟钝，他回答："不知道啊，你知道？"

"哦，我以为你知道，"护士说，"你可以上网查查，蛮好玩的。"

他们住在轻症病区，病人可以带手机。过了两天，邹敬远在又一个无聊的时刻回想起了这茬，他以为玉房市可能是一个真实存在的地方，只不过跟许萍教授的异想天开完全是两回事，两者一点也不沾边。邹敬远想，玉房市大概率是一个异常偏远的小城，甚至是近一两年才升级的县级市，不然他不可能一点也没听说过。但"玉房市"是一个网站。

准确来说，是一个寻找"玉房市"的人们聚集而建立起来的网站。

他们在网站上发布各种线索，有的是搬家翻出来的旧照片，有的是其他城市的县志里提到的只言片语，还有人做了古怪的梦，梦里回忆起逼真而古怪的事件，还有从跳蚤市场偶然得到的老旧物件，它们或真或假地都在提示一个曾经绝对存在，而后来忽然间离奇消失的现代城市。

邹敬远越看越心惊，这个网站显然存在了很多年了，上面的信息丰富庞杂，一时竟让人难辨真伪。

但一切并没有演化为一场怪谈，很快邹敬远就从小护士那三言两语中弄清了真相：包括网站在内，全部都是编造的。

这是一种亚文化创作，有此爱好的人汇聚在一起，就某一个虚无缥缈的构想进行群体性游戏，比如凭空捏造一个不存在的城市，这个城市存在隐秘的都市传说、讳莫如深的过去，或者盘踞着离奇的生物族群，同好们制作城市官网，贴上假地图、网上随机下载的风景照，或AI制作的商业区照片，他们自己扮演追根究底的调查者、受雇的私人侦探、偶然介入的记者、县志研究学者，他们发布资料，提出问题，梳理线索，一切都力求逼真到极点，比真实还要真实，他们自己设谜，自己解，像反复挖开一个坑又倒土填上，然后再挖开，再填埋，这样的过程让人有种错觉，仿佛挖掘活动会一次比一次钩凿得更深一些，由此一直挖进地心。

护士小南显然也是这个小圈子的重度爱好者，见邹敬远有耐心听她讲解，干脆偷工摸鱼，一屁股坐到床沿，要好好给邹敬远讲解一番，将他发展为同好，可惜刚囫囵说个大概，下午的探视时间就到了，邹敬远的妻子和儿子照例来看望他。

这种小孩过家家的东西理所当然地被忘却了，邹敬远按部就班地服药，做行为矫正疗法，为了尽快恢复，还做了四次电休克，一个礼拜一次，预定的四周结束后，他时隔二十年突发的急性进食障碍基本治愈了，他办好了所有手续，顺利出院，老丁走得比他还早两天，邹敬远出院前，邻床换成了一个三十岁的年轻女人，两人没能聊上几句，直到临走前，邹敬远也没弄清她是为什么进来。

医学上的"临床治愈"，跟普通人期望中的"治愈"是有差别的，终其一生，邹敬远在"喝水"这件事上始终存在着一丁点滞涩，微不足道，不至于表现出来被人发觉，只不过每次端起一杯水，或者拧开一瓶矿泉水的瓶盖，他都要在心里微微地停顿一下，用短于半秒钟的时间去忽略心中的不适，用理智处理不正确的情感，去相信一瓶水绝对是无毒无害的，他可以喝下它，不需要谁帮他先试个毒。

他不知道这个病症怎么会发生在自己身上，医生也说没必要追究，有的病有原因，像车祸、摔伤，有的病说不上原因，而且不追究原因，医学手段也能治好，追究了说不定是徒增烦恼。

这应该是没有错的。

13

周阿姨交代曹阿姨的注意事项有这些：

·贴在门背后的便条不要去动它，不管它看起来有多脏多旧，打扫的时候也别去撕下来扔进垃圾桶。一般说来也不用特意跟老头子提起这个东西，你最好是当它不存在。

·手机要静音，接电话的时候去阳台接，阳台门要关好，帘子拉上；打电话的时候也是一样；不要让老头子看到你在接打电话。

·老头子经常会问家里应该有几个人，推他出门散步，也会问是几个人一起出来的，有时候还会反复问好几遍，老年痴呆就是这样，回答他就好了，不然他会发脾气，大喊大叫。

·如果找不到人了，先按这样的路线找：小区东门 ⟶ 东门外的公交车站 ⟶ 29路公交车 ⟶ 在五星路站下，转606路城际大巴 ⟶ 彼岸华城站下，然后打听附近的派出所，派出所的民警认识老头子，会带你去找人的，彼岸华城南边有个土坡，老头子很可能在那里，坐在地上大哭，他每次失踪基本上都是去这个地方，没人晓得原因。

·找人前带上老头子的安眠药,要是劝不回家,就给他吃个药再带走。

·跟老头子讲话的时候,面孔一定要对着他,不然他会不理你的。

·其他你按照合同上写的弄就好了。

"老头子"名为王钊,现年七十七岁,老伴几年前去世了,不愿去养老院,也不愿和子女同住,目前独自居住。他患有中度老年痴呆症,目前向重度发展,日常服用药物控制,子女特雇住家阿姨照顾。

王钊为孤儿,九岁时在路边翻垃圾桶,被好心人送到救助站,后转入儿童福利院。被发现时,九岁的王钊状如痴呆,对旁人的问询、触碰均无反应,衣着褴褛,身边没有任何可以证明其身份的东西。经医生检查,发现王钊并非智力低下,而是精神受到严重创伤。经过治疗,王钊慢慢恢复正常,但失去九岁前的全部记忆,并终生没能想起。

王钊七十六岁被诊断为轻度老年痴呆,一年半后发展为中度,并伴随一定的异常行为。

贴在王钊家门背后的纸条,内容如下:

不要相信天空，因为天空是恶心的；

不要相信地面，因为地面是眩晕的；

不要怀疑错误的事情，因为它们是正确的；

不要提起过去的事情，过去是指~~五分钟~~（这里"五分钟"三个字被删涂过）

过去是指三分钟以前的事情。

走路的时候，要注意别人的（此后空缺）

水是一种无色、透明的液体，是流动的，它不会（此后空缺）

（空缺）保护不是为了（空缺）

周阿姨：没有人知道老头子是什么时候写了这么张东西贴到门背后去的，我想大概是痴呆轻度转中度以后。

14

我开心的时候会看见一串眼珠那种错落有致地结在一根藤上的果实似的只不过没有藤蔓它们只是从窗框门框这样的地方长出来看着我仿佛要跟我一起歌唱但声音从另一个地方发出来一个比它们稍远一点

的地方也稍高那么一点医生让我慢点说我觉得他的样子很可笑我哈哈大笑起来笑得停都停不下来老师假装不生气但他在慢慢变成绿色哈哈哈哈哈哈嗝

吴宁看着电脑屏幕，眉头越皱越紧，文字还在不断地自动输出，填满空白的文档页面——

下午山羊问我想不想看电视我说好呀好呀但不要动画片不要剧情片不要爱情科幻历史惊悚悬疑当然也不要什么一二三四五六季没完没了的电视剧山羊于是生气它的毛开始一簇一簇从身上弹出来我其实想看上礼拜看过的纪录片叫庞贝于是我说

庞贝庞贝庞贝庞贝庞贝庞贝庞贝庞贝庞贝庞贝庞贝庞贝庞贝庞贝庞贝庞贝

我得到了一袋旺旺仙贝

晚上我看书书里的文字有楔形的有象形的有二十二个字母表的有二十八个字母表的还有盲文音符女书摩斯密码和必须放在火上烤才能显影的我感到十分开心不

不

吴宁发现自己无意中点了工具栏中"去除标点"的选项，赶紧点上，输出的文字变成——

我不再紧紧攥着手中的杯子。我想起一切。我想起我抬头看着母亲的角度。她像通天塔升入天空的顶端。一切景物都朝圣般向她汇集而去。我想起我在地球边缘醒来的那个下午。无限的草坪与无限的绿树。我想起风的棱角与线条切割如镜的地面。想起鲸鱼在我手心游荡。想起世界倾斜。

夜深了。

这里十点半熄灯。我刷了牙，洗了脸，躺到床上，盖上被子，晚安。

输出结束。

吴宁久久看着屏幕。

他给AI写作软件输入的要求是：

写一篇日记，叙述我的一天，主人公"我"性格开朗，字数六百左右。

文字有趣、优美。

现在他绝望地回顾整篇杰作，开朗的主角，有趣且优美的文字……强大的人工智能从网络中打捞出一兜子人类的语言垃圾，像弗兰肯斯坦拼接尸块般细致与认真，打造出了文字层面上的科学怪人，扑过来，朝他满怀期待的脸上啃了一大口。

现在是暑假的最后一天，毫无疑问，他的八篇作文（四篇大作文，四篇小作文）是完不成了，买AI写作软件的两块八毛也一并打了水漂。网店里有二百八的高配版，号称可以写毕业论文，但吴宁认为暑期语文作业不值得他如此破费。现在，遭遇孽力回馈的高中生丢开鼠标，朝写字桌边的床上一趴，在床垫上弹了两下，整张青春痘勃发的脸都埋在床单里，感觉到世界上再没有比这更悲惨的事了。

耳边响起悲怆的民乐鼓吹。

吴宁从床单里抬起头，听了一会儿，并不是幻觉。

他起身，拉开房间的窗帘，打开窗，热气立刻扑入阴凉的空调房间，沉沉夜色里，高层住宅楼底下，一行黯淡的人影似真似幻地从一楼门厅里蜿蜒而出，从一二十米的高空往下看，队伍里那点照明比鬼火还幽暗，这些人在郁热的深夜里踽踽地围成一圈，像蛇在沼泽地里盘踞，他们的中心燃起一团暧昧的火光，边烧着，边有人一把一把地往空中抛撒纸钱，从吴宁的角度俯瞰，人模糊得像纯粹的影，飞舞的纸钱则像雪花，在火的光晕里妖异地飘飞，冷与热，黑与白，光与影，惨艳奇诡龃龉不祥。

"看什么呢？别看了！"母亲的声音从房门口传来。

吴宁的上半身还探在热腾腾的夜幕里，"谁啊？"他扭回头，"谁死了？"

"一楼的老头，"母亲回答，"每天有阿姨推出来散步的那个。"说着上前，拉着孩子的胳膊把人带回房间里，关上窗，拉严窗帘，"你作业赶完没？"

"完了。"孩子含糊地回答。

十点半，他被母亲催促着刷了牙，洗了脸，躺到床上，盖上被子。

睡着以前，他希望明天不要到来。

梦里世界倾斜。

掌控不吉者

在所有携带前世记忆的人里,薛美峰是被研究得最全面的,因为她的父母均是治学严谨的心理学教授。这对父母绝非情景喜剧里的丑角,亦非门外汉们庸俗想象的载体,他们以亲生女儿为研究对象的工作进行得科学、安全而卓有成效,其中首先也是最为重要的,是薛美峰始终健康成长,面对此世与彼世都泰然处之,做父母的则不过是顺便在儿童心理学与人类早期神经发展等不同的心理学细分领域发表论文多篇,忝窃些许不值一提的荣誉，一位在一流名校谋得终身教职，另一位更是在同一所学校升任令人敬仰的院长。

虽然关于薛美峰前世记忆的谜题，他们从未能揭露一丝真相的微光。

但往好的方面想，围绕这一命题的所有研究都潜移默化地推动了当代儿童心理学的进步，因此普遍的看法是薛美峰降临在这样一个家庭实乃双向的幸运，父母也为拥有这样一个女儿而心怀感恩，至于薛美峰自己的感觉，虽然复杂，总体来说都不是负面的，只是一个上辈子子孙满堂、杀生无数的人实在无法纯粹地耽溺于这一世过分简洁的天伦之乐中。开明的父母从小容许薛美峰把病因不明的认知错乱笃信为前世的记忆，于是这个文明的家庭便始终萦绕着这样一种轻松的氛围：

做父母的认为孩子神经错乱但不应为此受到指责或纠正，在现有心理学手段无法治疗的情况下，姑且让这个不幸的小病人带病生存。

薛美峰则完全不在乎父母的想法。

十六岁薛美峰拿到身份证，父母以此作为她成人的标志。这一年的生日，父母赠送薛美峰一份礼物，是小时候对她做记忆研究的录音合集。鉴于薛美峰的奇症已随着她的长大而神奇地自愈，如今再听当年的录音，不过是让人感到安稳的怀旧。母亲听着女儿曾经童稚的声音，眼中泪花隐现，父亲看着仿佛一夕间亭亭玉立的大姑娘，也不禁抚掌长叹。

夜晚，薛美峰在卧室再一次重听当年的录音。

"告诉妈妈，你以前是什么？"

"非洲岩蟒。"

"这是你从那本《爬行动物的世界》上看来的吗？"

"是的。"

"你为什么要当一条蛇呀？"

"我本来就是一条蛇。"

"你为什么觉得你本来是一条蛇？"

"我本来就是。"

"好吧。蛇没有手和脚，你为什么有手和脚？"

"你是傻瓜吗？我现在是人，人当然有手和脚。如果我现在是蜥蜴，我还是有手和脚，如果我是蜘蛛，我还有更多的脚呢！"

"你是什么时候开始觉得你以前是一条蛇的？"

"是非洲岩蟒，我那时候一直都是，直到我死了，变成人为止。"

"你明白'死'的意思吗?"

"死有什么不明白的?如果我捕猎一只麋羚,我必须紧紧地缠住它,直到它的心跳停止为止,它就死了,死了,就不会逃跑,我就可以吃它;春天,我一次产三五十枚卵,这些卵孵出的小蛇,有时能有一两条活下来,有时好几年一条也活不下来,没活下来的,就是死了。"

"书上讲这些了?"

"不,没讲这些。"

"那你是从哪里看来的?《聪明宝宝》里的视频吗?"

"我本来就知道。"

"那你现在为什么又是人了,变成了妈妈的宝宝呢?"

"我也死了,我不是说过了吗?"

"那你觉得死了的羚羊,或者你孵出的小蛇(笑声),它们也像你一样,变成人了吗?"

"也许它们变成了你。但你不相信我,我不想和你再说下去了。"

和所有狂信的异人一样,除了在尚未能自如地控制语言与思想的早期生命阶段,薛美峰很快不再提起任何会引起旁人兴趣的细节,她本能地感觉到她的存在触及了人类文明早期的某种决定性的因素。她沉默不是为了顾及自身，而是考虑到人类文明的重要性——她当然不在乎这种文明，但除她以外的任何人都十分在乎，而她先天便具有一种尊重的态度。作为岩蟒时，薛美峰途经其他蛇类的栖息地总是小心谨慎，不留下自己的气息，也不制造声音或震动来引起别人的不安；再世为人，她更懂得大部分声音不必要发出。父母认为她是痊愈了，为她感到庆幸。

也是十六岁，薛美峰在学校运动会上勾引高两个年级的男同学，一位新诞生的全校跳高冠军，她用眼神把他带下领奖台，跳高冠军尾随她潜行，如同这年轻女性身后曳着长长的尾巴，肥硕，鳞光闪闪。跳高冠军一次次地伸出手去而抓握不住。他们在实验楼僻静的走廊里接吻，跳高冠军被薛美峰摁在墙壁上，后背感到墙壁的冰凉，面前女生的嘴唇也是冷的，手指也冷。跳高冠军绕开她的四肢与吻部去接触她的躯体，摸到扭转蜿蜒的肉身包裹在冰冷柔滑的人造纤维校服里，轻微的恐惧使他骇笑出声。薛美峰体味着这一阵从他人胸腔传递出来的细密震颤，嗅着空气中荷尔蒙转瞬间隐秘而明确的变质，手指从对方的脸颊一路摸到胯骨，所及之处全都坟起致密的鸡皮疙瘩，她停下手，忽然感到兴味索然，接着便听见自己腹中传出一阵饥鸣，她饿了。

走向食堂的一路上她满心都是跳高冠军，想的不是少年人的身姿和吸引力，而是他的口感。临近中午，食堂的窗口陆续开张，薛美峰逐项浏览过去，米饭、炒菜、包子、馄饨、饺子、炒面、盖浇饭、猪排……精致的人类食物，此刻烹饪仍然是可以忍受的，使人厌倦的是预先切割，条状的、块状的、团状的，最后她停在面包屋的窗口，选了那款名为"毛毛虫"的长宽尺寸同她小臂相仿的面包。

岩蟒在春天产卵，之后两三个月孵卵，小蛇出壳后，再照看一个月左右，这才抛弃它们离开。整个过程母蛇都无暇进食，体重从五十公斤掉至三四十。

黑斑羚在秋天下崽，幼崽一个多月便长成，体形只比成年母羚小一圈。

在几十分之毫秒间用成排倒钩的尖牙咬住一只幼羚，缠卷而上，幼羚每喘出一口气就缠紧一圈，没多久就被勒死了。从睁着眼睛的羊头开始吞，过了脖子吞不下，下颚左右拆分成两半，蛇吻扩张成三瓣的食器，内里肌肉压缩吞咽猎物，将整只羊有序没入口腔。此后，左右下颚仍开裂着耷拉在地上，像人下颚脱臼，也像人用手往上一拍便能正骨，岩蟒的头颅左右摇晃两下，此时那失孤的母羚仍在远处哀嚎，这一位主动弃子的母亲却已是吃饱了，拖着如山的鼓腹懒洋洋地滑远。

永远记得，那是最舒服的时候。

为了迅速消化腹中的整只黑羚，代谢速度飙升，心脏体积扩增百分之四十，如注的血流泵向全身，世界缓慢而她无限膨胀与加速。此后她可以两三个月不用进食而始终浸润在饱足与充盈的体感之中。

在试图把毛毛虫面包整个地塞进口腔时，薛美峰思索着跳高冠军与饥饿的关联。一开始她以为是那种跳跃的特性，跳高与善于跳跃的羚属猎物。面包倒是塞进口腔了，但这和口腔的扩容能力无关，而是面包蓬松质地的委曲求全，面团整个堵塞在咽喉，难以下行，人类孱弱的喉肌唯有徒劳地痉挛。

和跳高无关。

薛美峰把面团抠出来扔进垃圾桶，它们看起来不像食物而更像是排泄物。

和跳高无关，薛美峰闭上眼回忆跳高冠军夹在她和墙壁之间，幼羚裹挟在岩蟒花纹斑斓的缠卷中，是什么把情欲变成食欲，一定不是跳高，是某种比跳高迅疾得多的跃动，急促得令人目眩，令空气中爆发出一蓬蓬食物的馨香，如香辛料撒入餐盘，点石成金——是恐惧。

是瞬息间心脏狂跳几百下的恐惧，全身的感官都尖叫着警报死亡的迫近,极度的恐惧,美味的,香辛料。

你不会想和猎物做爱。情欲的潮水退去,牙痒,唾液腺疯狂分泌,消化酶倾巢而出。

薛美峰沮丧极了。

很多年里她的猎艳都变成一场场闹剧,一次又一次,两个人的调情仓促地折转成她一个人直奔餐馆,直到四十多岁,遇到姓金的男人。

那一次金从酒店大堂甩出大转弯的楼梯走下来,鞋跟在大理石上踏出钝角的哒哒声,从薛美峰的角度先看到他的脚尖,皮鞋鞋弓收窄到宛如女式高跟鞋的程度,然后是手,他穿丝绸衬衫,两只袖子挽得不均匀,一高一低,低的那只上面水晶扣子刚遭遇一番撕扯似的掉下来一半,只剩一根细线惊险地吊住袖口,在走动中频频跳荡。

薛美峰便意识到几十年的解谜是白费了。

她知道自己必然是前世死亡才能再世为人,这是理性判断与逻辑推理,但用同样的理性和逻辑去探查死因,真相却自此空置四十年,直到金出现——非洲中部的刚果雨林一年里遭遇闪电轰击亿万次,雨季洪水肆虐,冲击出的大峡谷两岸悬挑千百道瀑布,雷鸣与水声盖过一切的世界里,发疯的森林象群撞断二十米高的桉树,在其中亦微弱如蚊鸣。岩蟒在这样的季候里遭遇眼镜王蛇，她怀孕了，这也许将是她一生中最后一次繁殖，生命已过中年的峰值，即将跨入晚年，却再一次大腹便便；眼镜王蛇则以捕食同类为生，有剧毒，精壮，盛年。

他们在乱流里意外碰面，厮杀，眼镜王蛇先一口咬中岩蟒，毒液瞬息注入，同一时间，岩蟒将眼镜王蛇缠得动弹不得。

这片水域立刻变成动荡的死地，鱼、蛙、水鸟尽数悚避。

楼梯走完了，金落到实地上。从始至终，薛美峰在吸烟区跷着二郎腿，等金看见她，径直走进她的透明巢穴。金本想开口借烟，想想算了，只说："您看起来挺面熟，我们哪里见过吗？"

薛美峰弹落烟灰，手上那枚闪电岭黑欧泊尾戒随之在黑色质地上闪现斑斓的华彩："我刚从非洲旅游回来，你呢？"

金也许曾是眼镜王蛇，可现在他决然是那种没有前世的人，因为太安然地活在现世的假设里而放弃了此外的一切可能。他相信经济人的自利原则，相信政治塑造人类历史，相信数学可以等同绝对真理，相信图纸、概念、体系，他的世界如此确定无疑，以致他以一种薛美峰很快感到厌恶的方式沉溺到两人的情欲关系里去，一股过了头的激情，世间虚无缥缈之物对理性与确信的残酷反扑。

差不多三个月，薛美峰就想赶走这个男人，但三年之后他们仍时不常见面、订房间。薛美峰五十岁了，金才刚三十冒头，有几次薛美峰在夜里端详金，酒店壁灯总把他埋头俯睡的脊背照成流丽的金黄，薛美峰感到自己永无可能从他身上看出上一世的遗影。此外，尽管两人在床笫间绞缠时，金从未让薛美峰嗅到那些男人身上散逸出的恐惧气息，但那也许只是人类文明对原始恐惧的镇压，而非前世的异禀。再苟合下去——薛美峰把玩着手指上的欧泊尾戒，这只是枚装饰品，金手指上那只铂金戒圈却是婚姻的誓证，再苟合下去，也许真就要沦落到出轨与偷情的无味境地。

在第四年到来之前，薛美峰在金的一个邀约电话里提出一个古怪的要求："我们第一次见面时你那件衬衫还在吗，带来吧。"

金带着衬衫来了，坐进薛美峰的车。薛美峰说订了一家金从未去过的酒店。

两人见面惯例是在餐厅，这次却搬进薛美峰的车里，金猜想和旧衬衫有关。旧的东西让人感怀，金原以为衬衫不可能找到，老婆却从储物间一摞儿子如今已穿不着的婴儿服底下翻出来，她在翻检过程中表情也越来越温柔，这种姿态更让金确信，薛美峰想起这件衬衫是动了某种情愫——不知道是哪种情愫，但这种未知便如同面对一份送到眼前的礼物，那绸缎的蝴蝶结上掐出柔顺轻佻的褶皱。

薛美峰踩下离合，发动汽车。

车开上高架，从内环高速换到外环，外环变成城际公路，一路油门踩到底，金先前还开玩笑，说"这么远啊，什么好地方"，渐渐便不安起来，问"还不到吗？""到底在哪里？"薛美峰始终沉默，直到金开始摆弄手机，犹豫着该给谁打个电话，薛美峰从后视镜里冷眼旁观，直到金的脸色隐隐有些发青，才打开自己的手机丢给他，页面上是订好的湖心岛酒店，他们距离目的地还有五公里。

薛美峰知道自己开了个低级无趣的玩笑，但目的是出于求知而非恶意。她和副驾驶座上的这个年轻男人认识已经三年，假如还要延续到第四年，那她真会把车径直开出护栏，冲进湖里或者悬崖。一切可供消遣的部分早在最开始的三个月里就已经吞吃干净，到了第三年且有向第四年顺延的迹象，事情便已经完全和金无关，使薛美峰困惑难捱的早已成了她自己。不是爱,她当然知道,也不是恐惧,今天她再一次确信,那把她麻痹在这段关系里的,到底是什么?

金镇静下来后只把车里的惊恐看作偷情旅程的额外刺激。岛上酒店的一切都使他满意,唯独旧衬衫交给薛美峰后被她漫不经心地塞进行李箱,怀旧的情愫即便是有,至少在她脸上一丝也没有流露,这甚至让金有点酸涩地回想起老婆在储物间里的背影,生育后的温柔丰腴像一碗阴影里的牛乳,年老的薛美峰却瘦得精健,香水与陈年的皮肤交织的气味为她扩充出一番虚拟的空间,一个有毒的空间,被蛊惑进来的人不是不感觉到从手心向上蔓延的麻刺。

酒店显然是新建成的,导引小姐殷勤紧张,为他们按电梯时,对金脱口而出:"您母亲——"

"我女友。"金纠正。就是在此时他感觉到杀戮的浅层幻觉,脸上的笑容把导引小姐瞬间惨白下去的脸色又勾起不均匀的苍红。

夜里,金睡熟,薛美峰把旧衬衫翻出来,悄悄去湖岸边。问酒店借了篝火设备,薛美峰在湖边点火,把衬衫丢进火堆里去。

刚果雨林里至今生存着林居人部落,不耕种,捕猎采集为生。捕猎时,他们使用长长的编织网,像水下网鱼那样横拦起一道大半个人高的屏障,便开始漫山遍野地吼叫、敲击树干,合围起来把受惊的野兽往网的方向赶,一次狩猎够整个小部落吃很久。在繁育并按生物钟抛弃幼蟒后,薛美峰处在最饥疲的阶段。此时若是连野兔、珍珠鸡都抓不到,她就会冒险潜入人类的住地,偷吃他们的猎物。有时她的到来和狩猎的时段相参差,土著们还在准备的阶段——此事如今记不太分明,因为蛇的理解和记忆与人类不同,成为人以后,有些画面回想起来便亦真亦幻,或者难以理解。

但有关于火的部分却十分鲜明。

因为火不仅有光和色,还有炽烈的热度。岩蟒是视力与嗅觉低下,而味觉与温觉极端敏锐的生物,土著们狩猎前点起火堆,祈求祖先保佑,薛美峰蜷在暗处,吐出蛇信,分叉的舌尖舔舐到空气中浓稠的汗水和灰烬的味道,头顶两侧的颊窝接受热辐射,感知到火堆在剧烈燃烧。土著们唱歌,跳舞,把从身上拽下蔽体的布条扔进火堆,念诵咒语——这古老的仪式召唤的是人的前世,土著相信自己的前世也就是祖先,人一世世地轮回,反复降生,领受土地的恩泽。火堆的烟气里迸发出火星,岩蟒频繁吐信,人类崇拜着很难追溯源头的信仰,唱着,跳着,岩蟒却从空气中尝到陌生的味道,颊窝接收到不同寻常的温度,火堆、祭祀与唱诵中似乎的确有异物降临,刚果土著的信仰同几千年前古中国居民的祭烧燔烟是如此雷同,考古学说这里面火的发明是始作俑者,而不是死亡的撺掇。

薛美峰把旧衬衫扔进火里,念诵起她唯一记得的刚果雨林古老群落的语言,那些似唱似吟的咒语。

烟升腾起来。

火堆中不断产生细小复杂的声响,木柴爆裂、贝母扣子炸碎、丝绸与木柴灰的小幅度倾泻与堆积。

薛美峰闭上眼睛。

过了一会儿,火焰势弱,身后响起脚步声,她回过头,看见阴恻恻站在光圈外的金,动荡的火光从下往上簇拥着他,使任何人的面孔看起来都像一尊饮饱了鲜血的邪神。他轻声问:"你干什么呢?"薛美峰却起身,长时间地端详他,她不说话,心里面问的却是"你到底是谁"——随贴身旧衣而来的前世并不是一条眼镜王蛇,金的前世并不是眼镜王蛇,那眼镜王蛇是谁,金又是谁?

如果投靠推理,那推理的结果是一切不存在的都从不存在,你不必相信以前和遥远。

但如果愿意听凭感觉偶尔把你摆弄成一个和地面不

垂直的角度——斜着、反着、倒过来看自己和这个世界，那薛美峰确信自己一直以来始终能从金身上感觉到那条杀死过她的眼镜王蛇，即便金自己感觉不到。

但这感觉如今和林居人的火焰法术相违。

金眼看着自己的衣服烧毁在火里，开始后知后觉地意识到一种固有认知在被销毁。四年前他和薛美峰第一次见面，那时说不上谁比谁更离奇，因为一个是衣衫狼藉、脸孔挂彩的男人，他的搭讪和猛然间的凑近比起调情都更像是犯罪的前奏，凶恶的毁坏的愿望使他笑容狰狞，牙齿森森发亮，可薛美峰始终只给出一种错位的回应，仿佛在一应刺眼的明亮中她只看见几个暗斑，她看不见危险的身姿与脚步，只看见皮鞋精彩的弧弓。应当呼叫酒店安保或警察的经典场景，她仅仅伸出手指尖逗了逗他袖口悬垂的水晶扣。因此是她——固执地把金乱流般的入侵读取成调情，令局面、气氛、所有可能性难耐地挣扎着扭转挛缩，被迫地转化为她个人的想象——真的变成调情，他们去开了房间。

那天薛美峰从始至终没过问金身上发生了什么，此后也没问过。如今她冷不丁要那件旧衬衫，金暗自生出一丝欣喜，想这一次就是迟来的补问。可是依旧没有，薛美峰烧了他的衬衫，他们回到酒店套房，躺回床上，薛美峰依旧没问。

　　金知道自己绝不爱薛美峰。他爱他的妻子，爱一个牌子的干邑，爱一款已经停产的古董车型，爱是光滑体面的可言说之物。而薛美峰——和这样一个女人的交往只能说是文明范畴之外的，狂暴、原始、错乱，是深渊之下的一只铁砧，坠得他满口血腥味，牙痒，消化酶倾巢而出，舌根僵硬，胃酸翻江倒海。

　　因此在薛美峰看起来想要问什么的时候，金首先翻身而起压在她身上。薛美峰近乎全裸，只穿一条内裤，金把内裤也扯掉，可仍不能解饿，他的手在薛美峰松弛熟软的皮肉上摩挲，渐渐地，他把手抬起来，他看见自己的手在发抖。他体会到体内一股股的血液在横冲直撞，它们竟变得冰凉，仿佛不再是营养物质而成了剧毒。他脑子里有一些正在成形的活物，在迅速地暴涨，挤占得大脑缺氧，一两秒钟走神的间隙，天旋地转，薛美峰把他掀下去，骑跨上来。她一丝不挂，但那姿态不是戈黛娃夫人式的，而是斯巴达将军冲向波斯人——赤身裸体是因为相信肉身胜过理性，理性不过是人类精神的分泌物，肉体才与神明雷同，神明赤裸光鲜如动物。

　　薛美峰俯瞰凶恶而虚弱的男人。

　　他有许多人类的问题壅塞在他人类的喉咙里。

薛美峰年纪大了,眼睛老花,还原为蛇的视力。她干脆闭上眼,空气中丰富的分子顷刻间一拥而上,笼罩着她,亲昵地贴住她的脸颊,如果这一刻停顿得够长,脸颊便能进化出颊窝,捕捉一切温度,在脑海中建立起热成像立体图,酒店壁灯下皮肤金黄如阿波罗的年轻男人金,就会呈现出另一种样子:他健壮,高大,但全身的热度繁杂,他的五脏六腑在迅速而不均匀地升温,表皮处的温度却因淋漓的汗水蒸发而快速下降;他的手、脚更冷,像二十个濒死的小动物心脏,野兔的,珍珠鸡的,乃至鼹鼠的,已经快要从红色变为蓝色;一条蓝色的低温气流不停歇地从金的鼻腔流进肺叶,仿佛一棵冰树在那里蓬勃生长;他额头很冷,但额头下面的脑子却很热,在进行高度的思维运动……

薛美峰慢慢地吐息,一次比一次更慢,最后像岩蟒捕猎一样,在咬中猎物前几乎完全隐匿了自己的气息。

热成像图中,她此时是均匀的橙黄色。因此她能消弭自身而彻底地读取金。

他身上驳杂的温差可以用人类的语言来命名,痛苦、不安、空虚、烦躁,他在柔软的床铺上,柔暗的光线下,二十六度恒温恒湿的中央空调,匀速换气的新风系统,冰柜里有水、冰块、酒,前台二十四小时待命,可以在凌晨三点通过客房电话要他们端一碗热腾腾的牛肉面上来——

可金的温度远不如一条洞穴里的眼镜王蛇恒定。

而洞穴外是中非洲的雨季,电闪雷鸣,亿万次劈击万物苍生,无法在洪流中捕猎,饥饿,泥泞,颈部的肋骨安宁地收拢在两侧,只在捕猎时虚张。

金的左前胸有一条近十厘米的伤疤,薛美峰从未过问来由;

金手腕内侧有一块文身,是两个汉字和一段起止日期,薛美峰也没有兴趣;

金和薛美峰上床时从不脱下无名指上的婚戒;

金有时喝得很醉,喝醉后他歇斯底里地大笑,不断地用各种姿态和语气问一把椅子或者一只空酒瓶:"Why so serious? Why so serious?"

此刻薛美峰和他相联结,感觉到他的欲望坚硬而虚空,仿佛越虚空也就越坚硬,像暴涨到炸裂边缘的三角帆却不知道世界上有风——

薛美峰的手抚上金的脸庞,有一瞬间,金感觉到堵在喉咙里的抽象物质就要喷涌而出,对象是不是薛美峰并不重要。可是薛美峰的手捂在他的下巴上,不光捂住嘴,连鼻子也一起捂住了,她几乎是爱怜地对他摇了摇头。在他罕见的有无数语言可说的时刻,薛美峰问他一个新的问题:"你做过饭吗?"

问他:"你杀过鸡没有?"

"那鱼呢?有没有杀过鱼?"

"有没有跟人打过架?"

金在打架的问题上点了头,薛美峰问时间点,回答居然并不算遥远,薛美峰问战况,她期待的是打断肋骨,至少是打断鼻梁或眼眶,但在金模糊的记忆里似乎连牙齿也没有断裂半颗,仅仅是鼻青脸肿和无伤大雅的擦伤,之后就被人拉开了。文明世界。

可是薛美峰今天 —— 就在刚刚 —— 读取到金身上渺茫的杀意,他骑在她身上,手指颤抖,吐息中捎带出丝丝缕缕的腥涩,温觉、味觉,那是追随前世同薛美峰的降生一并附着在她身体内部的感官,不具备实质但的确存在,远比眼睛和耳朵要好用得多,这不是臆想,不是对幻觉的病态肯定,如同被剁掉手臂的人还感觉到手臂的存在,而是超越分子层面和意识层面,先于认知的熟稔使用,就像来到黑暗环境人便自动使用夜视能力而不需要学习视锥细胞和视杆细胞的工作原理。它从不出错。因此那极幽微的腥涩甫一溢出金的口唇,薛美峰就电转般捕捉到了其中的隐含意 —— 那古老的饥饿。

不是人类的精细饮食能降服的饥饿，任何狂妄的人类但凡敢染指它领地最边缘的篱栅，暴食症、厌食症、躁狂症、食物恐惧症，刚果雨林的任何食肉动物都知道，不要觊觎一条一个月大、体形和口感都十分惹人心动的小岩蟒，因为它身后必定盘踞着它五六米长、百八十斤、因生育而饥饿到极限的母亲。

人的恐惧是对古老饥饿的恐惧，因为它狩猎的不是食物，而是生命本身。古老的饥饿曾和生命直接关联，捕杀即为了吞食，斩断这一链条的便是文明——现在我们甚至不需要厨房和刀案，打个电话，外卖送食物上门。大部分人适应得还不错，小部分人在神经性的耳鸣中产生幻听，一不小心捕捉到荒远的呢喃。

薛美峰感慨于自己的后知后觉，到这时候，她才把金身上那些断裂的细节拼接起来——

他调情般甜蜜的嘶喊；

纠正导引小姐的称呼，"您母亲""我女友"，炫耀般的自毁，轻浮地报复虚空；

他问桌子、椅子、酒瓶和车钥匙："Why so serious? Why so serious?"

如果薛美峰真正是一个多情的情人，她将难以自禁地拥抱抚慰他，扮演神圣的婊子而获得片刻超脱般的颅内高潮，金会在这样的安抚中镇静下来，在她扮演女人之后他便可安然扮演男人，她若包容他便脆弱，她依赖他则重新吹胀起勇气。

薛美峰拿起枕头捂在金的下半张脸上。

金的眼球充血暴涨，身体剧烈挣扎，但他抓不住薛美峰，人怎能徒手抓住一条蟒蛇。薛美峰骑到他胸口，把全身的力量死死压上去，弯下腰，微微喘息着在他耳边轻声问："怎么样？现在感觉好点了吗？"

金的呜咽声渐弱，身体从狂暴中解脱出来，变得驯顺疲软。薛美峰在他眼白快翻到眼皮顶端前扯开枕头，金的脸色已转为淡淡的青紫，薛美峰双手交扣，在他胸口使劲按压一阵，停歇几秒钟，再次按压。

金悠悠醒转过来，他想掐断薛美峰的脖子，但粗壮的胳膊此时成了他自己的负担，他仅仅是把手腕抬了抬，就无力地垂落下去。

薛美峰再次问他："好一点没有？"

金感觉浑身的筋骨都被抽走了，现在躺在床上的是一摊死肉。一开始感觉还有点模糊，但渐渐地，他开始越来越清晰地感觉到这堆肉体的重量，重得到达了某种极限，难以承受，又无法抛弃；接着，他又感觉到自身所占据的空间体积，难以置信，他此前的人生里居然从未对这样一种明确的存在有过一丝觉察；他还意识到自己的位置，感觉到平躺的体位使得后脑勺、尾骶、屁股和脚后跟处在同一水平线上，而胸廓正随着肺叶的舒张与收缩而起伏，一根根肋骨在其中缓慢而协同地运动着。

薛美峰注意到金慢慢地把手挪到胸口，掌心贴合着皮肉，出神地感受着骨骼的开合。

眼镜王蛇遇到危险时，颈部肋骨外展，将两侧的皮褶撑开，摆出恐吓示威的姿态。而现在是金有生以来第一次注意到自己肋骨的存在。

金的嘴唇动了动，残留在喉咙里的字句仍有一丝倾吐的欲望，可薛美峰再一次打断了他，她伸出手在他干燥的嘴唇上摸了摸，问金："喝点水吗？"

金不由得点点头。

水拿来了，薛美峰扶着金，把玻璃杯凑到他嘴边，金咽了一点，这才感觉到极度的干渴从身体深处迸发出来，他舔舔嘴唇，一口气连喝了四杯水，灼烧般的干渴才稍微好了一些。

薛美峰让他躺下，给他垫好枕头，金躺踏实了，便有种昏昏的睡意漫上来，说话的欲望彻底地消散了，此时他听见薛美峰说："几年前我去非洲旅游，刚果布有个野生动物保护区，里面有个盐湖，当地人的叫法是姆贝里，到姆贝里主要是去看森林象。不过很巧,我去的那天,正好看到一条眼镜王蛇在捕猎钩盲蛇。当时那情景并没有引起我多大的兴趣,因为我……和蛇有些渊源,见到蛇不至于大惊小怪——"

金感到沉郁地困倦,他含含糊糊地问道:"你属蛇?"

薛美峰没有理会他的问话,而是以一种匀速的、缺乏起伏的音调继续说道:"后来我回国了,在机场酒店里看到你,我一下又想起那条眼镜王蛇,紧接着,我又想起更多的事。我想起我以前是怎么死的……"

薛美峰的话引起了金的困惑,她说得好像她早就死了,如今是一个鬼魂在讲述生前的故事,就像《聊斋》里的女鬼在灯影里向书生谈起两百年前金谷园的旧闻,薛美峰身上散逸出来的一阵阵气味也加重了这种氛围,那是年长者的体味与品味古早的香水交织成的气息,很浅淡,但也正因为其淡,更给人一种轻忽幽暝的幻觉,仿佛此时此刻是梦寐,而彼时彼刻才是真实。

在这种语言与想象搭建起的空幻世界里,只有金的体重、体积与身体活动是冗余得令人不堪忍受的,这便使他越发疲惫而困顿,内部的精神慢慢炀化在燠热的睡意里,薛美峰的字句传进他耳朵里也融没了棱角与轮廓,变成黏连的半流质,又经过语言中枢散漫任意的转译,映现到脑海里时，已完全成了另一种述说——

仿佛是一个似有似无、非人非鬼的声音在空洞地诉说世间痛苦的共性，诉说痛苦的不可知与不必知，这个声音不关心痛苦的具体形状，因为这是极私密的东西，无法为外人道，也就不必窥探与倾听。在一种低温且浑浊的蛇一般的视觉中，痛苦的迷障并不引起它的任何兴趣，它仿佛掠过他人的领地般从中游行而过，不留影迹，循着它自身古老的食欲与本能，一直上溯到一切痛苦的源头——恐惧，对幻灭的恐惧，在文明诞生以前，这幻灭即死亡。

无论痛苦的光鲜外壳是什么，它的内里总搏动着一颗黑色的恐惧死灭之心。

无法展开腭裂，用成排的带倒钩的尖牙咬中这颗心脏，像咬住任何活物并将之吞吃那样地顺理成章，无惧怕亦无欣喜，并在这痛苦之源头挣扎反击时蹂身而上，用全副躯体将其紧紧绞缠，直至对方窒息而死——之后不是庆贺、庆幸、满足或愧疚，仅仅是机械地吞吃，消化。如果不展开这一整套原始的行动来抗衡痛苦最原始的源头，那所谓痛苦就不过是母蟒在每年春天孵化的无数儿女，永无宁日。

终其一生，到他们两个分手又偶尔见面几次，或者短暂恢复交往一小段时间，一切仅凭一种即时性的感受或者缘由不明的兴之所至——总之薛美峰始终没有问过金任何探究性的问题。他的痛苦、纠结、喜悦或一时情绪的流露，始终在她的考虑范畴之外。

此时的金小睡过去了。他短短地打了个盹，然后醒来，发现薛美峰也睡在一边。她眉眼舒展，神态松弛，但金刚一动，她就本能地醒过来。

金想到年纪大的人似乎的确是浅眠，易惊醒，这是很合逻辑的事，但感觉上却又不同，他感觉到薛美峰身上起了某种变化，于是他下意识地问道："你怎么了？"

薛美峰笑笑，她坐起身，把长发拢到背后去，然后挠了挠胳膊，把手摊开在灯下，给金看掌心的皮屑："一到秋天就蜕皮，还挺痒，老是睡不踏实。"

金失笑："说得你好像蛇一样……"

薛美峰侧身从床头柜上拿烟，点燃吸了一口，递给金，趁金抽烟的时候，她伸出手摩挲他的下颌线，动作堪称温柔，这里如今年轻而光滑，但以后会长出毒牙和腭裂。她伸出舌头，舔了舔空气，空气中丰沛的微粒黏附在舌尖，递送到存在于上一世的口腔顶部的犁鼻器，瞬息之间，便辨认到这个世界不同于视听觉的另一个维度的真相。

"要下雨了。"薛美峰说。

金讥讽道:"你又掐指一算——算出来了?"

薛美峰说:"你以后会明白的。"

"呵! 多久以后?"

薛美峰把烟抽回来,塞进自己嘴里。

滤嘴处是金的味道,和从前已经不同了,如今是面对过死亡的味道。

对于金,薛美峰现在知道,问题的确是在于很久以后,而非很久以前。眼镜王蛇不是金的前世,而是他的后身,在成为能够捕猎其他蛇类的蛇之前,他先要以一种人的形态从她这里学会欲望、恐惧与死亡的逻辑关联。她是懂得死亡之后成了人,而金是成为人以后再懂得死亡。她和他的机缘就在于总是一方的结束碰上另一方的开始,每一次。

这是另一种形式的孕育,但究其本质,仿佛同岩蟒孵化蛇蛋也相似。

不论何时何地,薛美峰始终怀有繁殖的能力,但对于大自然古老的孕育法则,她再一次感到自身认知的局限。

金到底是年轻人,一场瞌睡以后,又恢复了体力,从薛美峰嘴里抢过烟头,摁灭了,抚摸着攀附到薛美峰身上，两条腿同她的下半身绞缠。

一切都清晰得难辨真假——

雨季雪亮的闪电凌空劈斩，地上洪流肆虐。

傲慢骄纵的眼镜王蛇在激流中遭遇了饥饿暴躁的非洲岩蟒，万分之一秒的刹那里，眼镜王蛇一口咬住岩蟒，尖牙刺穿鳞皮与肌肉，大量神经毒液从中空的毒牙一次注入岩蟒体内。

岩蟒摆动长尾，几番扭转就把眼镜王蛇缠得密不透风，骨骼咯咯作响，几欲断裂，心肺搏动的频率直线下降，蛇信吐出，空气中尽是死亡的腥冷。

岩蟒奋起全身的力量对抗剧毒的麻痹作用，把眼镜王蛇越缠越紧，鳞片摩擦出恐怖而鲜明的嗤嗤声，斑斓的蟒纹卷遍王蛇全身。

王蛇调换不同的部位，口腔内部肌肉尽全力挤压毒腺，毒液源源不尽地随尖牙倒刺入岩蟒体内，烧灼的剧痛像无数刀割迅速蔓延。

动荡的流水中，厮杀几乎静止，只有绝对的力量抵死抗衡。

游鱼绕道，走兽畏避，水鸟绝迹。

最终，岩蟒没能将王蛇缠死，被他扭转身体从层层绞杀中脱身开去；王蛇也没能即刻毒杀对手，岩蟒在水中扭转不休，仍扭头寻找死敌，最后王蛇的毒性终于发作，心肺功能停止，岩蟒窒息而死。王蛇也无福享用战利品，他游动了十多米，终因骨骼断裂，漂在水中死去了。

薛美峰在巅峰的空白中感受到过去与未来的不可信。眼前的肉体与自身的存在都自带重重的悖反把生命一次又一次地卷入洪流，卷入不期然的相遇与厮杀。

她发出长长的叹息，欢愉，疲惫，无可无不可。打电话叫前台送两份套餐，洗一个热水澡，用吹风机把头发吹干。看一眼镜子。

对于古老的故事，后来人总有新鲜的表情。

代代如此。

嵯峨间

1

表哥出生的时候肚皮上有一溜细绒毛，自胸口始，过肚脐一路下行，像子午线划分地球那样，把圆鼓鼓的婴儿肚皮区隔成均等的两半。此外他屁股上还有一块形状不规则的胎记，大人们都说是阎王的脚印，小玉却觉得像张外星人脸，诡谲地笑着。

中元节舅妈从不让表哥在天黑后出门。如果表哥非要闹着出去，舅妈就会让步，打游戏、看电视、吃一堆有害健康的垃圾零食、不洗澡、不读书、不练毛笔字，都行，只要不出门就行。因为表哥肚皮上的那道绒毛大有来头，它同其他普普通通的毛发组织譬如胸毛、腋毛、眉毛可不一样，母亲私下里告诉过小玉，这道绒毛细线是一种前世的印记，指示的是表哥上一世的死因——他定是被人开膛破肚而死，这道绒毛就是从灵魂上孳生出来的死亡证明。虽然每个人总是上一辈子死透了才能再世为人，带有那种印记的人却要独特一些，他们跟前世、跟死亡的纠葛都更深，何况表哥屁股上还有一张外星人脸——小玉纠正道——我是说阎王脚印，说明前世冤孽未清，魂灵还不愿投胎，耗得阎王爷不耐烦了，一脚把他踹进了轮回。这样的人现世的火不旺，前生的残烛未冷，体阴，阳气弱，有宿慧，小玉补充道，所以表哥学习成绩特别好，她淡淡笑了笑，又说——但也容易招邪祟，所以中元节晚上不能出门。

也是因为这个，外公外婆去世好几年，清明扫墓表哥一次也没参加过，甚至当年灵堂祭奠都没让他靠近，只在火化那天由舅舅开车带到殡仪馆外，跟殡仪馆大门隔着一条马路，鞠了三个躬就算了。

泰山顶上风大，夜晚更甚，山顶的气温能比山脚低出去十多度，小玉絮絮说话，吃进好多冷风。听说泰山上以前有租军大衣的，这次来却没有找到，店家都说不租了，现在只卖冲锋衣，大几十一件难看的劣质货，小玉跟小白犹豫再三，最后还是没有买，两个人把原本准备铺在地上的毯子裹到身上，裹紧再裹紧，子夜时分，他们偎在一起等待日出，还要四五个小时。

小玉没有表哥的照片，小白只凭她的诸多口述想象，这个人现在已经上大学了，但小玉对他高中时期的描摹最多，因此在小白的想象里，已经二十二岁的小玉表哥还是身穿高中校服的模样，高大、俊朗，打游戏和学习都很好，常在篮球场上留下远投三分的英姿，这样的男生谁不爱呢？小白不自觉地把老莫的脸搬到小玉表哥身上，老莫三十三了，但小白看过他的高中相册，住在他那里时看过好多遍，把手指放在旧照片上摩挲，有两张照片上年轻的老莫侧挎篮球，大喇喇地站着，故意耍帅，显出对一切都不在意的神情，校服袖子也不好好穿，一定要挽到胳膊肘——谁能不爱？

所以很容易就能找到结婚对象。小白想起那次他跟老莫躺在床上，老莫半开玩笑地问他："要不要给你发请柬？"

"滚，少他妈恶心人。"小白在被子底下踹他，却被他顺势勾住腿弯，一翻身骑上来，笑嘻嘻地俯看着他："来，我看看这张不干不净的小狗嘴。"

小白被他捏住下巴，嘴唇嘟出来，亲吻啃啮，做惯了的事情，食髓知味地情动，下身起了反应，心却一层层冷下去，散发出辛辣的苦味。

小白很少和小玉聊老莫，聊得更多的是老莫的妻子，她还没有怀孕，但迟早会怀的，因为老莫"很想要孩子，最好生两个，一男一女"。在小玉的想象里，那个名号为"老莫妻子"的女人总是一副准孕妇的样子，挺挺地坐在一张藤椅上，穿着孕妇裙，肚子是瘪的，她永远在等待它鼓胀起来，此外没有别的事情要干。

子夜的泰山顶上一点也不寂寞，通往玉皇顶的山道名为天街，是店铺聚集地，浓黑的天色近在头顶，像伸手就能刮下来一层，抹到脸上，变成迷彩装，可以趴进草丛里狙击敌人。但夜色下的天街实际上灯火通明，卖烤肠、牛肉面、鸡蛋灌饼、水果、矿泉水，琳琅满目，从天黑一直营业到天亮，服务于夜攀泰山看日出的游客。夜爬泰山一般是晚上八点从中天门出发，用六到八小时爬到山顶，晴天时看日出，雨天或者阴天则可以看到云海。小白和小玉攻略没做好，中午在山脚下吃了饭就出发，天黑时到玉皇顶，此时白天的游客都下山了，看日出的人还没有来，是山顶最萧条的时候，他们两个连个手电筒也没有，在黑蒙蒙的山顶转了转，只好返回到天街来，一人吃了一碗牛肉拉面。面汤很咸，面条对南方来的小玉来说太硬，牛肉对于东北来的小白来说太少，所幸价格还没有贵到离谱的程度。

吃完晚饭，小白玩手机，小玉借店铺的灯光看书。老莫在微信里嘘寒问暖，小白一一回复，老莫疑心病重得很，始终不能相信小白是跟女生朋友出来玩，担心小白背着他另觅新欢，小白心情好时解释两句，心情不好比如现在，就故意气他——对，你年老色衰，我当然要找小鲜肉。老莫回一个色厉内荏的"你敢！"，情绪里夹杂打情骂俏和真心威胁，小白觉得可笑：他最害怕不过是他移情别恋，却不知道他正认真谋划如何杀掉他。

小玉又看完一本侦探小说，合上书，望着远处发呆。从他们坐着的地方正好能看见泰安市全貌，一片灯火辉煌的夜景，她盯了半晌，发表感言："所以最保险的还是失踪。"

这是他们已经重复过好多遍的结论。

勒死再假装成上吊是不行的，两者的勒痕不一样，属于法医尸检中的小儿科。

下毒的话要分两种情况，急性毒药和慢性毒药。首先排除慢性毒药，少量多次慢慢毒死，小白这边还能勉强办到，小玉跟表哥根本不常见面，总不能从二十岁毒他到六十岁。而急性毒药又面临品种选择的问题，像百草枯、毒鼠强、工业酒精之流比较好弄到手的，很难让人不知不觉地喝下去；而无色无味的像重水、重金属溶液等，又没有不留痕迹的入手渠道。小玉的高中实验室最厉害的是浓硫酸，这种东西不可能让人喝得下去，小白虽然是大学生，学校实验室的毒物按理比高中的要高级，奈何他学的文科，跟化学、医学、生物学一点也不沾边。

伪造成入室抢劫杀人也不行，紫外灯痕迹检测、毛发DNA检测、指纹、密布的监控摄像头，他们一样也逃不过。小玉甚至查到，即便用强力洗涤剂把血迹擦得干干净净，现在也有一种试剂能把残留的亿万分之一血细胞侦测到。

能神不知鬼不觉杀人的似乎只有古典时代，最好连电灯还没有发明，昏暗的煤油灯下，叼着烟斗的侦探和瑟瑟发抖的配角们把一场谋杀升华到行为艺术的高度，令人齿冷而终生难忘。

现在不行了，小玉博览群书，从侦探厕所读物到法医、刑侦的专业书目，科学时代没有浪漫谋杀的苟活余地，唯一安全的办法是让人失踪，警方对失踪案和命案的重视程度不同，杀人抛尸后伪装成失踪，让家属千年万载地找寻下去，没有结局是最好的结局。

但抛尸河中不行。在尸体上绑上石头是电视剧里糊弄人的把戏，尸体沉入水中后，体内的厌氧菌迅速繁殖，会把尸体像气球一样吹起来，同时导致皮肤腐烂脱落，系在尸体身上连接着重石的绳索很容易随着皮肤、肌肉一起剥离，这之后肿胀充气的尸体便迅速浮出水面而被人发现。

小玉想到更暴力的办法：剁碎了喂狗。但如何剁碎、上哪里找狗、尸块的存放都是大问题，其中的每个环节都漏洞无穷。

最好的办法是混到水泥里，水泥填坑、铺地、垒墙，干结后异常坚固而长久，可这样好的办法却无法施行，因为既不知道如何弄到水泥，也不知道上哪儿找一大块无人看顾的地方去填埋它。

小玉在风里把毯子裹到脖颈下，玉皇顶是泰山的最高处了，他们从天亮爬到天黑，从中山门到玉皇顶，数不清的台阶走上来，最陡峭的一段路要数十八盘，据说一公里内海拔骤升四百米。小玉在黑暗里闭上眼，眼前便浮现出表哥被开膛破肚的景象，她没见过真正的人体内部，但见过杀猪，经验丰富的屠匠用斧头样的快刀剖开外皮、筋膜、肌肉，割断骨骼间的韧带，血淋淋的身腔便被掀开来，散发出热烘烘的血腥与内脏臭味，心肝脾肺肾，一大摞盘虬的肠子，全浸泡在汩汩的红色血泊里，泛着一层润泽油光。

她愿意再爬一百个十八盘来换这样的想象被拽进现实，鲜活地绽放在她面前，使她可以触摸到血的温热滑腻，内脏的弹韧——她也想用手亲自触摸他身体的内部，就像他曾触摸她的内部。如果他们相爱，小玉想，她和表哥理应获得同等的欢愉。她的份额早已交付出去，情愿或不情愿她已不想追究，现在她决定爱上表哥，那么一切朝前看，她有资格要求一笔爱的回报，如果正如表哥所说，他爱她，并且衷心希望她也爱他的话。

小白则不同。小白希望老莫的死亡就像一切葬礼本身，体面，干净，花团锦簇，死者被赞颂的挽联环绕，成为永不变质的美德化身。

"所以你希望老莫死得干净一点，"小玉总结，"而我希望表哥死得精彩一点。"

2

古时帝王封禅泰山,向天神通报自己的丰功伟绩。并不是每个皇帝都有胆量这么做,只有那些真正认为自己做到了前人做不到的事情的帝王才敢登上山巅,向神明表白一番,小白告诉小玉,这样的帝王古往今来数不满两只手。小玉说:"那我们就泰山见吧!"

坐高铁到泰安站,顺着指引牌到摆渡车接驳点,坐到天外村下,换另一班大巴到中天门,便是登山旅程的开始。

小玉在山下花三块钱买了登山杖,小白还多买了一瓶矿泉水,两人淹没在上山的人潮中,彼此隔着一大段距离,各自攀登。

一开始台阶还平缓,人也有力气,等过了望人松,进入十八盘山路,泰山便显露出它真正的威严。小白是学文科的,对沿路的古迹、树木与石刻多少有点兴趣,边走边看。他跟老莫很少旅游,都是度假居多,住到豪华酒店的观景套房里,总是先洗澡,然后拆安全套,最后叫外卖,天亮到天黑快过魔鬼的一眨眼。

小玉在十八盘的起始地点驻足,好多人在此拍照,但小玉抬头,一切自然或人文景观都如云烟在她眼中消散，只看见两面山壁如削，直直插入灰白天空，一线山路向上蜿蜒。她扯一扯背包带子，低下头开始攀登。

上山其实也有缆车，票还不贵，坐在缆车里慢悠悠上行，凌空欣赏泰山风貌，也是一番难得的体验。小玉不知小白是否会坐缆车上山，但她在高铁列车上就决定要徒步上去，少女怀揣的是一种幼稚的心态，自己跟自己许愿，假如她一步都不偷懒地走上山顶，神明就实现她杀死表哥的心愿。她自有一套道理：虽然古往今来，这座山上的神管的都是帝王大事，但如果连她这样小小的祈愿也不能够应验，又算得了什么神明？可刚过十八盘第一段的地标龙门，就听见两个中年男人侃侃而谈，大声说真爬泰山就要像他们那样，从红门出发才是真行家，走中天门路线的都是些人云亦云的三流游客，比起红门少走了好几公里，一开始便辜负了泰山的巍峨。

这些话并不是针对她，可小玉还是慢慢地红了脸，咬着嘴唇，更加低下头，装作不闻不问地迈台阶。

台阶两边的石壁上安装了管形金属扶手，不知天生还是后天摩挲，呈现出古旧的暗红色，山色空苍，太阳倾泻下尘，扶手摸在手心里有幻觉般的暖意，小玉抓着，抓着，抑制住把它抱入怀里的冲动。她知道有一种老年公寓，租赁给老人安度晚年的，公寓里四处都装有类似的扶手。如果有以后，小玉升起隐秘的愿景——她想住在只有她自己的房子里，那间房子所有的墙壁上都要装这样的扶手。连爱也不必存在，只需要住的地方有扶手。

小白告诉小玉，他其实始终没有下定决心，哪怕老莫结婚后还来找他偷情。直到一天，老莫把他介绍给妻子，他把小白带到他家里，说这是公司招收的暑期实习生，"小伙子很有能力，我看好他哦！"他笑着对妻子说。妻子还给小白煮考究的咖啡，不是那种速溶的，是从玻璃食品柜里拿出一罐咖啡豆，舀一小勺，堆进研磨机，之后用水冲泡咖啡粉，从漏斗形的滤纸里滤出一杯给他，问奶要脱脂还是全脂。在新鲜的咖啡香气里小白动了杀心。

小玉的情况和小白不同，她并没有那样醍醐灌顶的一瞬间，她的心意如同她此刻的攀登，路途的曲折与骤变都被咬着牙忽略过去，不闻不问地往前闯，这种生存的技巧或曰习惯连她自己也不清楚是何时养成，仅在意识到的时候就已经与它共生。

是什么时候做了决定开始搜索像他们这样的群体，然后加入进来，认识了小白的呢？

一些画面有时会短暂地闪现，譬如母亲说"表哥怎么会做那种事,你别瞎说",或者父亲冲进她的卧室,酒意与羞恼轮番上头,颧骨酡红渐深而透出青紫,他手指离戳中女儿眼珠只差最后一线理智,他吼道:"这样的事情应该烂在自己肚子里!你还有脸说出来?!"还有舅妈打来电话,一个字没有提表哥,而是沉痛地说:"小小年纪,怎么这样会害人?"害人者自然是小玉而不疑有他。

从小的教养是女孩子要文静。静是安静,不吵闹,绝不歇斯底里。小白说,文最早的意思仿佛是指装饰的纹样,这也向后生学子揭示了学文的本意,语言、文字的真意在于装饰点缀,锦上添花,而非拿起鸡毛当令箭,搅和得至亲至爱都不得安生。

因此没有那决定性的"一瞬间",小玉只是慢慢地文静下来,不绝如缕地回收那些不合时宜的情绪与话语,回归到熟悉的状态里,成为没有破绽的人。她甚至从中学会了爱,黑色、腥甜的爱。

只是有一些寻常的夜晚,她在卧室里不为人知地扶着墙壁弯下腰去,张开嘴而并不发出声音,试图理解爱,眼眶却溢出泪水,这时急遽挣跳的心脏便不自觉地萌生出一线荒唐的希望,希望墙壁上遍布扶手,使人不至徒劳地抓摸,最终却只能面对矗立如悬崖的倚仗,深深缓缓地跪伏到底。

纷纷水火

赶火车与爬山都是很耗体力的事情,浓黑的天色呈现出一种恒久的质地,蛊惑疲惫的少年旅人在风里依偎着,不知不觉睡了过去。

这一刻,睡梦是死亡的对立面,生存才是死亡的同谋。

3

小白醒来时小玉已不在身边,毯子和她的外套一起盖在他身上,但还是冷,小白一睁眼就打了个大喷嚏,震得脑壳都嗡嗡的。从这阵眩晕中找回视线,他才看见小玉从山顶走下来,太阳从东边辉映,她半边侧脸白得几乎透明,向他招手时指尖点火般透出艳丽霞红。

"日出早就错过啦,"她在他身边坐下,"我醒的时候就已经升起来了,完全错过啦!"她笑着说。

小白环顾四周,果然又是一个畸零的时刻,他们所在是紧邻玉皇顶的日观峰,泰山观看日出的最佳位置,此时却寥寥无人,饱览日出之壮美的人们都心满意足地离去了,新一天的拜谒者们则还远未登顶。小玉把一条花色素丽的手帕捂在脸颊上 —— 一天一夜的山风吹得她皮肤都皱了,她半捧着脸,仿佛若有所思,实际却并没有想什么,只是平直地叙述清早的见闻:"那边有早餐,十块钱一个人,不限量,还蛮划算的",她朝天街指了指,"我看了,有小馒头、油条、豆浆、粥、咸菜,鸡蛋也有,不过价钱另算,十块钱三个"。

物色过早饭,她又上玉皇顶转了转,此刻手指山顶往后:"山顶再往那边去,有一条下山的小路,也有台阶的,基本上没什么人走,挺陡的,我感觉比十八盘还陡一点。"

小白起身,把衣服还给女孩,毯子叠好:"那我也去看看,然后我们去吃早饭,怎么样?"

"好啊!"

看过那条下山小路,两人回到天街吃早饭,他们各自付钱,挑拣要吃的东西,选定座位坐下来,不同的两张桌子,言行无涉。小白先吃完,背上包下山去了,小玉吃得慢,吃完小馒头和粥,看着新出锅的油条实在馋人,没忍住拿了一根,果然吃撑了。她便坐着消了好一会儿食,才收拾东西起身。太阳更炽烈了,戴上口罩和遮阳帽,仍有一段脖颈晒得刺痒,这触感引发恶心联想,小玉便一路下山,一路不断地用矿泉水打湿手帕,把手帕系在脖子上,路上碰到一个阿姨称赞她"这个办法倒好",小玉泛起恶念,心里小声说,一点也不好,希望你摔下山。

小玉始终不知道小白的真实姓名,对小白来说也是一样,"小玉"是昵称,是代号,是女孩的全部,也是计划的一部分。

计划是漏洞百出的开放式方案,所有的小说和纪录片都是闭环,可现实是断裂与碎片,淘尽侦探故事与法医刑侦纪录片,没有一种杀人于无形的可能性,小玉跟小白,不是西门吹雪,不是哈利·波特,不是名垂影史的汉尼拔医生,他们是最普通的两个人,并且是人群中沉默与荫翳的更小一部分。

唯一的渺茫可能性是无差别杀人。命案发生,警察排查凶手总是从亲密关系入手,妻子死了,首先怀疑丈夫;大老板死了,首先怀疑仇家。最难找的凶手不是福尔摩斯的死对头,而是没有身份证、没有社会关系的流浪汉,夜里徘徊在空旷街头,为五块钱临时起意捅死一个路人,警察搜集到指纹、毛发、鞋印,连凶器都不用费劲找,就丢在尸体旁边,如此万事俱备,却无论如何抓不到凶手——对人间来说,这样一个凶手等于不存在。

整个计划唯一一项优点是连计划本身也是临时起意,

几乎酷似流浪汉为五块钱行凶了。

半年以前,小玉在网上搜索自杀群,这种网络社交组织因为害人害己,被打击得很厉害,小玉辗转好久才找到一个,从群名称到群公告都层层伪装,进群先对好几遍暗号,确认申请者是真的想找人结伴赴死才接纳。

小玉结了好几次伴,都因为这样那样的原因而不成功,最后碰到小白,已经学会不抱任何希望,她不想白白浪费时间,甚至充当对方的心灵垃圾桶,第一句就问:"干嘛要跟人一起死,自己一个人死不好吗?"

那边爽快地回答:"一个人的话要是死不透,给人报警抢救回来了,这画面太美我不敢看。"

坚定,幽默,对待死亡充满理性的谨慎与乐观。

对方问小玉:"你呢?"

小玉说:"我想搞得隆重一点。"——到亲朋好友日后一旦回忆就会做噩梦的程度,越震撼越好,她怕万一世上并没有鬼神,有执念的人死后变不成厉鬼,所以要在活着的时候多加一道保险,把死亡筹划得尽可能骇人,用科学的手段炮制他人心魔。

意外的发生是自杀行动做成完备的计划书后,有一天小白问她:"你还有没有未了的心愿?没有的话那我们就约时间……"

死亡即将变成明日可达的快递，起伏的心情不亚于任何一次冲动购物，小玉脱口而出："你觉得是杀人容易还是自杀容易？"

小白问："你想杀谁？"

小玉反问："你从没想过？"

小白也问："你后悔了？"

小玉问："你有没有听说过无差别杀人？"

几个南辕北辙的问题，一丝了然于心的冷彻，全部计划推翻，重新开始。像得了剧烈偏头痛，煎熬过一颗恒星成长的时间，才终于让尖角从额头的痛点上长出来。

最后说定，他们交换杀人，小白跟踪表哥，小玉找上老莫。此外还有一些原则，譬如尽可能少见面，彼此的真实信息一概不互通，在玉皇顶背阴的崎岖山道间，他们交换纸质笔记本，本子上手写着表哥和老莫的身份信息、生活作息、偏好、学校或工作单位、人际关系、联络方式，阅后即焚。

这之后小白探身下瞰，悬崖如倾，光秃秃的石壁直冲下去，上有无缘见证其东升的朝阳，下面是古神无尽咽喉般的深渊。

小白点点头："这里好。"

深渊周围，山势浩瀚苍茫，树极少，尽是裸露石骸，傲视春秋如无物。

小玉在轰鸣的风声中闭上眼，想象刀刃沿表哥腹部那条绒毛印记精准切入，两世为人而殁于同一种死法……少女伸出舌尖，轻轻舔舐唇角。

小白却忆起自己最爱老莫的一个时刻：他吃海鲜诱发肠痉挛，半夜两点，老莫背着他奔出酒店，在马路上等车，呼叫的专车迟迟不来，他疼得眼花耳鸣，趴在老莫背上急促地倒抽气，恍惚间听见老莫叫他名字，带一丝哽咽，从喉咙深处透过胸腔肺腑，传到他脱力紧贴他脊背的那块剑形胸骨。

他们说好——不是他和老莫，是他和小玉——他们说好，事情成功，从此不再见面，要是失败，就趁被捕获以前到玉皇顶来跳崖，手挽手，把痴情恨爱都奉还，与天地同寿。

回纹

1 丁甲

丁甲原以为自己不会离开天水的乡土与禾麦。

新朝天凤六年,公元19年,丁甲十五岁,未曾杀人,所知的是土地一年可以两种:八月收麦,卖出,得到的钱用来买进宿麦,即冬小麦,因为此时麦种的价格最低;此后翻耕田地,清除杂草,天气如果干燥,还要铺麦秆保持土地的水分;此后种禾或者豆。

他还知道与节气相应和，一亩田土可划分为二十四个区块，一个区块称为一科。里长把征兵的王命传递到他家时，他正和父亲、叔伯、祖父站在垄上，父亲告诉他，一科土里下粪一石，把土和粪肥拌匀，这样的地便可种瓜，瓜间再种豆。祖父补充说，夏有瓜，冬有豆，一年可过。

里长的消息来自亭长，亭长的消息来自乡老，王命逐级诏传，西南边地的战火则在同步蔓烧。

丁甲是家中长子，下有乙、丙、丁三个弟弟，春、夏两个妹妹。

祖父请来巷巫与间祝依次为丁甲占卜，得到一小块有祖先与神灵祝福的牛肩骨，骨面上已有卜筮时穿凿的孔眼，母亲将三股棉线搓成棉绳，从孔中穿过，拴挂在丁甲脖颈下。临行前夜，丁甲辗转难眠，耳畔伴着小妹夏隐忍细弱的呻吟声，小妹久病不愈，家中原本攒下一笔钱物，要延请巫觋为夏祷祝，如今却转而只问丁甲的吉凶。是夜，月浪衡天，星辰疏黯，丁甲起身，最后一次抚摸夏凉汗丝丝的额头，悄悄把牛骨放在她枕下。

几个月后，丁甲随平蛮大军入川，他十六岁了，对土地的知识未曾增加，但知道军队里的羯族兵不好惹，需得离他们远点，这些人刀不离手，说起父辈吃人肉喝人血的英雄过往，目光凶亮；他还学会把暗地里流传的谣言放进心里，只在休憩的夜晚默默思想，谣言说随军的粮草还够吃三个月。丁甲盘算，三个月后，秋天结束，冬天到来。

入川后继续行军，经过巴、蜀等地，军队沿途征收民粮，收获有限。此次征兵已是第二回，前一回是三年前，征兵与征粮的地点正是丁甲如今路过的诸多乡国。收粮时，丁甲同其他官兵同样凶狠，也和任何一波官兵同样凶狠，藏在老妇怀里、乳儿襁褓中的食物都被他们翻找出来，遍地的哭声并不存在，存在的是沉思默想过的军粮传言。

率领十万平蛮大军的将军是廉丹，丁甲从未见过此人颜面，但知道他治军严狠，因为三年前率领第一波平蛮大军的将军冯茂督战不利，奉诏回都后即被斩杀。

蛮夷叛乱的地界在牂牁江一带，夜郎、滇、句町三个化外夷国雄踞在此，领汉朝皇帝颁赐的王国金印。前几年王莽称帝，把东南面的高句丽侯诱杀，改高句丽为下句丽，高句丽族怨而反叛；后又诱杀西南的句町王，把句町王国降制为郡，金印收回，于是句町的蛮夷也尽皆愤起。

丁甲对国家的风云变化一无所知，大半年的军旅生涯使他感慨最深的是疲惫与饥饿，西南丛林的蛇虫瘴气也让天水人丁甲苦不堪言，这里还有一种虻子专叮拉辎重粮草的牛，北方高阔的黄牛被比黍种还小的虻子叮上一个包，两三天便皮肤溃烂，四五天便不吃不喝、口吐血沫而死。军队找当地的水牛来替换，一个乡里凑不出三头来，只得换成人拉。丁甲有幸躲过拉车的苦役，原因是他喝了沿途的河水，得了痢疾，上吐下泻，白天走路打飘，夜里肚腹绞痛，只能望着营地帐篷外的篝火想娘，再疼了，就想，八月收麦，瓜间种豆，一亩二十四科，一科一石粪。

到了牂柯江，丁甲还未具备杀人的技巧与心肠，从周围打听来的言语也近乎梦话。打仗前夜，有人说杀人和骟猪牛一样；有人说打仗前要吃饱，死了也做饿死鬼；又有人说不能吃饱，吃饱了挨刀救不活。听说作乱的都是句町国的濮人，可濮人又是什么样的人？是否和军队里的羯人差不多？亦不知。

草草几场操练过后，便打仗。打仗时丁甲痢疾复犯，浑身烫如炉炭，舌苔青黄，可到了打仗的早上，同队的大哥仍把一把刀塞进丁甲稀软的手心里，见他握不住，干脆用布条缠在他手腕上。将军廉丹下了军令，叫百夫长们站在各自的队伍后面，不出阵的，斩，临战脱逃的，斩，跑在最后一名的，斩。

塞刀的大哥是丁甲的同乡同姓同族，也不会打仗，好在打仗一开始不用对付濮人，前面有羯人英勇冲杀，大哥拽着丁甲埋头狂奔，只求别被压阵的百夫长按军令处斩。没几天便听说割下三千濮人头颅，皇帝定会嘉奖，但未及庆贺，平蛮大军便断了粮。

皇帝的嘉奖与粮草都迟迟不到，此时新朝国内已爆发绿林、赤眉起义，而平蛮大军的对手也由句町的濮人壮大到夜郎、滇国等蛮夷统统加入的大联合。这些军国大事丁甲依然无由得知，除了饥饿、疲倦与羯族人脱逃得越来越多，丁甲再知道的就只有冬天要到了。丁甲和同族大哥、几个乡朋约定，下一场仗打起来时，他们也要趁乱逃跑。到了战场上，几人互相使眼色，打掩护，伺机而动。丁甲年纪最小，跟在逃兵小队的最末尾，没等跑出战场范围，后脑勺蓦地轰一声，尚未觉得痛，人便已失去了知觉。

醒来时，战场宁静而血腥，连搜刮死人财的流民都走光了，山林丛野间好大一片起伏的战场，此时活物只有食腐的鸱鸟。

几天后，丁甲茫茫然闯入濮人宋讲氏的村寨。那时他虚弱、饥饿，后脑勺隆起充血的肿包，他心里只剩一个回乡的念头，成了执念的幽灵。他仿佛看见一片花海从天上扑来，而那只是几个濮人姑娘向倒在路边的他俯下身。

在丁甲昏迷的几天里，宋讲氏村寨为他在寨中心的堂瓦前开村民大会，会议的内容是决定这个异族人的生死，表决方式是摆石头，要丁甲生的，把手里的石块放在族老的左手边，要他死，就放右手边。最后左边石块多于右边。

族内的濮人巫医便着手为丁甲熬制汤药，汤药里有一味藤蔓，须由巫医祷告祖先后，亲手从一棵和祖先同样古老的藤树上割下。割时，藤蔓断口流出血一样殷红的汁液。巫医把藤蔓加进汤药，喂丁甲喝下。零星药汁顺着丁甲唇边溢流，濮人姑娘用棉布为他擦拭，也擦去他眼角的两滴泪水。十余天后，丁甲从昏迷中醒转，对昏迷时的一切都无所知，更不会有人告诉他。他睁开眼睛，走出濮人的独脚楼，发现这奇异的住房搭建在空中，附近放眼望去，全是相似的建筑，都由一根或几根粗壮的木头把整栋屋舍支在半空，人要下到地面，须通过一架木梯。

丁甲不知道什么人住在这样的房子里，也不知道身处何地，照得人睁不开眼的天光又是哪一年的白昼。他把手搭在额头上遮光，又把手拿下来，虚着眼睛盯看：天地间万物都陌生，包括他自己。

喝过濮人的血色藤汁，丁甲从此前尘尽忘。

2 春美

收了摊，春美从景区出来，原本要去公交车站，有一辆摆渡车正好能把她捎到停车场。但也许是天气的关系，阴了一上午，下午下了场绵绵的小雨，黄昏时停了，雨把暑热祛散了些，地上又不太湿，好多人吃了晚饭便出来散步，把春美的小饰品买去了许多，那是些手工制作的小首饰，耳环、项链、手链、发夹，春美收了摊，背包里轻轻的，她便临时改了主意，让过摆渡车，不紧不慢地走回去。

路很熟，走着回停车场却是第一次，景点在山顶平坝上，一路走，一路下山，折过两个弯，春美不经意地看见了老张的店。

那时春美还不知道老张姓甚名谁，在她眼中，只看到一个四五十岁模样的中年男人，手里捏着一把小木槌，对着一只瓷碗叮叮地敲，敲两下，拿起来对着光看一眼，放下，手指从旁一捻，捻起一星儿闪光——走近了春美看清，是一枚银钉，样式像订书机的书钉那样，只不过中间的横条宽扁得多。中年人朴钝的两枚指头捏起这样细小的钉，把它嵌进碗壁上事先凿好的孔眼里，一头先嵌进去，另一头需对准相应的孔眼，用小木锤叮叮，叮，敲个两三下，这枚银钉便跨过碗壁上那道蜿蜒的大裂缝，把碎成两片的瓷碗重又咬合到一起。

第二天春美就要动身走了，这座她刚刚记熟名字的贵州小城不过像她一路上歇宿的好些大大小小的城市、村镇那样，留她几天，好叫她卖点自己做的小玩意，攒够一小笔钱贴补行程花销，便开上二手房车再次上路。

当夜，春美在房车里给自己做饭，芋儿炒腊肉，凉拌木耳，蒸米饭。吃完饭，她洗澡，之后洗衣服，给房车的水箱灌满新鲜的自来水，睡觉前坐在灯边算账，把微信、支付宝和口袋里的零钱都归到巴掌大的笔记本子上，把账目算清楚。然后把卖剩的几样首饰打包、收好，把做首饰用的尖嘴钳、斜口钳、开圈戒等一一擦净、上护理油，放到工具包里。关好门窗，熄灯睡觉。

第二天，她发动汽车将要开出露天停车场时，心里有一丝遗憾。她在这座小城的景区里摆摊五天，却还没去景点真正逛过。一开始是着急赚钱，现在钱有了。春美把小臂搭在方向盘上,想了想,又从后视镜里看到自己一路被晒得鳌黑的脸庞,她便想到那个人——她还不知道那个人的名字、长相、年龄,其实所有关于那个人的信息全都一无所知,唯一确信的只有那个人是个女人。现在春美还没找到她,但已经在想象里构划起两人见面的场景。她想自己找到她、见到她,一路风尘仆仆,心无旁骛,哪里也没有多驻留,这样的行程似乎目的性太过明确,令人直觉地感到不圆满。

镜子两头的春美互相笑了一笑,拿上手机钱包,起身出了房车。

景区跟小城本身一样不出名,是个有百来年历史的侗寨,寨子里现在也还有人住,进出不用买门票,做的是游客饮食歇宿的生意。

走过寨子门口的石牌楼,那牌楼的样式和北京、上海的牌楼也差不多,春美眼尖,瞥见一支戴小黄帽的旅行团,便跟在人群后面,蹭免费的导游讲解听。导游一路讲侗族的风土人情,也不知讲得对不对,总是演绎的成分大于人能信服的程度。春美左耳朵进,右耳朵出,跟着人一路走到寨子中央的鼓楼,这鼓楼就算这里最大的看点了,但实际也还是像寺庙里常见的佛塔,一样的六角倒水面,葫芦宝顶攒尖,所不同的只有在鼓楼的底层与顶层：底层是用几根粗木柱中空支撑，还留有侗族独脚楼的特色；顶层不挂佛塔里的铜钟，架一座牛皮大鼓。

等旅行团把鼓楼都看过了，春美也登上螺旋攀升的木梯到顶楼去见一面那鼓，就像旅游景点常见的印刻行为一样，摸摸青铜狮子的额头，凑到黑魆魆的井口不知所谓地张望一眼，诸如此类。登到楼梯顶，春美看见鼓的样子稀松平常，鼓面中央留有捶打的痕迹，它同顶楼的横梁、壁画一样的老旧淡漠，一点没有和人跨越时空阻隔喜相逢的面貌。春美蓦然想到，她和那个人见面时，是否也会是这样？她会纳罕自己的不告而来，甚至于看她像看一个疯子吗？

走出侗族村寨，春美这次没了走路回去的兴致，照旧搭上摆渡车。

车沿着既定的线路开去，盘山而下，又掠过老张的店面。老张正在一块巴掌大的玻璃板上调制指甲盖大的一坨稀糊，春美不知这又是在干什么，但看见他手边这一次是摆了三瓣碎裂的茶壶盖。

回到房车，春美在杂物箱里翻找出一个包裹，打开缠裹在外面的层层报纸，里面是一堆瓷片的残骸，这原本是一只用过许多年的饭碗。

云贵高原上日落晚，夕阳西下，已过了晚上七点，老张早已结束一天的工作，在店铺前乘凉。春美来到他面前，公路旅行把她晒得黑黄，半长不短的头发在脑后扎成一把，几缕碎发在额前飘荡。她把一捧碎瓷递到老张面前："师傅，修这个多少钱？"

老张把碗接过来看看，碗壁厚重，花色俗艳，是件过时的便宜货。他又把几片较大的瓷片比画着拼了一下，发现有一些缺损，但程度都较轻。

他说："你是要钉还是要漆补？"

"漆补是什么？"春美问。

"钉就是拿钉子给它们钉起来，也叫锔瓷。漆补嘛，不上钉，用漆灰，粘胶水那样把碗粘起来。"

"哪个牢？"

"都牢。"

"哪个简单？"

老张又把碎片看了看："钉时间短些。"

"好学吗？"春美问。

老张把头抬起来，头一次打量春美。此时她自然不像在城里当小白领时白皙美丽，人清瘦了，打扮也很随意，夕阳把她的影子斜曳出去很长，她礼貌性的笑容淡淡的，里面并没有很多快乐。

但她的声音有种清晰自明的意味:"你教我钉这只碗,钱我一样给。"想了想,又说,"给学费也行"。

老张拿起蒲扇,摇了摇:"你想学徒,那我介绍别人给你。"

"我就修这只碗,"春美说,"不用学别的。你不能教吗?"

"别人技术好。"老张说,这是真心话。

春美在夕阳里站了站,说:"我就找你学嘛!"

老张问她:"你不是这里人吧? 旅游的?"

春美说:"我从江苏过来的,去云南找人。"

老张问:"那你学徒不是耽搁时间?"

春美的手指在一片碎瓷边缘轻轻抚触一下,像是对自己也无奈:"我想修好这只碗嘛!"

实在是很普通的一只碗,老张又拿起来看看,现在瓷器修缮的行当又有人气些,但经济条件好了,人们拿来修补的更多是名师作品,或者是古董,太金贵的老张总是转托给同行,他的技术水平几十年没有进步,不像小年轻有的志气高,在国内找老师父学完,还特地去日本再学一遍。这样普通的碗,还真在他的业务范围之内,有点应当应分的意思。

老张把碗收下,跟春美约定明天学徒的时间。和春美料想的一样,这中年手艺人从此便只和她谈碗的修缮事宜,没再动问她要去云南找什么人。

那个人春美自己也无从说起。

那是太久远的事了,她们俩的交集只发生在千万年前。

3 美道

美道和朋友们去宋讲寨做客时,寨子里所有的年轻小伙子都聚集到堂瓦里来迎接他们。有一个最敏捷的小伙子沿着楼梯一溜烟登到堂瓦顶层,宋讲寨的堂瓦比美道她们寨的堂瓦楼高,美道寨子中心的堂瓦只有五层,宋讲寨的堂瓦却有七层。那小伙子特意要显示他的敏捷与吹奏芦笙的高超技艺,他眨眼翻越到顶,从腰上摘下那抚摸使用得润亮的竹管乐器,昂首便吹奏出一连串激越的乐音,那声音真像一百只鹰隼从空中振翅而过。

听到笙音,全寨人都来到堂瓦前的广场上集合。

款首把美道他们带来的消息向全寨人众宣讲,之后族老、款首、款脚等寨里管事的老人们聚在一起商议对策。年轻人可不管这些,年轻人顷刻便摆下桌凳,点上篝火,搬来酸鸭、米酒、青苔糊汤,把堂瓦变成了热热闹闹的"罗汉堂"。

什么叫罗汉堂？便是把外寨的姑娘们都请进堂瓦来，由本寨所有的小伙子热情招待。至于护送姑娘们来的外寨小伙子呢？便全都被挡在堂瓦外，一个也不许进来，不过也不亏待他们，堂瓦楼外铺着整齐石板的广场上，本寨的姑娘们花枝招展地请这些外寨的小伙子们饮酒对歌。

美道是个美丽的少女，她偏梳到一旁的发髻与从发髻边长长垂绺下来的鲜花簪有多么令人心动，端看方才那小伙飞身到顶楼的动作有多迅捷，就可见一斑。那小伙得到了吹奏芦笙报信这项殊荣，现下得意扬扬，端起一碗米酒来向美道献殷勤，却冷不丁被另一个小伙搡开，那也是一个精壮干练的棒小伙，笑起来脸上还有两个酒窝。他问美道："你爱唱歌么？"这话不用回答，濮人唱歌比说话多，酒窝小伙问这话不过是为了显示自己——"阿妹，你要是爱唱歌，我呢，"他拍拍自己的胸脯，"芦笙、巴乌、笛子，只要是乐器，阿哥我全都会呵！"

美道却指着座席边缘那沉默寡言的少年，问酒窝阿哥："他叫什么？"

酒窝阿哥顺着纤细微翘的指尖看过去："他呀？他是腊涅，"一皱眉，"他什么都不会！唱歌、吹奏都不会！垦田、筑房也不会!"

美道问:"他怎么会叫腊涅?"

"因为他就是那样来的!他虽在寨里,只能算得半个宋讲寨里人,他原先——"酒窝阿哥记起濮人的规矩,喝过红藤汁的外人从此不能算外人,前尘往事都化了灰,谁也不准再提。

美道回寨时带的礼物最多,都是小伙子们表情达意的馈赠:磨圆的鱼骨珠、美丽的野雉、孔雀羽毛,还有竹笛和装满香草的荷包。但半个宋讲寨人——腊涅——他低垂的眼睫却总像在她心里微微地眨,他的模样和濮人那样不同,濮人大多有深凹的眼窝,显得多情款款,腊涅的眉眼却浅而细长,似有骨血里带的淡淡忧愁。美道想,腊涅,腊涅,这名字的意思是日夕时分昏倒的人,美道想象腊涅昏倒在宋讲寨外,她把那场景想得很美,没有血污和迫近的死亡,顺着这样的想象,她又假设腊涅会唱一些遥远地方的歌,在罗汉堂里他不开口,只是因为害羞。

美道和朋友们把宋讲寨的回应带回给族老,那天晚上,她坐在自己家的篝火边,这丛篝火是附近几个少年男女晚饭后聚会的固定场所。这一晚,大家聊的都是宋讲寨的同龄人,谁歌唱得好,谁爱表现而没有真才实学。

美道却因为那个出身遥远的腊涅而想到一些更遥远的事，她想的是几年后自己织布的技艺会有多大的进步呢？那时候她是否可以织出最复杂的图案？阿姐现在能织六十根彩线的图案，阿妈能织七十根，据说阿塔（奶奶）在眼睛不花的时候，能织九十九根，那是全寨都羡慕的高妙手艺。阿塔总说美道眼灵手巧，马上就能赶超姐姐和阿妈，不出几年说不定能变成年轻时的阿塔。那么，等她能数清九十九根彩色的棉线，宋讲寨的腊涅也许就学会了濮语、芦笙、垦田与种地了，也知道去捕最大的鱼，把鱼骨磨成圆亮的珠子，串成项链送给心爱的姑娘……

此夜篝火很晚才熄，美道睡时心情安宁而怀有模糊的期许，第二天她醒来，最先听到的却不是朋友们呼朋引伴的欢声，而是山响般的轰鸣，这声音来自寨中心的堂瓦，和宋讲寨的习俗稍有不同，美道所在的兜仰寨堂瓦顶层悬横着一根粗大的树干，中间挖空。每当寨里有事，便有一个年轻人用一根石棒奋力敲击树干，发出的声音恰如雷兽从乌云背后传来的震天怒吼。

全寨人到齐后，族老便向大家宣布经过一夜商议后的结果：据可靠的消息，新朝的皇帝正在筹划第三次平蛮战争，这次他派遣出和仲、曹放、郭兴三位将军，带领的兵马、吏民与转输者将超过前两次的总和，誓将西南蛮夷杀灭殆尽。

而句町国的濮人青壮在几次战争中损耗了许多，组成句町王国的诸多部族头领有人决定率族抵抗，有人决定大迁徙，以避兵灾。宋讲、兜仰这几个邻近的村寨在互通消息之后，决定弃寨迁徙，即日便动身。

迁徙的队伍沿途打猎、辨认陌生地形与未见过的花草、蛇虫，在休息时把旅途的见闻编入古老的歌谣。濮人的歌谣从元祖阿良、阿妹两兄妹说起，经过这趟变故，歌子会变得更长、更曲折，好教后来的子孙知道先人的来路。少年男女们把这次迁徙看作一趟几乎不会完结的游山玩水，不同寨子的青少年人彼此交游、对歌，互相攀比也互生情谊。一开始，年长的人们还管束几句，后来发现恐怖的第三次平蛮大军始终也没见到个影子，便也松懈下来，甚至开始物色合适的落脚点，重新建立村寨。

这样的行程中，美道总忍不住默默去注意腊涅，她预感到自己定然要跟这个年轻人说上话，但那话语必要像花朵开在自己的季候里那样，不能白白地飘香而等不来蜂蝶的围伴。美道尽管仍年轻，生命自发的感触却给她先验的智慧，使她从山林溪泉与自己的姿影间既看到某种本质的永恒，又感受到一丝相异的稍纵即逝。她感到自己的美丽是鲜花而不是春天，一朵花只开一次，结一个果，虽然无数个春天在濮人的歌谣里轮回地上演。

美道在心里想过好几种不同的话题，譬如她注意到腊涅的腰带很粗陋，可见既没有母亲姐妹为他织补，也没有多情的阿妹向他一展技艺；又譬如濮人青年除了芦笙，还爱吹竹笛，行走山野时也不愿离身，常挂在腰间，腊涅仿佛是学习这样的习俗，也在腰间挂上一枚乐器似的东西，那却是个鸭蛋样的小陶器，上面也像竹笛的样子掏出小小的洞眼；再譬如在很多默然无言的时刻，他望向天、望向树，注视远的飞鸟与近的落花，神思邈远，目光凝然，美道不相信，这样的一个人，心里会没有一支歌想向人去哼唱。

开场白就像对歌的第一支，美道相信它举足轻重的力量。一天晚上，她望着过夜的篝火出神，迷蒙的火星里，少女暗下决心，明天定要和腊涅说上话，那话说过以后，余音还要盘桓在他的心里，叫他时时想起。夜色深了，赶路的人们都睡去，美道越过树梢看到月亮，银子样的月光里，她反复想，反复计较，终于拟定一场最绝妙灵动的谈话，她甚至构想好了自己开口时的笑容和眼神，她还知道附近有一种粉紫色的花串，有鹅黄色喷香的芯子，明天她要赶早摘了，插戴在头上……终于美道也睡去。

第二天，第三波平蛮大军依旧不见踪影，实际上，这次雄心勃勃的平蛮计划压根就没能成行，新朝已走到它短暂天命的最后几年，帝国的一切都在迅速地土崩瓦解。

迁徙中的濮人在最不设防的时候，遇上了几年前从第二次平蛮大军中脱逃的羯族兵，他们早已被遥远无望的回乡之路磨损了心智，饥馑与闭塞又把祖先的英雄血中有关于人的部分涤荡尽，徒留兽的凶狂。宋讲、兜仰几寨遭遇的这支羯族逃兵尽管只有百来号人，杀伤力却几十倍于迁徙的濮人，他们好几天前就盯上了这肥美的五六千人，当濮人愈加放松警惕时，羯族兵则愈忍住涌入舌底的鲜甜津液，如虎如蛇地潜行尾随，直到在一个最合适的晦暗黎明，伴随无知觉的濮人走进一个两面夹山的低坳。

美道的记忆很不分明。

她记得一些嘶喊，来自牛马鸟雀与妇孺人众，还有涂抹了她记忆的颜色，先是铺天盖地的绿，那是在山坳里骤然惶恐的一刻——凄厉的打围呼哨，羯族兵发出的，可放眼四望却空不见个人！只有满眼、满眼的山坡草木！绿！绿！谁在学夜枭发出渴血的长笑?!

之后全是红。

人——

马上的人，马上挺举刀枪杀人的人。

地下的人，匆忙拿起刀棒、锅铲、竹笛与石头抵抗的人。

红色是声音的颜色，是蘸血的枪头与刀尖反复捅进人的身腔的嗤嗤声，是杀人溅血的狂笑声，是马蹄踏断人骨的脆声，还有陌生与熟悉的语言——濮人与羯人的语言混杂的嚣乱声，互相听不懂，但都知道说的是什么。代代相传的古老歌里唱过，在祖先良哥与阿妹的时代，濮人与鸟兽万物都可交流，因为那时大家的语言是通的。后来人成了人，鸟兽仍当鸟兽，语言就分开了，只有歌还相同，所以平日里说话，更重要的时候唱歌，人说话时鸟兽风雨不理，唱歌时鸟雀来降，风雨和声。现在濮人和羯人的语言一霎相通，因为人在这时做回了鸟兽。

天地倒悬，是美道给人倒拖着头发拽上马背。

美道剧痛。

她挣扎、踢打、唾骂、抓撕，一记刀柄夯在她脸上，令她额角溢血，头脑昏沉。

颠踬的马背上，美道想到的是所有惨死与苟活的濮人都一同想到的事情，她想到村寨的木栅、篱墙与堂瓦，有敌来犯，人到堂瓦楼上瞭望、传声报警，寨墙可以拒敌。

马背腥热硌硬，抢劫了她的人驭马在林莽中穿行，转眼这人像个泥胎似的咕咚落到地上，美道又给另一个人拖拽下来，现在她已没力气挣扎，随人把她拖到阴暗灌木丛里。她只在心里用自己也听不清的声音慢慢地叫："阿妈，阿妈……"

水喂到她口里。

衣衫给人拢好了。

流到眼睛里的血给人擦拭掉，有人扶她起来。

腊涅的脸终于映进她眼睛里，他蹲在她面前，等她从鸟兽变回人。

仿佛几辈子前有一场很好的开场白蕴藏在心里的，但什么也不必说了，已是上辈子的事情。腊涅只等美道苏生过来，便背起她上路。

他把她背到濮人们聚集藏身的山洞里。

五六千号人，如今剩下七八十个，加上腊涅等几个受伤不重的年轻人零零散散搭救回来的，最后也没凑满百数。

羯匪还在山坳里搜寻，也不知怎么被他们探听到，濮人的迁徙队伍里藏着珍异的宝物，羯人料定是金子。山洞里，侥幸逃命的濮人巫医把护了一路的包袱打开，露出宝物的真容：一半是红藤树的老根，一半是它的新枝。这是祖先留下的神树，有它便有如祖先在世。

过了一天，烟尘飘进山洞，羯匪放火熏烧山坳。

巫医把树根与树枝切碎，红色的汁液在地上肆意流淌。

无水可煮，碎根枝便按等份发送到各人手里，不论男女老幼，大家一起送进嘴里，咀嚼吞咽。女子们围坐在里圈，低声哼吟，男子们围坐在外圈，在调子最低回处轻轻应和。

枝根发放到腊涅手中，巫医迟疑了，这个黄昏时分昏倒在宋讲寨口的外族人，已喝过一次藤汁——巫医只知道，外族人喝一次藤汁，便受祖先认可，归化濮人；天生的濮人喝一次藤汁，会回到祖先所在的国度。

归化的濮人再喝一次藤汁会如何？这样的知识也许曾经有，但已在漫长的部族迁徙历史中流亡散逸。

巫医把枝根收回，绕过腊涅。

腊涅攥住他的手腕，用不熟练的濮语问："我原来是谁，从哪里来？"

巫医叹息一声："你昏迷在寨外，喝藤汁前，问过你一次，你说你叫丁甲。其他的，这里没有人知道了。"

巫医把枝根发放完，丁甲——腊涅又到他面前，伸出手讨要枝根，要来后塞进嘴里，咀嚼吞咽。濮人吃过皆死，他最差也就是死。

美道吃过枝根，嘴唇红红的愈发娇艳。

她拨开越来越浓暗的烟尘，在人群中寻望到腊涅。她要告诉他："我是兜仰氏的，叫兜仰美道，你是宋讲的腊涅阿哥。最难的花样要九十九根彩线编，阿塔说我会在很年轻的时候就学会。"

她没起身，没动也没说话，祖先的国度已然降临。

丁甲——宋讲腊涅陷入无明时，仍未知等待自己的将是什么。

4 老张

几年前春美看过一个纪录片，讲一个日本女明星到中国西藏和俄罗斯西伯利亚寻亲，寻的是几万年前和自己同血缘的姐妹。那时春美对这样的事情没有兴趣，她都懒得把拖沓的片子看完，在视频网站上刷到，动动手指，把进度条拖到末尾，看看那两位女姐妹是否有女明星好看，结果那只是两个极普通的女子，站在女明星身旁像乌云衬着月亮，春美便彻底失去了兴趣。

决定跟老张学钉碗以后，春美有一天晚上做梦，梦见自己最终到达云南，在一片非常类似城市植物园的地方——那就是春美想象出来的西双版纳——茂密的植丛间还站立许多神气活现的彩色鹦鹉，这是一个城市人对大自然的合理捏造。在堆砌拼接的梦境森林里，春美最终找到她自己的血缘姐妹，她把钉补好的碗赠给她，说这是一件宝贵的纪念品。血缘姐妹转过头来，长着中年男人老张的脸，春美骤然吓醒，骇笑几声。

上午春美摆摊卖自己做的首饰，下午两三点收摊，去老张的店里学徒。第一天老张教她把蛋清和生石灰混合，涂抹在瓷片断面上，老旧的瓷器内部有疏松的孔洞，混合的浆液能将它们填补充实，保证后续胶黏的牢固程度。

春美问蛋液与生石灰的比例，老张想了想说，一比一，过会儿又说，你自己看着办，差不多就行。最后说，嗐，多点少点不碍事。

老张不是现行概念推崇的那种"匠人"。

春美想，倘若有一个立志保存非物质文化遗产的纪录片导演找老张当主角，拍摄行将失传的老手艺，结果一定让人失望。老张在便宜的地方与时俱进，譬如为了防止修补过程中的打磨工序损坏瓷器的釉面，老办法是修补前在瓷面上抹蛋清，新办法是抹洗洁精，老张便抹洗洁精，因为洗洁精便宜、易得、好保存。至于洗洁精里的化学成分是否会对釉面造成肉眼不可见的损害，老张不考虑，不在乎。

填充空隙的混合液，更讲究的办法是调制一种配方略微复杂的漆泥，其中包含轮岛土、赤雾粉、细瓦灰、生漆、樟脑油等等，各成分的量与添加顺序不尽相同。老张知道这种办法，但从未采用，连试一试的兴致都没有。

锔瓷的最后一步是上钉，老张有一盒白铜钉，大部分是普通的米粒形，大的有柳叶形，还有少许精致的梅花形、海棠形，春美拿几个在手心，觉得精致可爱，颇有意趣。一问老张，得到回答说这铜钉几十年前的确得匠人亲自倒模、捶打制作，现在好了，淘宝二十块钱一大把，米粒形与柳叶形是买的，那几个花形是店铺做赠品送的，没有地方用，春美喜欢，尽可以把梅花海棠都摘走，省去占地方。

只有一件事老张计较到近乎烦琐的程度：修补结束之后的检查。

一般的做法是在修补好的瓷器或陶器（也有漆器，漆器也能补）下垫一张卫生纸，在瓷器里注水，等十分钟，把纸拎起来对着光看，若是一丝水渍也没有，东西就算修好了。

老张不然,他要等上半小时。

半小时后,怕器物不结实,还要再拿起修好的碗盘来回抖落。抖完后再添水,垫纸,等半小时——杯盘碗盏不美不要紧,要合用。

后来有一天老张随口和春美讲,断口抹蛋清石灰而不抹其他,是为了碗再次摔碎时修补方便,论填补孔隙的牢固度,配方复杂的漆灰自然比蛋清石灰强,但这是二十年与两百年之差,真正吃饭喝茶的器物,谁用两百年呢?老张讲,再说回用具本身,既是陶瓷,就没有不摔破的道理,希求一次修补后千牢万固,反而是人之妄想,再反观二次、三次修补的方便程度,蛋清石灰液可比其他配方好清洗得多,把断缘的旧液清洗干净,涂抹新液,再锔上新钉,又是好碗盘一件。

春美便想起第一次看见老张,他在夕照下对着光线拼合瓷片,目光并无特别专注,仿佛这人天生一种脾性,看人、看物、看完好无损与残缺不全都是同一种不加比较的态度。而老张说完他的锔瓷经,把春美那只碗拿出来——这几天他诓春美当学徒,连续几天练习涂抹蛋清石灰,自己则悄悄把春美那只碗补好了:"你补的肯定没有我牢,不是不相信你,喏,拿去吧。"一切意义在此刻变成了蛋清石灰与漆灰之争,春美捧着碗往停车场走,夕阳把人影在地上拖曳得好长而并无深意。

碗是外婆的遗物,外婆是春美最亲近的亲人,已然故去。

第二天春美开动房车,再次踏上旅程,她当然没有和老张告别,在车子即将开上国道前,她看了眼后视镜,隐约希冀看见侗寨那座鼓楼——导游说鼓楼是侗寨最高的建筑,而侗寨又建在这座小城最高的平坝上。后视镜里房舍、山路与树木相错,渐远渐模糊。

春美没有开去云南,她调转车头回家。

春美去云南是因为她的母系基因的主要分布点在那一带。

所谓的母系基因存在于人体细胞内一种名为线粒体的细胞器中,是一种环形DNA结构,它由母亲向女儿传递,代代不绝。就像顺着Y染色体能找到人类生命谱系的男性先祖,顺着线粒体DNA则能找到女性先祖。春美未婚,和男友暂时没有结婚生孩子的打算,即便有打算也不能保证自己一定会生下女儿,而人的一生与死亡贴面的概率并不取决于你的年龄、性别、人生轨迹的安排,它突然而至如同生之无常。春美亦无女性血缘姐妹,同父母关系也冷淡疏离,他们自从小九岁的弟弟出生后,便更爱怜这第二个孩子,春美自己的性格也有不容转圜的地方。因此她想或许到云南找到先母同宗的女子,她便能重新面对家里压箱底的一叠检查单,从常规的血液、B超、核磁到普通人一般不会碰到的微创穿刺,结果都很不好。

检查单的最后一份是基因检测,这种项目是现在恶性肿瘤检测的常规内容之一,目的是检测一个人罹患癌症的可能性,有的人患癌是意外,有的人则是基因天生劣势,这方面的区别十分重要,治疗方案上大有不同。

也就是这份基因检测唤起春美几乎忘却的记忆,她想起那位日本女明星千山万水地寻找自己的母系血缘姐妹,现在春美早已忘记那两位姐妹的长相,却回想起女明星和她们拥抱时交叠紧贴的臂膀。

现世的母亲已久疏问候,也许远古的母亲在人间仍留有痕迹。

回程路途中,春美用补好的花瓷碗吃饭,有时思考食物的营养有几成能供应给健康细胞,几成会被癌细胞吸收。她颇幽默地想到,癌细胞也并不坏,细胞并没有好恶,它对人类的意义与标准一无所知,它们也只是存活。

到家后,春美带着检查单去医院找主治大夫,手术成功的概率只有百分之二十，这已经是国内该项肿瘤最好的专科医院的数据，医生的态度很开放，动手术拼一拼也行，不动手术保守治疗也行，人少受罪。

春美变更了出行前的决定，她决定动手术。她并不是抱着搏出一线生机的勇毅，她只是对死亡的虚无多了解了一点。是出于知晓而非恐惧或希望。

5 鼓楼

丁甲从树中醒来。此时是南北朝初年，魏晋衣冠刚刚南渡，王庾桓谢中只有王氏王导与皇权平分秋色。

丁甲并不知道自己为何苏生，又是从什么样的境地下苏生，睁开眼是森然林木，天色晦暗不明，难辨早晚，丁甲只记得自己吞咽下红藤树的枝根，而对闭眼后的一切都木然没有知觉。

在林中跋涉三四天，他见到人烟，便向人打听濮人村寨，可他的濮语并不为人听懂，人们起先看他如土匪、野人、怪物或逃犯，后来当他是傻子，有人给他几餐饭，他便拿野兔与野鸡酬谢，后来当地人发现傻子会做一种竹杖，他懂得辨别竹子的品种，削制与打磨技艺也纯熟，这本是濮人的专长。丁甲以竹杖换取衣食与住所，仍想找到濮人村寨安身，总算有一名见多识广的老猎户辨认出他的语音，问他："你是佴人？"老猎户尽力向丁甲打手势，比画男子的头巾、姑娘的偏髻与濮人的梯田，问："你是仡佴人？"

丁甲看不懂老猎户的动作，红树藤也早已让他忘却中原语言，他连连对"仡佴"摇头否认，也向老猎户比画芦笙、篝火与濮人的歌调，老猎户同样摇头不解。最后丁甲想起每寨必有的堂瓦楼，于是用谋生的竹料在地上堆起独角楼样式，老猎户端详半天，灵光一闪，叫道："你说的可是百楼？佴人——仡佴人村子中心的百楼？"

过几天老猎户出村贩卖野货，带上丁甲随行，把他带到仡佴人的村寨口。丁甲忐忑地走近，便看见高耸的堂瓦从密密檐檐的悬空木屋中凌云而上，样式和丁甲记忆中已有些不同了，比起原来，这时的堂瓦真正在屋顶铺上了层层灰瓦，不再是纯木制与茅草的简易组合。好在顶层仍高悬一根中空的树干，当丁甲把自己的身世真假参半地剖白出来，此寨的款老便命人敲击树干，在百楼坪前隆重地向全寨介绍丁甲。

丁甲从此在寨内安住，娶妻生子，他把濮人诸多失传的技艺重新带了回来，其中垦田、种地的技术已经落后，而筑房、捕猎的办法还有许多值得借鉴之处，他会得不多的一两支濮人小调也在寨内重新流行，他俨然成为历史与祖先的活象征，直到八十岁战争再次降临。

八十岁的丁甲垂垂老矣，不能拒敌，也不方便迁徙，他与寨中同样不愿迁徙的老人、残障者与重病人候望着躲避兵灾的寨民们远去，当说不清族裔与来头的兵匪闯入村口，留守的人们便一起喝下红藤汤兑的米酒。

此后丁甲周期性地醒来与昏睡，每次醒来他都回到第一次醒来的年纪，时间放逐了他而在他身外流淌：仡伶人也消失了，变成扳人、僮人、黑苗或峒蛮，这些都是外族人对濮人的称呼，其实"濮人"这个丁甲最初知道的词语也并非族人的自名，在濮语里，族人叫自己"干""更"或"金"，不同姓氏与族寨的发音略有不同，濮人没有文字，声音是语言唯一的形式，因此濮人的传说里未见伏羲造字而百鬼夜哭的往事。

堂瓦有时也叫"百楼""堂卡""古可""住阁"，灰瓦、彩色琉璃瓦、螭龙兽头与飞檐翘角慢慢添加其上，独木柱也增多为主柱与硝柱的联合支撑。

楼顶悬树干的渐渐少了，有一段时期使用乐器的最多，后来有实力的大寨甚至开始放铁炮来召集寨众，这大约是明朝中后期的事情。

丁甲渐渐察觉到，当他昏睡，朦朦胧胧中，他仿佛置身在一棵树的内部，这树是濮人神圣的红藤树还是其他树木，不得而知。丁甲只知道当他醒来，他便已具备一具肉身，一个人站在某一片寂静幽深的密林深处。

他是在神秘的过程中出入，本身却从未触及过神异的本质，当丁甲领悟到这一点，他便不再执着地寻找濮人村寨，从此他可以在任何人群的聚集地虚度时日，也不必再娶妻生子。

有一两次他也遇到意外。

某年秋天，他在一间破庙里借住，隔壁厢房有一个潦倒的书生。有天夜里，风雨大作，将枝头枯叶狂扫下落，这时禅房外的院落里传来隐约的说话声，夹杂在拍门的狂风中潜入室内，邻间的书生吓得光着脚跑来向丁甲求救，丁甲把窗棂推开一条缝，看见院中平时充作椅凳、供人休息的大石块中纷纷走出人来，他们似乎还彼此熟识，互相寒暄交谈，躬身行礼，共计有十来人。

风雨停歇后，天色未明，这些人还在院中闲谈，书生吓得不敢动，丁甲便推门出去，一问，石中人有的生于秦汉，有的长于魏晋。当时民间书商私印笔记小说很能赚钱，丁甲听庙中住持说，书生将这一夜奇闻也写作一篇故事，题名《石言》，做起卖书发财的美梦。书生名为吕蓍，建宁人，后来金榜高中没有，丁甲亦不知。

还有一件事不是见闻，是丁甲亲身经历。

有一年丁甲忽然从昏睡中惊醒，这次醒转却不同昔日，一种猥亵的触感流窜过全身，他睁开眼，与一个同样惊恐的男人脸对脸，男人半抬着屁股，似蹲似起，面色苍白，说不出话来。丁甲环顾四周，发现自己身处一间布置得颇为考究的厅堂，他便趁男人愣神之际逃出门去。厅堂外是爿亭台楼阁俱备的花园，院中有游廊、假山、水池，丁甲在园林般的建筑群中好一通盲转，才得以跑脱。

没过几日，当地便传出李大司寇侄子家新打的一条春凳忽然变成个大活人，接着又凭空消失不见的奇谈，并引得一位小厮模样的年轻人前来打听，那小厮自称受蒲老爷差遣，特来长山县记录这桩奇闻异事。

后来丁甲又睡去，再一次醒来，倒有些感慨——触眼便是一座气派漂亮的十一层堂瓦，他不就山时，山倒来就他了。但不等丁甲站定欣赏，便被同样看景不看路的游客撞了个趔趄，接着便听见奇异的放大了数倍的声音，原是一位导游举着小喇叭："那么现在我们看到的，就是侗寨的标志性建筑，鼓楼。鼓楼是侗族人从古至今都有的建筑标志，所谓'有侗寨处有鼓楼'，那么为什么叫鼓楼呢?相传远古时期,侗族人的祖先为了方便召集全寨人集合,便建成这种塔形的建筑,并且每座塔上都架一面大鼓,一旦有事,就敲鼓集合……"

丁甲被人流裹挟着上了鼓楼的楼梯,密集的脚步震得有百年历史的木榫结构楼宇内尘屑飞扬,丁甲边登梯级,边想,现在堂瓦又叫鼓楼了。到了楼顶看见那面蒙牛皮的红漆大鼓,物与人相顾茫然,彼此都是千年万载后初初相见,人声鼎沸,充溢天地间的满是新的流言,而知晓时间的古老回环的物灵与生命,彼此无话可说。

丁甲便在景区脚下安下家来,后来人口普查,调查员敲开丁甲的店门,问起姓甚名谁,丁甲记得自己早先有个简单的姓名,却拼凑不出来,枯想半天,只得说:"我姓宋讲……"

调查员一翻手册,找到针对此地民族工作的姓名对照表:"找到了,宋讲对应的是张,你姓张。名字是什么?"

"腊涅……"

调查员记录得很爽快:"那?辣?……良?良是吧?那你就叫张良。"

至于职业,是锔瓷与漆补。这是新近学习的技艺,学习的地点是文化扫盲班隔壁的技能学习班,那时老张的外表尚且显得年轻,他接受居委会的安排,上午在扫盲班学习基础的书写与算数,下午学习一项劳动技能。他曾经会种地、捕猎、制作竹杖篾筐等等,但记忆渐渐疏漏,或许用心回忆依然能回想起来,但丁甲没有那样的兴致。他在技能班前听人把所有的项目宣讲一番,在烹饪、缝纫、修自行车、砌砖盖瓦、修水电等技能之中选择了锔瓷漆补,这个选择未经深想,是一瞬间便决定的。

这可以说是新近发生的事,也可以说发生在很久以前,那时春美的父母都还是拖着鼻涕的小孩子。后来再有人口普查,户籍调查员有时会惊异于老张的年龄,连说"你的脸可一点看不出年纪",老张也同所有人一样谦虚,说:"很老了,很老了。"

对于生的奥秘,老张始终参不透其中玄妙,幸而他亦无心此道。他接受生而不强求,并没有深刻的原因。譬如水波之荡漾而逐流。

窃窃

1 花环一

致辞:(无)

我应当是事情发生前最后一个跟霍毋伤说过话的人。

众所周知,那天是大战前夜,天黑后我弄到一把匕首,柔然铁锻造,锋利无比,我就想把它送给霍毋伤。白天霍毋伤曾经号召大家明天上战场别带割头奴隶，当时很多人反对，号令就没能施行，但我知道霍毋伤的脾气，他自己是肯定不会带了。其实他才最应该在乎人头数。他是骑将，带领一百多人的骑兵队，但霍毋伤一直想组建一支自己的铁骑队伍，他想率领铁骑，而不是普通骑兵，他的军功还差一级就可以向邵续提出申请，这一级要八百个人头，据我所知，当时霍毋伤已经攒到七百五左右。

  骑兵这个兵种移动迅猛，杀伤力大，旁人看来很威风，但相比步兵有两大吃亏的地方：一是伤亡也大，再则杀敌之后割人首级很不方便。你想，我们是在马上，且是在激烈迅疾的冲杀过程中，一个骑兵杀掉了对手，要想跳下马去割敌人头颅，既没有时间，又很危险，所以骑兵大多会买几个奴隶，打仗时跟在后面帮自己割头，这就是割头奴隶。但割头奴隶也可能碍事，他们夹在骑兵与步兵中间，有扰乱步兵阵型之嫌，虽说程度很微弱，几可忽略不计，但那次打仗不一样，侦查骑带来的消息是石勒至少派出了五万人，其中四万步兵，八千到一万的骑兵，这还是保守估计，而我们乞活军当时满打满算都不到一万人，其中骑兵人数二百八十九，还不满三百之数。

可那场仗我们又必须赢,因为输不起。输了就赶不到黄河边上,没法渡河投奔东晋。

我们乞活军那时候属于邵续手下,邵续一开始听命于成都王司马颖,后来东海王司马越帐下的王浚说服他倒戈向东海王一派,事情到这里就变得有点诡异——因为成都王跟石勒是通好的,而成都王和东海王则从"八王之乱"开始就是死对头,我们跟着邵续"另投明主",从成都王换到东海王,也就是说,一开始我们乞活跟石勒的羯胡人是盟友关系,一起打仗对付东海王,但邵续一投"明主",乞活跟羯胡人也就掰了,以前战场上看见那帮羯胡野人砍人如砍瓜有多高兴,现在就有多恐惧。

你们可能会说,邵续投了未必你们也要投,你们甩了邵续直接跟石勒混不行吗?这事我还真想过,并且和霍毋伤认真地讨论了,就是霍毋伤劝阻了我。到今天为止,我始终认为投靠东晋是明智的决定。但我澄清一点,这事跟"忠君爱国"或者"汉臣气节"一丁点关系也没有,最近我听到不少人说,霍毋伤尽管是个恶魔,倒还有一点民族大义。如果有人还在乎真相,那我想说,这话完全胡扯。我不认为霍毋伤是魔鬼，在投东海王和东晋的事情上，我们也绝非出于民族大义，纯粹只是利害抉择。

为防好心人刨根问底，我简要提几句缘由：石勒早年被汉人卖作羯奴，一路从并州贩运到冀州，吃尽苦头，因此汉人未必恨石勒，石勒倒是真正地恨透了汉人，这人不坐大则已，坐大了我们这些汉族兵迟早没好果子吃；再者北方这些蛮族，羯、胡、氐、羌、乌桓、匈奴、鲜卑，哪个不是能吃奶时就能骑马，未学人言先学张弓？宁做鸡头，不作凤尾，我和霍毋伤作为骑将，在北地的前程必然比南渡要差得多。

这些都是霍毋伤分析给我听的，石勒也好，成都王东海王也好，我都不了解，有的连名号都说不对。我只喜欢打仗，有时甚至不问缘由，杀人和杀敌人真有某种至关重要的本质不同吗？现在人们挖地三尺地品评霍毋伤，说他变态地喜欢杀戮便显露出他疯魔的端倪，那我比起他来又如何？有些人说话的样子仿佛言辞一出口就变成石头，将同磐石一样永恒地存在而不变更，但我的体会是，杀戮的一瞬间是沉默的，锐器穿透甲衣的刹那，人总是生来头一回似的意识到自己的血肉、骨骼、经脉的存在，那静谧而无限的一瞬间里，没有语言逞能的余地。

说回那晚——我揣着匕首找霍毋伤，匕首可以袖在腕底，也可以插在靴筒中，方便时抽出来割人首级，总比大开大合的刀剑要轻便得多。

霍毋伤不在他的营帐里睡觉。

他在整座营壁里巡逻，检查每个骑兵的马披罗——即垫在马鞍底下，披在马背上的一块厚毡子。这东西有个体面的叫法，叫马鞯还是马帐来着，我从没记住过，霍毋伤知道，他知道所有鸡零狗碎的破事，从皇帝的名字到马毡的名字，他关心这个世界，而且哪怕这些骑兵白天刚刚反对过他的提议，到晚上这些人睡得跟死了没什么两样，霍毋伤还在挨个给他们检查马披罗。当然最好的具装肯定不是毛毡子，而是正儿八经铜凿铁打的马铠，给马装备这种东西是为了防止它们受伤，我也还是要说一句，弄马披罗或者马铠客观上当然是为了保护马，但主要还是为了骑兵自己，马要是受伤了，骑它的人也没好果子吃，要是有人又看中了这个细节，试图从这里证明霍毋伤善良，甚至于爱护动物，倒也不必。

马要是装备上铜制或铁制的马铠，这样的马就能被称作铁马，骑兵便升级为铁骑，铁骑能以一当百,是战场上真正的杀神。没有马铠而披毡子的,只能算作普通骑兵。霍毋伤想拥有自己的铁骑队伍,但乞活军没这么好的条件,倒是石勒的五万大军里据说有两百铁骑,正打算把我们杀个片甲不留。

我找霍毋伤的时候,他的两个割头奴隶正跟在他身后,每人肩上扛着一摞麻葛交杂的烂布,他把这些当作马披罗,遇到鞍下无毡的马,就叫奴隶抽出一摞来塞进马鞍和马肚带里去。这东西是他白天派人从城里抢来的,原是老百姓家的窗帘被褥之类。霍毋伤干过打家劫舍的勾当,我也干过,黄河发大水淹死一百条兵油子,九十九个都劫掠过百姓。乱世里苟且,你不抢蛮子就抢,况且你们以为军饷跟你们放屁一样,年年月月天天有?一年里放个一两次就不错了。至少我们抢的时候不随便杀人。

也是这晚,我的确跟霍毋伤提起了"黑影"。

霍毋伤管那叫黑影,我就也跟着他叫"黑影",这是出于对人基本的尊重,而不是像有些人说的"容忍""纵容",乃至有人说我是"为虎作伥"。难道你的朋友管番薯叫地瓜,你就要掐住他脖子逼他改口?

我问霍毋伤,他怎么这么晚还不睡觉,是不是那些"影子"又出来烦他了,霍毋伤没直接回答,他跟我说,他想了又想,明天不能从两翼包抄,还是得正面冲锋。

其实最早的部署就是这样:三百骑兵作为登先队,在步兵发起进攻之前率先冲向石勒部,目的是冲散对方阵列,扰乱阵脚,提振己方士气,为步兵的大规模攻击撕开一道口子。

但考虑到石勒部的规模,后来又改分为两队,从左右两翼包抄,寻找敌阵的薄弱处伺机切入。

两种冲锋方式没有高下之分:正面冲锋最鼓舞士气,一旦冲破敌阵,便易于最大限度地造成敌方伤亡和骚乱,但如果对方整兵坚阵,固若金汤,一击不破,等待骑兵的便是如雨流矢与如林矛镞,这种情况下骑兵的伤亡率一般不会少于三分之二;侧翼冲锋相对风险要小许多,但获益也少。

我和霍毋伤成为朋友,就是在一次侧翼冲锋的合作中。那次我们受命绕开敌方主力部队,到敌后方去破坏粮道,不意半途中在邙山脚下遭遇了敌方步兵。我们只有八十骑,敌方却至少有两三千人。那也是个冬天,天降大雪,一丈以外白花花一片,人马木石难辨,这样正面冲锋的震撼性就给大雪抹杀了。

那时我和霍毋伤不熟,两人却一拍即合,各带四十人从侧翼包抄,企图围剿。但对方的人实在太多了,两拳难敌四手,混乱中我的槊折断了,还给人一矛扎中肩膀,废了一条胳膊不说,剧痛还害得我差点从马背上滚下去。

你们老问我霍毋伤是个什么样的人,曾经我不了解这是一种怎样的兴致,现在我学乖了,明白诸多形容词附着到死者身上,只会变成连篇累牍的猥亵,像蛇虫缠绕尸体,令它们迷恋的不是死亡,而是对腐败的期待。

我只说说霍毋伤那次都干了什么。

肩膀受伤以后,我腿上又中了两箭,那时我也已经是骑将,骑将不像步将,可以坐镇大后方,用旗帜来发号施令。骑兵的杀手锏是冲锋与速度,随机应变,觑着一线破绽就当机立断杀进去,因此骑将只能冲锋在前,一马当先,我驰向哪里,后面的骑兵就紧紧跟上。而骑将一旦受伤,骑兵队便容易成为无头苍蝇。

我受重伤后,第一件事就是叫传令兵传信给霍毋伤,让他统领两支队伍,没想到传令兵带回的不是他的回应,而是他本人——他有个更好的主意,怕我不听命,所以亲自前来传达:以他赤漆银缠的丈八长槊为号,他一声令下,所有人全部撤退。

那时我们的步兵主力正在跟敌方步兵主力死扛,仗打了五天,久战不胜,遍地尸山血海,我方这才拨出一伙骑兵去断粮道、绝后路,好令敌方粮尽后自动撤退。敌攻我守,胜败就倚仗骑兵队这次奇袭,这个节骨眼上怎么能撤?

"你不撤,我带着我的人自己撤。"霍毋伤丢下这样一句话。

我只能带队跟上,果然,我们一撤,对方士气大盛,山呼海啸般追来。霍毋伤埋头策马,如此狂奔十多里,他忽然下令整队,所有人调转马头,横槊取弓,瞄准狂追而来的步兵放出一通箭雨,接着跃马提枪,兵分两路,一队剪直杀进重围,刀光剑影,马蹄下雪沫飞溅,另一队绕后包抄,前后夹击。几千步兵猝不及防,被我们杀得精光。

事后霍毋伤才告诉我,陷在敌阵中时,他无暇也不能向我托出佯退的真相,邙山山势欹斜,山道复杂多变,敌兵背倚邙山,既能凭借树木遮蔽,使我们屡射不中,又数度俯冲而下,来势汹汹。不撤到平地再战,我们绝无胜算。我说那如果我不肯听他呢？他说，战场无情，死了也是活该。

也是在那一次，他说话间隙忽然回头，望向身后。这时雪已停了，骑兵们原地休整，一些人在尸堆间搜刮，我和他站在最外围，身后是白茫茫空寂的雪地，人和动物的足迹都没有，他却定定看了两眼，才回过头来。我后来知道，那便是他被黑影扰乱心神的无明瞬间。

在与石勒部大战的前夜，霍毋伤为骑兵们补充完马披罗后，在无月的星空下擦了很久的马槊。这不代表他对那把兵器有感情。骑兵的马槊在战场上其实算消耗品，它杆子长，向来受力又大，两骑对冲激战的时候一人的马槊经常会被另一人打折，近战时也容易被横刀劈断，所以经常换新的。霍毋伤擦槊只可能是因为睡不着。他大概擦了十来遍吧，我说你别擦了，再擦都抛光了，当心明天手滑。他这才回答我之前的问题，说影子的确是来得更频繁了。

我们那场仗有多关键呢？首先，我们要赶到黄河浮桥，把自己这近万之数的乞活军带到江左去，我们可以说是当时对胡作战经验最丰富的一支队伍了；再者，邵续还有一封密信要我们带给晋元帝，谈的是跨江结盟的事；最后，我们要把北地胡人的分布、战略战术、势力分割这些一手消息都带去江左。

上述三条里任何一条单拎出来，都够石勒剿灭我们八百回，别说都加在一起。因此这一仗，石勒方面想要全面、彻底地打赢，我们则绝对不能输，一定要过江去。

那个晚上，我劝霍毋伤别想太多，早点休息，养精蓄锐对付明天的恶仗。霍毋伤则说——这也是他对我说的最后一句话："我不会让影子影响明天的成败。"要说语气，我觉得他当时没什么特别的语气，跟他平时说话一样，挺平静的。这句话没引起我任何感想，我把匕首给他就走了。

我已经反复说过，我知悉黑影的真相并不比你们任何一个人早，当然，我也不是那样标准的知交挚友。好奇心作祟，我也曾不顾霍毋伤的反感执意打听过，我问他黑影到底是什么，长什么样，霍毋伤的回答总像是在开玩笑，有时说黑影一头十尾，每条尾巴都蜷曲如蛇，有时说黑影是巨大肉块组成的无心智的半死之物，有时说黑影在他耳边喃喃低语，听多了这种声音他早晚会发疯。

你们说我胡说八道，昧着良心编故事，为一个恶魔做遮羞布。霍毋伤有一次反问我，你觉得黑影是什么？他说既然世上万事万物都有影子，那影子也就可以是万事万物。

你们还说，我老是把"你们如何""你们如何"挂在嘴边，近朱者赤，可见我也有点疯癫。这真是个高明的说法。一个人要如何证明自己不疯？我算是领教过了，现在我知道，当一个人想要证明自己不疯，这才是他发疯的开始。因此我沉默下来，不再发表任何看法，不再解释包括我自身在内的任何人、任何事，这种感觉很奇妙，恍惚间，我仿佛堕入了死者的国度，栖身于彻底的沉默背后，用一双死后的眼睛重新看待这个世界。曾经的问题不再值得我费神，而某些向来严丝合缝的事物却让我看出了光线照射不到的细微裂纹。一种熟悉的、既热切又冷酷的兴奋感从心底升起来，我仿佛回到了战场上，面对敌人雄兵千万，大军压阵，一瞬间喷薄的恐惧比溅到脸上的新鲜血液还要甜美。战马温热的腥臊，敌人铠甲遥远的反光，生命的真相在死一样的空寂中闪烁出回光返照般的炫影，使我看清此时土地上猬集蚁聚的千万人，无论敌我，大家既算不上是活人，又还没成为真正的死人。非生非死，此时昨日种种已无意义，明天又是一个千里外的渺茫悬念，这一刻，这场战争，是劈开古今生死的悬崖，没有人能无视它，只有闭上眼往下跳。打仗前的感受，就是聆听虚空中轰鸣般的沉默。我永远不会忘掉这种感觉。

就是在彻底沉默的那段日子里，我像寻找敌阵的薄弱环节那样，想到了整个霍毋伤事件中的一个破绽——回忆那些遭人厌弃、冗长不堪的"你们如何""你们如何"，我忽然想到，"你们"是什么？

我叫杨攸，是乞活军中的一名骑将，曾在北地抵抗胡虏，后渡江归附江左朝廷，驻扎在京口重镇，成为北府兵的一员，听命于郗鉴麾下。

你们是什么？姓名、籍贯、年齿、身量？

你们一无所有。

你们仅仅是一些声音，一些幻影，一些自以为是石头的言辞。

或许你们也不过是一种影子。

对于真正发生的事件，我会继续保持沉默，这沉默也许会持续终生。我希望能持续终生。

从此我只谈我亲眼所见、亲耳听闻的事物，哪怕它们是虚幻，不真实，是所谓的真实投射在现象界、想象界，或者你们随便用什么高深的词汇将其从你们钦定的现实世界中离心排斥出去的某个边缘世界的异维度投影，总之，以后我只谈这些。如果被认定为无意义，那我就只谈无意义。如果被认定为疯狂、偏袒、哗众取宠，回答你们的将是我无情绪的沉默。

想要从这篇自陈中再度挖掘点秘辛、暗示，乃至语言破绽或心理漏洞的人，你们恐怕要失望了。

对于霍毋伤的那桩"事件"，现在我能谈的只有影子。

并且也只有这样短短的一句话可说：对于那些被人姑且命名为"影子"的事物，我选择沉默，霍毋伤选择消灭。事情就是这样。

这就是我所知道的事，对此我没有评价。

另：有很多人问我那两个去灵堂吊唁的陌生人的事，我不认识他们，只知道其中一个——那位在灵堂上哭晕过去的，我只知道她是霍毋伤的随军厨娘，见过一两回，没说过话。

——来自：劳资马上给您一槊
所属阵营：有本事泥们过江啊！

纷纷水火

2 花环十

致辞：我搜集了所有能找到的新闻报道，大家可以看看。愿逝者安息。

- **海市发生特大灭门惨案，五口之家四人惨死，嫌疑人竟是17岁女儿！**

  9月19日，海市高新区冀北路某居民楼里，发生了一起子女杀害亲属案，17岁少女小丽（化名）将父母与爷爷奶奶等四人杀害后报警自首。

  据当地警方通报，9月20日，警方110报警平台接到一通报案电话，报警人小丽声称自己杀了人。核实了报警人身份信息与位置后，警方随即到达现场，经调查，警方发现602室的住户黄元喜（化名）夫妇及黄元喜父母全部遇害。

  警方随后认为黄元喜夫妇的女儿小丽有重大作案嫌疑，并将其抓获。目前，该案还在调查中。

- **丧心病狂！海市17岁少女杀害全家，杀人后淡定打游戏！**

  9月19日，在海市发生了一起灭门惨案，17岁的小丽（化名）将父母、祖父母全部杀害。

据当地媒体报道，9月20日，小丽通过110平台打电话自首，警方到达现场后，发现一家四口已全部遇害，而凶手小丽竟淡定地坐在电脑前打游戏。

稍后警方将小丽带到派出所进行审讯，小丽坦白了杀害亲人的全部过程。据称，她口齿清楚，思路清晰，情绪也比较冷静，回忆杀人过程时没有表现出明显的悔意。

记者辗转联系上死者黄元喜的弟弟，他本人在外地经商，接到消息后已在赶回来的路途中。据他介绍，哥哥黄元喜和妻子感情良好，对父母也很孝顺，平日里……

· 海市特大灭门案邻居：凶手平日沉默寡言，学习成绩很差

发生在海市的"少女灭门案"近日受到关注，嫌犯小丽（化名）年仅17岁，四名被害人是她的父母与爷爷奶奶。

四名死者生前住在某小区居民楼，对门的邻居告诉记者，黄元喜（化名）夫妇平日里待人礼貌随和，他们和父母同住，两位老人有散步的爱好，小

丽的奶奶还时常到小区门口的小广场跳广场舞。

而对于小丽，邻居们的印象则不太多。只觉得她很少出门，以前养过一只小狗，有一阵她出门遛狗，和邻居见面时也不打招呼。

小丽的学校老师则告诉记者，小丽性格比较孤僻，朋友不多，学习成绩不尽如人意。今年上半年，她以皮肤病为由断续请了不少病假，后来更是因为生病办理了休学。班级组织同学给她送笔记和试卷，但去了一次后小丽便拒绝见人，送笔记的事情后来不了了之。

据同学回忆，小丽平时的确酷爱玩电子游戏，经常违反校规，带手机到学校，上课时偷偷玩游戏。她的文具、饰品也大多和游戏人物相关。

对于青少年沉迷游戏这一现象，记者采访了市六院精神卫生科青少年心理问题的专家陆医生……

· **少女杀害全家后报警自首，警方通报：嫌疑人已被抓获，受害人均已死亡**

（来源：平安东海）

9月20日下午3时许，辖区接到报案称，冀北路发生一起灭门惨案，报案人自称杀死自己一家四口。

警察赶到现场后，发现冀北路某小区居民楼内，一家四口身中数刀，已全部遇害，尸体躺在血泊里，分布于卧室、厨房、卫生间等处，地面及墙上有很多血迹。死者之一，嫌疑人小丽的母亲许惠萍（均为化名）身上盖着一条毯子。

经初步调查，小丽交代，因家庭矛盾，情绪激动，遂行凶。

案件正在进一步侦办中。

东海高新科技园区公安分局
20××年9月21日

- **特稿：少女杀手的游戏人生**

游戏与青少年，仿佛越来越成为人们所关注的话题，今日，一起17岁花季少女残忍杀害父母亲人的人伦惨案再度将这个问题推到了风口浪尖……

另：有新的新闻还会继续补充。

—— 来自：乌桓雇佣兵讨薪大队长
所属阵营：有本事泥们北伐啊！

纷纷水火

3 花环十三

致辞：我就想知道孙耀辉这一天天的都在想什么屁吃？

9月21号开始游戏不能登录，说是技术调整，那时候游戏在风口浪尖上，停服就停服吧，避风头嘛，大家都理解。结果一停就是三天，好吧，我等。

结果第四天一上线，也不知哪个脑残在昆仑山副本里搞了个无名冢，祭了一堆霍毋伤的相关祭品，公屏上大家聊这个事，其实当时把"霍毋伤""无名冢"这几个关键词在公屏上禁掉就好了嘛，玄神级马铠刚上线，大家都忙着打装备，这个破事能聊多久？再说了，无名冢又怎么了，有道具就能立，我包里现在有八个心灯，我全点了给霍毋伤立冢，你是不是还要派人暗杀我啊？动动脑子啊大哥，霍毋伤只是个角色名称，一个服里几万个霍毋伤，你管他给谁立碑呢！

结果这游戏倒好，给人把坟刨了。

接着第二天还把无名冢功能给禁了。

有病吧？

我战友死了我不能给他立冢，孙耀辉你还是人吗？

到这其实还有人帮着说话，就还是那一套，风口浪尖嘛，忍一忍，我倒是想忍，问题是，人可以怂，但不能这么怂，你禁无名冢就算了，你把以前大家堆的坟都刨了是几个意思？衣冠南渡那一仗，多少人为了肝一个"高门成就"连刷十天半个月的？我战友为了掩护我死了十一次，我氪了九十九个心灯给他立了无名冢加"松柏长青"加"故人北望"，现在你二话不说把坟给刨了，孙耀辉，我从来没说过那句名言，但今天我必须说一句：你是《风流表里》之父，你是公司的老大，但你不是人。

而且在昆仑山顶立冢得多少钱？我的冢被刨了，你没退我钱，我猜昆仑山那个你肯定也装死滑过了。

所以现在这样子我觉得就是活该。

合欢树、舍利塔、七贤竹，现在所有能命名的纪念物都有那么多人把名字写成"霍毋伤之冢"，你刨我的坟，我扬你的灰，来啊，战个痛！

另：今天无名冢功能又回来了，还带了新的献花环功能，可以在花环里自由留言留图留视频，这才是人干的事。孙耀辉，知错就改还是好孙子。

——来自：铁人三项盾矛弩
所属阵营：儒学赛高玄学西八

4 花环二十七

致辞：关于贺兰的身份。我一直挺在意那个贺兰的，我不是说杀人就对啊，但看了新闻以后，我觉得要是我死的时候，我游戏里的战友也会查到我的地址，不远万里来给我送行，我觉得……这就算游戏的意义吧？所以把论坛里一个大神对贺兰的分析搬过来了。逝者安息。

标题：我发现贺兰也是个神人

那位"霍毋伤"死刑之后有记者去蹲她的灵堂，结果就发生了"哭晕"事件，怕有的人不知道，我稍微解释下，是这样：那位霍毋伤（下面我直接就叫她霍毋伤了哈，反正这个人物，游戏现在也下线了，以后估计会成为传说吧！话说这角色马上使槊的技能还是很强悍的，一度我上骑兵的时候就只用他一个，破步阵那就一个字，爽。咳，扯远了）的灵堂上，有两个陌生人去看她，被她的亲戚发现。后来记者采访他们，发现这俩是霍毋伤的游戏好友，一个没透露个人信息，直接就走了，另外一个就是这位"贺兰"，记者之所以能采访到他，是因为他在灵堂上哭晕过去了，后来叫了120急救，记者一直跟着他。我猜他是没地方躲，不然也不一定就肯接受采访。

为了避免混淆，我先澄清一下，"贺兰"这个游戏角色设定是女的，但那个"哭晕"的人是个男的，贺兰男装女，霍毋伤女装男，俩人都玩的人妖号。

贺兰玩的人可能不多，这个角色主要是辅助，特长其实是医治。我通过一点小关系弄到了霍毋伤的游戏数据（这是不对的，大家不要学我），把这些数据爬了一遍之后我发现，霍毋伤真的有个固定的"贺兰"，但最神奇的事情来了：这个贺兰不是医仙，她是个厨娘！我的天……

就你们能想象吗？做饭技能在贺兰的技能树里占比不到5%，剩下95%都是医药治疗。一个贺兰，放着技能树上的医药不点，把做饭值点了个满。这种边缘技能有多难找，大家看攻略就知道，所以这个人是放着主技能不管，把小彩蛋戳了个遍。

然后我就问我那个朋友，贺兰如果不做医仙做了厨娘会怎么样？前提是厨娘技能满格，医仙为零。我朋友说，那样贺兰就会变成一个能做很多饭，但做得特别烂的大奇葩。

我抓取了霍毋伤跟贺兰所有的交互数据，发现他们很早就遇上了，在不同的地图里，他们一共遇到了三次，这三次贺兰都在卖粥，第三次，贺兰问霍毋伤要不要厨子，霍毋伤说要，从此这个贺兰就跟霍毋伤混了。

这还不是最奇葩的，最让我非得在这里发帖说一下的在下面：

这个贺兰不是厨娘满格，医仙为零吗？所以导致一个后果，就是如果有人喝她的粥不付钱，她完全没有办法，就是白给。而霍毋伤遇到她的三次里，每次都主动给她钱了。

我想说，我如果遇到这么个贺兰，我也不会给钱的。不是我没道德，主要这个贺兰做的粥，喝了以后你的体力值不会升，反而会降一大半！这种粥谁会给钱啊，不打她就不错了吧?!

所以我真的叹为观止。

其实我最早爬数据是为了验证"义仓",找到贺兰纯属意外。"义仓"就是大家传说霍毋伤建了免费发放补给的,越传越玄,反正我听到的时候已经跟宝藏龙脉一样了,我就想找一找。现在我可以非常负责任地告诉大家:霍毋伤从来没建过"义仓"。他倒是经常抢劫,不过抢得不狠,道德值还可以,中等偏上。

——琅琊王不是太原王
所属阵营:京口打工仔笑看建康文艺逼

5 最后一课

……

今天是我们《青少年犯罪心理学》的最后一课,课业内容到刚才已经全部讲完了,现在,我想跟大家分享一个非常特别的案例,作为这门课的尾声。

这个案例是我二十年前遇到的,我把它放在这里有两个原因,一是直到今天,我也没能把这位病人研究明白。请注意，我不是说解决。以当今心理学的发展水平，许多病案都无法解决，更多案例连基础的治疗框架也建立不了，这有待同学们今后的努力。但是连病因的大致方向都摸不清的，很少很少，这位病人就是其中之一。

第二个原因则是我个人的：我无法忘记这个女孩，她对我的职业生涯触动很大。

好了，下面请大家迅速看一遍讲义的最后一部分，一共四张纸，每张纸上有一个标题，分别是：花环一、花环十、花环十三和花环二十七。

（阅读时间）

大家都看完了吧？

我知道现在你们一定有很多想法，从你们的表情上就能看出来，但是等一等，我先要告诉你们一个前提，这个前提会推翻你们的绝大部分思路：

这个女孩没有死。

她也没有杀人。

臆想症？人格解离？我看到有同学已经举手了，不过我的前提还没有说完：

世界上也没有这样一个游戏。

现在你们一定要问我：那她的异常表现体现在哪里？

告诉你们，她的确干了一件事：打了报警电话。

是的，她的确打110自首了，警察紧张坏了，立即赶到她家里，家里没有人——但也没有血，干干净净，什么也没有，只有她一个人在那里。她的确和父母、祖父母生活在一起，但当时房子里只有她一个人。警方立刻联系她父母、父母的工作单位、亲戚朋友。我就不卖关子了，最后父母和祖父母都找到了，他们到乡下扫墓去了，跟单位请了假，结果是虚惊一场。最后小姑娘——我们也叫她小丽吧，小丽的父母带着女儿找到我，因为警察走后，她仍然坚持自己杀了人，杀了父母和祖父母。尽管父母就在她身边，她的生活状态却越来越怪异，她就像压根看不见他们，过起了一种想象中的独自一人的生活。

你们是不是想说，人都这样了，还不是臆想症、人格解离、认知障碍其中之一？

我们跳过检查过程，直接说答案：小丽确实没有臆想症、人格解离和认知障碍，常见的跟臆想、幻觉有关的精神或心理疾病她都没有。有同学立刻想到了，对，撒谎症。当年我也想到了，并且做了检查，当年的手段虽然没有现在先进，但基本的几大检查方向和手段都已经建立起来了,小丽的检查结果是可信的,她的确没有撒谎症。

催眠?小丽是否是催眠体质,被人催眠了?我也做了检查,她不是催眠体质。

还有什么想法吗?创伤应激?很好,这是一个突破点,有一条信息我刻意隐瞒了,还是被这位同学敏锐地意识到。小丽有创伤应激,她曾经捡到过一只流浪狗,养了一个多月,她的奶奶嫌脏,把狗淹死扔掉了。这件事给小丽的刺激很大,一提起来就哭。

别的创伤应激?没有了。

还是这位同学,你说什么?名字?很好,名字,小狗的名字叫贺兰。有人开始翻讲义了,贺兰这名字挺耳熟,对吧?

(同学提问:如果《风流表里》这个游戏不存在,那讲义上的四段以"花环"为标题的叙述是哪里来的?)

很好,又是一个容易灯下黑的问题。

(同学提问:既然贺兰是宠物狗的名字,黄元喜和许惠萍是谁的名字?)

好,我两个问题一起回答。

黄元喜和许惠萍是小丽父母的真实姓名,新闻稿里的住址和城市就是他们家真实的地址。

那四篇"花环"也是真实存在的,虽然——是的,我知道,游戏不存在。这四篇以"花环"为标题的文字是小丽的个人创作,放在她的个人网站上。游戏仅仅只存在于小丽的脑海里,那是个庞大、复杂的游戏世界,而在现实世界里,小丽只用"花环"来展现那个想象世界的冰山一角。在我和小丽接触的时候,她还在持续进行这项创作,已经写了一百多篇文章,有长有短。我摘到讲义的四篇是其中比较有代表性的,我们今天要讨论的内容四篇文章里都有展示。

有同学露出怀疑的眼神,有怀疑精神是件好事,尤其是对师长、权威的怀疑。我知道怀疑的同学想说什么,你们想说四篇讲义远远不够你们分析的,要是那一百多篇都到手了,说不定你们就超过老师,解决了这个大难题了,是不是?可以呀,想要全部资料的同学可以课后来找我,资料我给你,但有一个条件:拿到资料以后,一个月内,你也要交还我一份心理分析报告,不得少于五千字。看看你们为了心理学探索能不能付出一点额外的小辛苦,还是说仅仅只是为了满足自己的好奇心。单纯的好奇心是没有用的，一门学科需要的是钻研的毅力。

好了，安静。

我听到了很多窃窃私语，有的同学已经迫不及待和同桌讨论起来了。我给你们十分钟时间讨论，之后我们交流成果。

（讨论时间）

（师生问答）

好了，问答环节结束，现在我想请一位同学上讲台来，总结一下目前的讨论成果，给我们的病人小丽做一次心理画像。

同学发言：

　　小丽是个17岁的女生，性格内向，富于想象力，有较好的文字表达水平，逻辑思维能力也不错，在同龄人中至少是中等水平，也许中等偏高。

　　她曾收养过一只流浪狗，流浪狗有皮肤病，小丽还买来药膏给它治疗。这件事中我们认为小丽不仅具有同情心，还可能从流浪小狗的身上看到了一些自己的影子，譬如孤单、受伤、需要治疗，这是一些投射心理，不单单是出于善良。但小狗后来被奶奶淹死，这使她患上了严重的PTSD（创伤后应激障碍），她无法和奶奶共处一室，并且随着其他家人支持奶奶的做法而忽视小丽的心情，她PTSD的对象扩大到所有家人，这也许是小丽幻想杀死他们的诱因。

之后小丽患上严重的荨麻疹，首先荨麻疹也是皮肤病的一种，这又使我们联想到那条得皮肤病的流浪狗；而且荨麻疹本身也有心因性可能，焦虑、抑郁、躁狂，以及过激的情绪都有可能引发荨麻疹。

后来小丽由于荨麻疹的加重而休学。

休学期间，她开始想象一款名为《风流表里》的大型网游，并在个人网站上创作"花环"系列。"花环"在游戏里是献在死者坟冢前的祭奠之物，这个系列文章是游戏在现实世界里留下的唯一痕迹，可以说，此时"死亡"这个意象已经开始出现在小丽的潜意识中，不过这时候小丽下意识想象的是自己的死亡。

后来小丽开始想象家人的死亡，并把自己想象成凶手，并做出行动，就是打110自首。警察解决了这一闹剧后，小丽就开始了一种病态的生活方式。她过着一种仿佛只有她一个人的生活,好像父母和祖父母真的被她杀死了。

哦,我忘记说小丽的家庭情况了。

小丽的父母对小丽的管教比较严格,小丽的母亲曾偷看小丽的日记。小丽的祖父母对小丽的教育以责骂、抱怨为主,但父母和祖父母并不会殴打她。在物质方面,小丽的生活水平也处在同龄人的平均线上。

另外,小丽的父亲是家中的主要经济来源,他是家电销售,经常出差,和小丽的交流不多。

最后的补充情况是,小丽猜测父亲有外遇,但我们无法证实。

谢谢,总结得非常到位。

现在我们的观点是这样:在小丽的病案里,我们无法达成"创伤 ⟶ 病症"的逻辑通路。小逻辑是有的,就是"狗 ⟶ PTSD",这我们很明白了,但无论从小丽的人生,还是流浪狗这一单一事件出发,我们都无法得到特征性的结论,就是小丽开始了幻觉中的一个人生活,视父母亲人如无物。

刚刚在讨论里就有同学说了,虽然不能确定,但可能性是存在的。这话没错，但我们不能凭可能性来治病。不能说小丽有创伤经历，她就一定会开始幻想一个人生活，这步子就跨得太大了，要这么说，所有的PTSD患者难道都会想象把周围人杀了，假装一个人开始生活？对吧，这不可能。我们建立逻辑通路，是为了找病因，这个通路建立不起来，病因找不到，就无法治病。

我现在看着你们的眼睛，闪亮亮的，好像都觉得我会给出一个结论，否则讲这个病例是为什么呢？

我必须坦白告诉你们，我对这个病例真的没有结论。

不过也没有到此为止，我要告诉你们后来的事情。

后来，我给小丽开具的诊断书是这么写的：PTSD，以及可能患有臆想症，建议住院治疗，出院后每半年复查。

这诊断书看起来没什么，跟套话似的，什么问题也没给说出来，是吧？

我为什么这么开，有同学能猜猜吗？

（师生问答）

一个也没猜对。

每年结课的时候我都这么问一遍不同班级的学生，

这么多年了，猜中的我记得只有两个人，这两个人里还有一个是蒙的，给他蒙中了。

答案是：这是小丽要求的。

好了，好了，大家别讨论，我们安静下来。

后来小丽每半年到我这里来复查一次，这么过了五六年，她来找我，说她好了，我就给她开了病情痊愈的诊断，她拿着这个诊断走了。临走前，她送我一个她自己钩针编的保暖壶套，特别漂亮，就是我每次上课带着喝水的这个，没想到吧？我的保暖壶套有这么个故事。她给了我这个漂亮的小礼物，拿着诊断书，朝我鞠了一躬。我就再也没见过她。

（同学讨论，老师未制止，三四分钟后——）

你们想说我是"庸医"，是不是？不用摇头，这个病案里，我就是庸医。我诊断不了病情，查不到病因，还能是神医么？

不过到这里，我这个庸医和小丽这个病患的故事就讲完了。对，真的完了。

你们都不相信，说老师简直有病，讲这么个故事，这算什么，自暴丑事？

（笑声）

不是自暴丑事。

我问问你们啊，如果你们站在我当年的位置，你们会怎么办？

也许有的同学会说，你不是老说钻研精神么，原来光会说我们，你自己真遇上事躲得比缩头乌龟还快！我们才不像你，我们一定会把病因查到底，给它揪出来！

这种精神是很好的，可是小丽如果坐在你面前，她就是不肯告诉你，怎么办？问？打破砂锅问到底，不撞南墙不回头？

我们回到之前的问题：为什么建立不了逻辑链？

一个女孩，才只有十七岁，但在想象中构建了一个无比复杂、庞大的游戏世界，这当然是件很厉害的事情，但另一方面，你们想，这是多大的一种力量？这种力量来自哪里？来自她的痛苦与孤独。

一只小狗的惨死还不够，远远不够，小狗仅仅是她愿意说出来的事。

心理学里有一种治疗思路认为一定要"说"，再恐怖的事情，再难堪的回忆，只有说出来，这才是治疗的万里长征第一步。尤其是电影电视剧里，拍这种场景很多。

但我想问问大家，为什么这种学说始终只是思路之一，而不能成为绝对的主流？

对的，因为有人不同意。比如我，就不太同意。

同学们，痛苦——人间的痛苦，人生的痛苦，它有时很庞大，有时很琐碎，有时又可能很缥缈，缥缈的痛苦也是痛苦。小狗被淹死，这是一种比较好述说的痛苦，而让一个少女独自想象出一个游戏世界、创作出许许多多的"花环"来祭奠自己、最后报假警，甚至不惜在诊室里求我、求我下诊断把她送进精神病院隔离治疗的，这可能是以上所有痛苦的集合：它可能既庞大又琐碎，同时还可能不可名状。

小丽也许是不愿说出来，也许她根本不能说出来。

或许她连那是什么都不知道，只知道那是从她十七年的人生里生长出来的一种无比可怕的东西，来自家庭还是来自学校，还是她还遇上过别的什么，从没告诉过任何人？

你们看她这四篇"花环"，你们能看出什么？

这个问题我们今天不回答，作为最后一次课后思考题，大家回去好好想一想。

我们的课真的要结束了，我有点舍不得大家，最后再啰嗦几句：真相很重要，好奇心是我们的本能，但我们时时刻刻要面对的，是人。

谢谢大家，谢谢给我的公开课录像的摄影师，谢谢我的研究生小杨把我每堂课的文字稿都整理出来。谢谢。

（同学补充提问：小丽的病就这样好了吗？）

不，我说过了，我始终不知道她患的是什么病，也没找到过病因。小丽有一些明显异于常人的病症，这不是装出来的。但除此以外，她对世界的认知没有问题，逻辑思维也正常。她面对我的时候，只提出了她的需求，她请求我判定她需要住院治疗，五六年后，她不需要了，就来让我结束这项诊断。

（同学发言：这算是姑息纵容吗？）

很有意思，小丽自己的"花环"系列文章里也多次提到了"纵容"这个词，有心的同学可以自己找找看。我无法回答你的问题，我反而要问大家一个问题，这也是小丽的病案中我反复问自己的，那就是：我给了小丽需要的——她要住院，即使她的病未必就达到住院标准。她要住院，我给了她住院，这算是一种治疗吗？如果算，那这种治疗应该怎么形容，我治疗了一种我自己都不懂的病？如果不算治疗，那我的行为算什么？刚刚同学已经提出一种可能，他说这会不会是一种"纵容"。而在整个病案中，我始终有一种很明确的感觉，就是针对小丽，我给出了一种我自己不知道是什么、只知道是她需要的一种东西。不是"住院"，住院是这样东西的"形式"，就像是礼物的外包装，但包装里面是什么，我不知道。

人可以给予别人自己都不了解的东西吗？

所有学科的尽头是哲学，这话其实说的是边界的问题。在小丽的事情中，我就触摸到了心理治疗的"边界"，我的行为把我带到了人类文明框架边缘。框架里面，物理法则是颠扑不破的真理，可到了这个边缘，是非对错、时空秩序，一切都暧昧不明，伸出手指尖，我也许触碰到了什么，但超出了我的感知范围。

这手指尖一丁点大的一瞬间的触碰，让我思考终生。

看人间已是癫

1

去年秋天，我的母亲去世了。她的遗物我一直没有好好整理，葬礼过后，我就把房子卖了，连同那些早就过时却被保养得过分精细的家具、电器、装饰摆件，只带走了那些不得不弄走的东西，它们仅占一个半纸箱，大部分属于母亲。我父亲十多年前就死于脑梗，到我母亲去世，我发现父亲遗留下来的东西比巧巧的还要少——

巧巧是我母亲养的狗,一只娇气的雪纳瑞,直到母亲去世,我都还以为她养的是只猫。

我和父母的关系虽然说不上好,但也不算是不好,只能说我的父母都比较淡漠,我认为在抚养我的过程中,他们都尽到了他们的责任,当然,母亲尽的总要多一些,但总的来说,我的成长过程健康、安逸而平稳。我的母亲是一位全职妻子,我的父亲曾是化妆品销售,通过个人努力在退休前坐上了区域总经理的位子。除了父母去世过早,令人惋惜,我的家庭可以说毫无特别之处——过分好的和过分坏的都没有。

卖掉父母的房子纯粹是为了减少麻烦。大学毕业后我去了上海的建筑设计院工作,此后再没离开。父母则在退休以后搬去了一座海边小城,这样做有两方面的好处:一是小城风景优美,空气清新,对我父亲的关节炎和偏头痛大有裨益;二是小城的房价比我家原来所在的城市低不少,父母用卖旧房的钱在小城买了一套精装修的两室一厅,买房后钱还剩不少,这些钱加上我自己的工作积蓄,够得上一套上海两居室的首付。

不急于整理母亲的遗物,一方面是因为那一阵我正好工作忙,经常深夜回到家,洗个澡倒头就睡,第二天闹铃一响,出小区门的时候门卫也才打着哈欠出来买早饭；还有就是我母亲虽然很爱惜物品，把家具和电器都保养出了古董的光泽，但对于物质本身她却并不执着，也看不出偏好，老年人常见的囤积癖在她身上一点影都没有，衣服够穿就行，首饰更少，严格说来只有一条珍珠项链，式样与成色都很一般。我父亲生前倒是有一套专用的紫砂壶茶具、两个他特别喜欢的打火机，定制西装、宝石领带夹、机械表、名牌墨镜也有一些。但母亲去世后我收拾那个曾共属于父母的家，父亲的宝贝却都消失不见，这种彻底的程度，别说是母亲变卖，就是直接扔掉也有可能。因此我也从来没有兴起过电影里的那种念头，比如满怀思念地整理亲人的遗物，聊以慰藉之类。

如果不是国庆节的旅游计划因一点小意外而黄了，我可能真得十年后才能再次想起那些零碎，或者楼上装修把下水道捅裂了，水淹了我的储藏室，我才会去收拾那两个也不太占地方的纸箱子。

今年国庆，我好不容易把年假和节假凑到一起，凑出来十一天，因为疫情，出国旅游就不考虑了，我定了海南的酒店，打算彻底度一个放纵的长假，但可能是前一阵总熬夜的关系，肠胃被不规律的饮食和数不清的浓缩咖啡搞得太脆弱了，出门前一天晚上我吃了碗螺蛳粉，图爽快放了好多辣椒，结果当天晚上就在厕所七进七出，第二天天不亮又折腾两回，长假头一天，迎着初升的朝阳活活误了班机。

上吐下泻到中午总算止住了，吃了药，到下午基本痊愈，第二天一觉睡醒，又感到阳光、沙滩、海浪和泳裤帅哥的八块腹肌在召唤我，我查了下机票，时间都不合适，最后想来想去，还是订了一张高铁车票。

我已经很久没有坐过火车了，忌避这种交通工具的时间几乎跟我本身的年龄一样长，并且说不上原因。母亲生前倒是提过一句，说我小时候在火车上撞到过头，肿了好大一个包，从此以后看见长节的车厢就哇哇大哭，一开始连公交车都不肯坐。这事发生在我三岁以前，所以我完全不记得了，不过十几岁的时候看见地铁还会感到不高兴，莫名想踹两脚。

票买了商务座，纯粹是为了让旅途尽可能顺利一点，商务座能从贵宾室直接走快速通道先上车。我在贵宾室里喝了杯速溶咖啡，其中的甜苦两味半点不兼容，从我舌尖一直撕打到胃里，一直到我进车厢坐定，它们还没完，甜得我舌根发腻，苦得我耳朵根发酸，我就在这种难以言喻的滋味里透过车窗，目睹后上车的人们乌泱乌泱地压过来。

等人陆陆续续都上了车，站台又安静下来，只剩几个老烟枪在抽最后一根,即将关闭车门的提示音悠长地响起,这时两三个迟到的乘客拖着行李箱匆匆赶来。也许就是那几点不自在诱发了某种情绪,加上天生对火车的厌弃,我看着那几个人越走越近,看了大概有五六秒钟,等关闭车门的提示音第二遍响起,我到行李架把自己的箱子拖出来。列车员正好经过,问我有无需要,我说没有需要,便拖着行李出了车厢。

在站台边站了站,我转身走了。

这之后我打网约车回家,一辆别克商务,司机开得很稳,上了车我就低着头退订酒店,退海钓团、浮潜团,等都搞定了,我锁上手机丢回拎包,忽然一阵恶心猛地冲到喉咙口。

司机从后视镜里瞥我一眼:"你还好吧?"

我捂着嘴摇头:"没事,有点晕车,不严重。"

然而我从没晕过车。

要不是这两天反胃和呕吐轮番上演,我可能都不知道一瞬间涌到喉咙口是什么感觉,说不定会以为是一阵奇怪的紧张,因为那种五脏六腑收缩又翻腾的感觉,胳膊上冒出来的鸡皮疙瘩,还真有点像人在恐惧状态下的身体反应。

接着我似乎听见沉闷的撞击声——老式闷罐车在

轨道上行驶的声音，我不禁从车窗向外望，随即就意识到不可能，这里是市区内的宽阔主路，别说老式的铁轨，连新式的高铁架桥都离得很远，不过在汽车拐弯的时候我看到一片被蓝色铁皮围挡起来的工地，不知道在建什么，也许那一瞬间从耳边闪过去的哐当哐当的声音来自某种建筑器械。

回到家我感到很疲惫，尽管这两天什么都没干，却如同熬夜赶项目。到家我倒头就睡，梦里面母亲带我坐上一列闷罐车，"啤酒花生瓜子"的叫卖声由远及近，又渐渐远离，我感到很不舒服，列车内的臭气、闷热和妈妈敷衍的怀抱都让我浑身难受，我挣扎起来，把身体在襁褓里挺直，两手在空中乱抓，终于，列车一个摇晃，我一头磕在座位前的餐桌上，"哇——"

我醒过来，天竟然还没有黑，时间不到下午两点。

这个时间我本应在海南的遮阳伞下捧着大椰子，边喝个痛快，边物色艳遇的对象；我刚刚交掉一个项目，团队由我一手筛选组建，为了其中一两个骨干人选，还跟领导交涉了一番——生活在很长一段时间里都乱中有序，有目的，有手段，没有空窗。现在阳光直射在床脚的被面上，尽管灿烂，却不是海南，我忽然不知道要干什么。

这时候我才觉得自己在高铁车门前掉头就走是不是疯了。

我在想什么呢?

我什么也没有想,那时我仿佛一下变成了一个任性的青春期少女,甚至都不是我自己的青春期。我的青春期基本上同我之前、之后的生活一样,没有过叛逆的乱流,但今天上午站在高铁车门前,烦躁突如其来,一瞬间,我绝不愿再钻回到狭长密闭的运输工具里去,好在我早已成年,不会被心疼钱的家长揪着领子硬揉回去、摁进座位,因此我拉上行李箱,掉头就走。

我忽然意识到我的母亲去世了。

我并不在这一刻感觉到彻底的孤独,我不是那种家庭观念很强的人,我只是忽然特别真实地领受到了母亲的死亡,虽然我此刻坐在我的床上,和母亲去世前任何一个坐在床上的时刻都没什么两样,但对于母亲这个人而言,她却是彻底地消失了。

我给自己泡了杯黑咖啡,想到才上吐下泻过,往咖啡里扔了几粒枸杞,端着杯子进了储藏室。

2

整理母亲遗物的时候,我还在想,会不会发生那种情节:死去的母亲表面过着乏味的老年生活,是个一般意义上的"老太婆",实际却怀揣着让人瞠目结舌的秘密,出轨、私生子,甚至另有一番热血事业。

但也只是想想。

整理遗物就是整理另一个人的私人物品,无趣凡俗的物品,别针、手绢、包(拉链生锈发涩)、多年不穿的呢子外套,衣料被虫蛀出小眼。别针是纪念香港回归的图案,我拿在手里想了一会儿那一年我在做什么,母亲在做什么,结果什么也没想起来,一点感慨都发不出。整理遗物实际上是在做垃圾分类。

分好类以后,该扔的扔,该烧的烧,送人的送人。衣服我大部分送给了公寓里搞楼道卫生的阿姨,我跟阿姨没有什么交情,她工作时上演一个人的群殴,天天如此,还不分春夏秋冬把楼道的窗开得直挺挺,谁讲都没用,三九天风从门缝钻进家里,吹得地暖只暖到地上三寸。衣服给她只是我懒得跑远,图省事。

但这个阿姨又很讲义气,我头天送她旧衣服,第二天她就掏出一个桃子给我吃,笑着说:"你以后还有旧衣服，我都要的哦！"

我愿意答应她，但不愿意要那个青黄不接的小毛桃，她便硬塞，塞完还往兜里掏，看样子桃子竟不止一个。我吓得直摁电梯，被她拉住不放，眼睁睁看她的手从口袋里抽出来，手心里不是桃子，是一个纸包："衣服里面找到的，还给你喏。"

我有点意外，那些衣服的口袋我都掏过，却没掏干净。阿姨说："这个是缝在衣服里面的，那件呢子的短上装，豆沙红的，你阿记得啦？有个内袋喏，缝死了的，我以为是假口袋，摸摸嘛里面又有点硬，我想是不是内衬老化了，就剪开来，一看，里面就是这个。照片蛮漂亮的。"

我把纸包带到公司，午间吃过饭，我把它拿出来，端详两眼，决定拆开。里面包着一张小照片——一寸宽，两寸高，人工着过色，现在褪了个七七八八，但的确是母亲年轻时的样子。照片上没有照相馆落款，背面也光光的，没有留字。

我准备原样包好，行政的顾大姐走进我的办公室，自然而然把头凑过来："谁的老照片啊？"

"家里的亲戚。"我说。

顾大姐眯着眼仔细看了看："这种大波浪，那时候老流行的哦!"

我笑笑,把照片包好:"好像是的。"

顾大姐来找我们组的小王,他中秋晚会表演节目的礼品到现在还不领走,钉钉上留言也不回复,行政部都开始准备元旦活动了,账不能再拖。但这次仍然扑空,小王的工位空着,只好嘱咐我转达。

顾姐前脚走,小王后脚端着杯奶茶进来了,我让他去领礼品,他朝我扬扬手里的奶茶:"我排好久队才排到这个新款,饭还没吃呢,礼品不急。"

可是顾姐很急。我把桌上的毛桃塞给他:"先吃个桃子,去拿礼品。"

相片跟着我一阵手风落到地上,纸包散开,露出里面的人像。小王捡起照片:"夏姐,这是你妈妈吗?大美人哦!"比着照片又看看我,"长得和你真——"

他嘬了口奶茶。

又嘬了一口,咽下去,说:"夏姐,我猜你长得像你爸,对不对?"

我问他:"你风洞试验做完了,报告呢?"

他一缩脖子溜了。

我又一次把照片包起来。

母亲很少拍照,遗物里只有几张她用剩的证件照。

纷纷水火

不光不喜欢摄影留念，她对于这个世界的冷淡是全方位的。小学的时候，有段时间我患上了小孩常见的异想天开症，忽然感觉自己曾经被人贩子骗走过，记忆自行编造了一段故事并且信以为真了，我仿佛真记得有个面目模糊的女人把我骗走，我母亲发现后追了上来，两双手把我夺来抢去，扯得我浑身疼。我揪着这个问题一遍遍地问母亲，我想一般的母亲一定会如临大敌，儿童的异常行为大多有深层原因。但我母亲仅仅是明确地回答我"没有"——"从没发生过这样的事"。

为此我甚至把故事重新给自己编了一遍，我想事情会不会是这样，母亲才是真正的人贩子，她把我从我真正的母亲手里抢过来，所以她才如此冷淡而坚定地否认这回事——"没有"。一旦有了这种想法，我忍不住悄悄地观察母亲，越观察，越觉得她真像个人贩子，怎么看怎么像，她——尤其是在我更小的时候，小学低年级和幼儿园——母亲经常把我抱到腿上端详。有些事情不想不觉得，一想起来处处都飘起疑云，我想起母亲曾把我抱在膝盖上，那盯看的眼神似乎并不能美化为"慈祥的母亲，爱怜地看着孩子"，而是真正地、仔仔细细地端详，仿佛检查一件器械，检查一个小机器人造得是否完美，有没有不为人知的小瑕疵，是否能够骗过世人的眼睛，伪装成一个真的小孩。

不光如此。

这之后,母亲会拿起双眼皮贴,把她的单眼皮改造成双眼皮,又拿起眼线笔、眼影、睫毛膏,对着化妆镜仔仔细细地描摹,边描摹,边不时地看我一眼。

我一度以为我的母亲是个极端爱美的女人,因为她曾经三百六十五天雷打不动地化妆,每天起床,刷完牙洗完脸,第一件事就是化妆,之后才是铺床叠被和烧水做早饭。

她开始领养老金之后过了两年,那时候她和父亲刚卖了房子,搬到海边小城,我去看望他们,发现母亲完全地素面朝天,连润唇膏都没有擦。一开始我以为是搬家累了,无心打扮,但那次我和他们住了四天,母亲一天都没有化妆,并且有一次我找牙线,把卫生间的镜柜打开,里面属于我母亲的化妆品只有一罐美加净面霜。新房里母亲连只梳妆台也没放,她早上起来,刷牙洗脸,拿梳子把花白的短发唰唰梳两下,把美加净拿出来,捻一坨在手心,往两边脸颊横竖一抹,就好了。

那时候母亲才六十出头,脸上皱纹不多,皮肤仍算饱满而富有弹性,但她忽然就不化妆了。

老照片上的母亲烫着大波浪,画着时兴的细长而深黑的弯眉，耳朵上戴着香港女明星一般的椭圆形镶水钻的大耳环，她是如此年轻而时髦，但她的单眼皮的眼睛上没有贴假双眼皮，这双眼睛狭长而微微上挑，是美丽而自知的一双眼睛，同嘴角一起微笑着。

而我年幼时那个在梳妆镜前打扮个没完的母亲，却用双眼皮贴、眼线笔和眼影把一双美丽的丹凤眼乔装成了双眼皮的圆眼睛，她画几笔，抬起女儿的脸看一看，最终把她的眼睛化得和我一模一样。

她画眉也不是把眉毛化成老照片上的样子，而是用刮眉刀把细长的眉毛刮短、加粗，把眉峰刮平，找新的位置画上新的眉峰，最后她端详镜子，确定这双眉毛和我的一模一样。

然后她扑粉，打阴影，把自己圆脸的脸颊两侧打出模仿高颧骨的阴影，把鼻头增大一些，下巴拉尖。

那时候我还小，旁观母亲化妆如观赏一场表演，我不知道她创造出的那副脸孔来自什么人。

化妆的时候，化妆之前和之后，她都不笑。画完以后，她盯着化妆镜，认真地检查，确认一项工程被精确地完成。

我的记忆里她也从来没有留过大波浪，她总是一头齐耳短发，用一个黑发卡把刘海别到头顶，过节时额外戴上她仅有的首饰，那条珍珠项链。

我从未见过照片上的母亲，也从未见过照片上她依偎着自己胳膊的温柔甜蜜的笑容——那个时代经典的拍照姿势之一，是城市里常进电影院看电影的时髦青年的流行pose，看的不是乡下露天广场的《英雄儿女》，是城里新上映的《庐山恋》。

而我母亲是从乡下进城的打工妹。

照片上的母亲绝不超过十八岁，而母亲说自己二十六岁才进城打工。

那十八岁以前她在乡下，不太可能拍一张如此洋气的影楼照。即便拍了，她笑的时候，也应当是我记忆里那种样子，一笑就露出牙花，两边颧骨往上耸，她一辈子都这样笑，不可能在十八岁的照片里笑得如此矜持而娇美。

3

母亲死于车祸。

事后回想，她的死亡颇具传奇性。

搬到小城十多年后，她回原来的城市探望朋友，过马路的时候闯了红灯,被一辆皮卡把她撞倒。

从某种程度上来说,这件事是前因后果,命中注定。

探望朋友是不得不去,因为那个朋友确诊了胰腺癌,时日无多。她们年轻时是同一家工厂的工友。当年母亲带着我,还没和父亲结婚,为了贴补生活,她曾和那位工友一起批发了鸡蛋,下班后拿去菜场卖。她们把鸡蛋放在小竹篮里,一次只摆一篮,自称是附近农民,鸡蛋是自家母鸡吃五谷杂粮下的草鸡蛋,一天只得这一筐。一筐卖完,她们再装满下一筐,如法炮制。

前几年小米搞限量发售的时候,我就总想到母亲的那筐蛋。

钱是赚了一些的,但终究引起了同行的妒忌,别的蛋农——卖鸡蛋、鸭蛋、鹅蛋、鹌鹑蛋和鸽子蛋的全都出离了愤怒,联合起来戳穿了她们的骗局,甚至当场打了一架,最后满地流黄,两个女人同另外几个男女撕扯一番,狼狈地被赶出了菜场,有很长一段时间甚至不敢去那里买菜。

这些事情连父亲也并不知道,他遇到母亲的时候,母亲已经是那家化妆品公司的出纳,她是自学考上的会计证,这样的能力在她的工友中间被目为天才,同她一起销售假冒草鸡蛋的阿姨就多次表达过钦佩,因为阿姨自己

"看个报纸标题就能睡着了",母亲当年的工友很多年后也依然在工厂当工人,大家一起经历下岗、买断和改制,时代的浪潮中,母亲的会计师资格证总能帮助她很快找到新工作,但有一天她忽然决定在家里当全职太太,时机上正好也合适,父亲那时候升到中层,当上了销售部门主管,出差范围从全国扩展到全球,母亲全职顾家正是所有人都需要的。

其实父亲在升职前就向母亲提过全职太太的建议,被母亲一口回绝,她甚至动作麻利地雇了一个家政阿姨,以免纷争。当她宣布辞工回家,家政阿姨已经干了好一阵,父亲也接受了这项安排——对自己的突然变卦,母亲没有做出任何解释。

或者说她的解释是"我想通了"。

父亲的回答是"真搞不懂你",但好在结果是他所希望的,因此他也就欣慰地不再试图搞懂。

母亲的家务做得马马虎虎,烹饪水准则比家政阿姨差了一大截。父亲享受了一段时间"全职妻子"的照顾后,美式中产梦和日式贤妻梦双双破碎,不久就把家政阿姨又请回来了,这是后话。

在浮皮潦草地把家务糊弄完后,母亲全职在家的大部分时间在看书。

纷纷水火

母亲很能看书。

市图书馆的借书卡一次能借出三本,母亲每次抱三本书回家,几天就看完了。后来她把我的借书卡也拿去,还拿走父亲的身份证又办了一张借书卡。每次她的买菜兜底下放着沉甸甸的九本书,上面横着一把小葱,葱尖冒出袋口,邻居看见她,说:"语冰妈妈,买菜回来啊,买了这么多哦?"她便点头微笑。晚上我回到家,厨房里一尘不染,我就知道晚上又要吃母亲拿手的一分钟速成菜——炒鸡蛋,如果当天她竟然还有心去菜场买把葱装装样子,那就是葱炒蛋。

我正处在想象力旺盛的年纪,便把母亲倚窗阅读的样子当作素材,演绎出一个天才少女出身农村,家境贫寒而不得不辍学的悲剧故事,这故事还有个尾声,就是少女自尊自爱,虽然没能读大学,却毅然考到了会计证,并且一有机会就如饥似渴地读书。

我把这样悲惨而动人的故事写到作文里,成为范文,获得了老师的点名表扬,并要求原型即我的母亲在下一场家长会时务必到场,当面接受赞美。

母亲却说:"不去。"

我问为什么。

母亲说:"不想去。"

为什么不想去。

"不想看见你们老师,不像好人。"

摸着良心讲,那位语文老师是真正不可多得的好老师,她耐心、宽容,体谅每一个人的难处,即便我的家长会从此以后全都是家政阿姨代开的,她在看到我的哭丧脸之后也再没有苛责过一句。

现在我回想母亲忽然宣布全职在家,似乎就是在开过一次家长会之后。

其中的关窍让人百思不得其解。

那场家长会没发生任何值得谈论的事,会后的自由交流部分有个传统,各科里最好和最差的学生携家长到讲台前接受表扬或批评。新来的语文老师——表扬我作文好的这位——期待且鼓励地望向我,我转头寻找我的母亲,却发现她竟然趁会后人流混乱溜走了。

于是轮到我到讲台前,我就像个丢了尾巴的壁虎,感到自己又秃、又短、又难过。语文老师问我:"夏语冰,你妈妈呢?"

我说我不知道,刚刚还在的。

开会时家长都坐在学生的位子上,学生搬个塑料小凳子坐旁边,因此老师知道我母亲的确是出席了家长会的,我并没有撒谎。

老师也伸长脖子找了找,没找到,她拍拍我的肩膀:"没关系。"又问:"你妈妈是不是姓江?"

"没有啊,"我说,"我妈妈跟我一样,姓夏。"

老师没有再问别的。

那天回家,我打开家门,母亲便向我走来,样子像是之前正坐着,也许就坐在她常看书的窗边。

我很愤怒。

我说:"你干吗突然走了?所有同学家长都没走,就你走了!连挨批评的家长都没走,只有你走了!"

她没有说话,也不再向我走近。她转身去了厨房,不久,传来爆锅的声音。

我回到我的小房间,把笔袋、课本、练习册一样一样从书包里掏出来,乒乒乓乓往写字桌上砸。

厨房炒菜的声音均匀而恒定。

书包掏空了。

我把包往地上一摔,冲到房门口大喊:"我不是你女儿吧?我一直都觉得我不是你女儿!你也不是我妈!"

我听到"嗞啦"——一大把青菜扔到油锅里的声音。这个声音盖住了一切声音。

我昏了过去。

昏倒的原因是青春期贫血。

我醒的时候母亲在打电话,那时父亲刚下班,正巧没有开单位拨派给他的车回家,坐公交回来的,人刚到小区门口,我母亲尖声命令手机另一头的父亲拦截出租车。同时她的另一只手举着家里的座机听筒,在跟120急救中心交涉,要求他们快派急救车。

因此我和母亲的这场争吵就被随后的动乱给替代掉了。

等一切结束,从医院回到家,我大概是不知道说什么,就对母亲说:"赵老师问我,你是不是姓江。"

"你怎么回答的?"母亲问。

我感到莫名其妙:"我说你姓夏啊。"

"老师还问什么了?"母亲那时候在饭桌上整理我的看病收据,似乎只是随口问问。

我说:"没问什么。你反正走了,她还要跟别的家长说话呢。"

"那时候我摸到钱包没在身上,以为丢了,急得出去找。其实是没带出门,在家里。"母亲说。

"你去了哪里?"我问。

"马路上、家里,就是我今天去过的地方。"她说。

但我问的不是这个。

也许是昏厥的后遗症，头脑还没彻底清醒，或者醒过来以后又被医院抽了好几管血，加重了头晕。昏倒的时候，我仿佛回到小时候，有人抱着我坐在火车上，火车开起来，我看见母亲在玻璃窗外的站台上追着车跑，边跑边向我挥手，不知道是和我再见，还是要我回去。

因此在饭桌边和母亲说话时，一瞬间我有点恍惚，又想到了昏倒时做的梦，梦里面我不知道我要去哪里，火车要去哪里，母亲又会去到哪里，深深的困惑直到醒了那么久，似乎还缠绕在我身上，使我脱口而出，问："你去了哪里？"我问的是梦里的人和旅程。

可能孩童的生活太简单了，对现实记得很泛泛，却对一个梦念念不忘。我后来也问过母亲这趟火车之行，母亲说她抱着我坐火车是真的，因此她在车窗外追我是不可能的，而我就是那次在火车上撞到了头。

但梦的感觉太真实了，使我一想起母亲，就会想起她在站台外奔跑挥手的虚拟形象，使得母亲在我的印象中从此和奔跑就密不可分了。后来，当我在上海接到电话，说母亲死于车祸，首先映入我脑海的，也是那个倾身向前、两臂在空中挥舞的形象，只不过是被移植到了斑马线上，既动态，又静止，直到肇事的皮卡把她撞飞。

母亲的死亡是她和父亲搬到海边小城就注定了的。

那座城市空气清新，风景宜人，民风淳朴。城市交通守则里有这样一条：一切车辆无条件避让行人。

因此那座城市里没有行人指示灯。

一切车辆在行驶过程中，只要看到斑马线上有人，必定会减速让行，此规定适用于一切情况，无论是直行还是转弯。

在小城里住了十多年后，母亲回原来的城市探望朋友，在过马路时，她下意识地遵循了自己日常的交通习惯，她没注意到行人指示灯正鲜红地亮在对面，她径直穿了过去，皮卡呼啸而来。

由亲人的死亡而产生的感慨如果不是悲伤的，仿佛就不能算是人话。

我的确是悲伤的，但悲伤之外，还感觉到如此意外而果断的结局竟和母亲一生的气质非常契合。这并不是说我认为母亲死得好，我只是觉得这场悲剧虽说是意外，却让人有种幻觉，仿佛这不过是母亲一辈子所作所为当中的一件，一贯的干脆利落，没有解释。

我本人在上海工作，父母去世后就和小城再无交集，因此举办葬礼的同时，我一边整理父母房子里的遗物，一边挂牌卖房，价格定得比均价稍低一点，加上房子被母亲收拾得简单而干净，附赠大量保养得当的家具、家电和装饰摆设，很快就敲定了买主。

买主确定老人的确没有死在房子里以后，就彻底放心了，我们去房产中心办完托管过户，他开车送我回去。买卖敲定了，路上他和妻子才向我吐露真心话："我看了那么多房子，你家是最整洁的，我们第一眼就看中了。"

我想说那是你运气好，赶上了我母亲讲卫生、爱打扫的阶段，但一闪念间，似乎的确感觉到哪里不太对劲。

一个人变老以后就变懒了，这是可以想象的。

一个人散漫了一辈子，即便全职在家也能心安理得地天天做炒鸡蛋，想到要多吃蔬菜就做个葱炒鸡蛋；父亲曾嫌干洗店洗衣服不细致，要把他一百二十支棉的高级衬衫在家里洗，母亲就把衬衫和买菜的尼龙袋子泡在同一盆肥皂水里。父亲去世前，母亲始终是这样的。

这次回小城兵荒马乱，使我忽略了那间房子有多整洁，也许是过于整洁明净了，润物无声，以至于等到别人提起，我才猛地注意到——家具大大减少了，摆设的位置却异常合理；床上四件套是白底撒碎花，花色粉蓝；窗帘由我父亲喜欢的《千里江山图》换成了浅灰色的细纹格。

"我最喜欢窗台上那盆碗莲。"买主的妻子说。

我想起那盆碗莲了，养在一只白瓷笔洗里，笔洗是仿宋造型，名师作品，父亲生前珍惜得不得了，放在酒柜里最显眼的位置，轻易不舍得碰。顺带着我想起父亲的酒柜，这次我压根没看到它，还有那些酒瓶和酒杯，似乎仅有一只江户切子，出现在茶几上，里面是几粒母亲出门前忘记倒掉的枣核。

那天我回到房子里，认真审视了一番母亲的布置，我想到很久以前母亲靠在窗边看书的样子，即便看书时她的表情也并不很享受，眉头微微蹙起，嘴抿着，说不清是不耐烦还是不舒服，我想到我那篇优秀作文错得有多离谱，世界上不会有哪个热爱阅读的天才妇女看起书来是这副表情。我还想到那个窗台——母亲固定用来看书的窗台，曾经家里布满生活的凌乱痕迹，但那个窗台周围半尺内的东西，都被母亲踢到一边，她看书的时候，就坐在那半尺见方的空旷之中。

最后收拾的地方是储藏间。

我把母亲囤积的洗衣液、新拖把头都理出来，留给买主，最后从吊柜最高一层的隔板上找到一只铁皮月饼盒，里面是一叠证件：父亲的死亡证明、他的大专毕业证、母亲的会计师资格证、父母的结婚证和户口本。

我的父母是重组家庭,母亲是带着我这个拖油瓶跟父亲结的婚,父亲样貌不佳,个子矮,向母亲求婚时尚未发达,这段婚姻是他权衡之后的最优选,并且我总觉得他和母亲没生一个孩子,不是出于他自愿,是身体方面的原因。至于母亲,她从来不提上一段婚姻,我也就从来没想到要问。结婚证翻开平平无奇,我看了一眼,把它和户口簿一起丢进收纳的纸箱,轻轻的啪的一声,白色的一角从户口簿里滑落出来,是个信封。

信封没有封口,打开来,先看见我穿着学位服的研究生毕业照。

照片下面压着一张信纸,展开来是一片空白。

这不太像是一封母亲写给我的信,在人生的暮年絮絮叨叨地给女儿写一封充满温情的家书,和母亲的脾气不符。信封上没有贴邮票,因此也无法判断要寄多远。只有照片确定无疑是我,正如那张老照片确定无疑是她。不过她自己的照片是一定不要人看见,因此缝进了呢子上装的内衬里面,我的毕业照却是要给人看的,要寄出去。

这个人是谁?

母亲一贯是个不多费事的人,她给人寄我的照片,那这个人一定很愿意看见我的照片。我却从来不知道这样一个人的存在。

很容易想到这可能是我的亲生父亲，母亲的前夫，但关于这个亲生父亲我唯一知道的消息是，母亲嫁给我父亲前的婚姻状态不是"离婚"，是"丧偶"。

那还能是谁？

那天我捧着铁皮月饼盒，把里面的证件翻了个遍，又把堆好的两个纸箱全都翻乱，还在那一堆夹杂着杂志、报纸、超市小票和话费收据的废纸堆里大大翻检了一通，我想找到母亲往年的体检报告，哪一年的都行，我想知道母亲的血型。

我本人的血型是B型血，只要知道母亲的血型，再想办法弄清我亲生父亲的血型，这三个血型的匹配程度就能告诉我点什么，比如我母亲到底是不是个人贩子。当然这样说不对，我母亲不可能是人贩子。

但她是谁——我的母亲是谁？

我是谁？

真正生我的人又是谁？

信封放了很多年了，已经泛黄。所以很多年前，也许就是我拍这张毕业照的时候，照片一拍出来，我母亲就打算把它寄给一个人，只是最终又作罢了。

离奇的是，我在废纸堆里找到了母亲五年前配老花眼镜的视力检查单，找到了她没扔干净的父亲的一份体检结果，找到了她看养生节目记的笔记，上面写着"每天早上六点整拍脑门三十三下"，还有各种鸡零狗碎的票据和纸笺，唯独没有找到母亲的体检报告。仿佛在我心血来潮想找这东西之前——的很多年，母亲就知道我总有一天会这么干。因此每一年的每一份体检结果，她都扔得干干净净。

这一切仿佛科幻小说里的认知过滤器，它向我层层施法：最开始我没注意到房子被收拾得这么干净，后来我没注意到自己竟从不知道母亲的血型，最后我没注意到这么多年，我始终在这些重大条件缺失的前提下平稳而安逸地生活，生活得如同童话，仿佛几十年前母亲把我抱上火车，我们就一起驶向了一个云遮雾绕的幻象国度。

这不是亲人死亡后你发现她原来过着你所不知道的精彩人生。

这更像是牛顿三定律宣告破产，人类发现地球竟然真的被一只宇宙乌龟驮在背上。

因此我的反应也同所有目睹异象的人类一样：那天我什么都不再找了，我卖掉了废品，收拾好一箱半的遗物，第二天上午办完水电煤气过户，下午飞机回了上海。

回去后的第三天,遗物托运到了,我把它们搬进我自己家的储藏室,蹬了两脚,把它们扎扎实实地蹬进很深的角落,再也没去碰过。

4

元旦那天我还是去了小城。

一开始买的是飞机票,后来又改成高铁,二等座。买二等座的时候,二等座变成了一样真实存在的东西,此前买商务座的时候,世界上仿佛就只有商务座。

只坐飞机的时候,世界上仿佛就没有高铁。

并且在高铁站,那种古老的闷罐火车也似乎早就不存在了。

坐进二等座车厢要等很久才能安定下来,因为要等前后左右的人都来了,把行李放好,把活泼的小孩和行动不便的老人都安排好,再从行李架上把吃的拿下来,列车开动,里侧外侧前前后后的人拿上茶杯出去,倒满水回来,中间列车员查票,一上车就想上厕所的人出去上厕所,列车员再回来把因为上厕所、倒水而漏查的人再补查一遍,之后才算安稳。

我仍无法确定上一次坐在商务车厢里的感觉是什么，仅仅是觉得强烈的、莫名的不对劲。那一次在我坐定以后，人群才涌向站台，迅速的动乱与商务车厢内部的安静平和形成对比，像两面巨大的镜子，它们互相映照，两边都不真实。

二等座车厢里没有社交距离，如果我把手肘搁在扶手上，那我的邻座就只能把他的手放在膝盖上；而当前座把椅背猛放下来时，我差点被自己的咖啡泼一脸。

"哐"的一声。

我听见几十年前我的头磕在火车餐桌上的声音。

不对劲的感觉被磕碎了，尽管仍然不舒服，我还是老老实实地缩在我的座位里，在火车的行进中慢慢睡去，我梦见手里的项目出了问题，甲方一定要撤掉摩天大楼顶部的风阻尼器，理由是这个大铁球太丑，我不得不反复向他们解释楼越高越怕风的道理，说得口干舌燥，可他们是一群狂人，拒绝任何不符合他们审美标准的东西存在，工程眨眼动工，我急得发疯……

一连睡了好几觉，下车时脖子和肩膀都疼得不能碰，小城临海，我本来想当天去看海，结果到了酒店，往床上一趴就起不来了。

第二天下午我才出门，去的时候带上了母亲的手机。

手机里有几张黑乎乎的照片，乍一看像是误触了拍照键，前两天我想把手机格式化了卖二手，最后一遍翻相册的时候，这几张黑色图像来回映出我面无表情的脸，仰角向上，把鼻孔映得深邃无比，乍一看像脸上长了四只眼睛。相册里的照片大多是风景和花草，这些黑照片穿插在闲情逸致的风景照中，每隔十几张就出现一次，四只陌生的眼睛浮在照片上，盯着我，其中两只冷漠而困惑，另外两只不怀好意。

　　我终究是调出一张照片，把亮度调到最高，发现这并不是误触的照片，而是一张海边风景照。

　　所有的黑色照片都是海边风景，是夜里的海，照片里偶尔有一只毛发蓬乱的雪纳瑞，我母亲养的狗，巧巧。

　　不知是天气还是海水成分的问题，我去的时候是阴天，海天一色，都是灰的。小城的旅游季在盛夏，一月份这里寒风刺骨，冷得宽广透彻，海边一线浅浅的沙滩，沙地外沿铺满碎石子。没有人，浅海处漂着两只破败的小艇。

　　我在木头长椅上坐了一会儿。椅子冷成了铁，半分钟后，我的屁股就成了两块冻火腿，迅速地麻了，在想走而动不了的时刻，一个初中同学发来消息，她帮我打听到了初中语文老师的电话。

纷纷水火

蹒跚回到酒店，我坐在窗边拨通了老师的电话，非教师节联系几十年没问候过的老师，实在是尴尬，家传的冷漠这时候又发挥了用场，我跳过虚伪的寒暄，直接问老师："有一次开家长会，我妈去的，您以为她姓江，您还记得吗？"

老师困惑地回忆着："哦……想起来了，对的，有这么一回事情。你妈妈还好吧？"

"她还好，"我说，"黄老师，那位姓江的跟我妈妈长得像吗？"

老师说："……粗看倒是不像，但细看看，又有一点，主要是那副眼神——"

"眼神？"

"就抬起头看人的样子，那时候我站在讲台上，你妈妈抬起头，我一看，一下就想到那张照片了。"

又是照片。

窗外黄昏将尽，玻璃窗变成了涂银的镜子，室外风景逐渐虚幻，我看着自己的脸映在窗上，轮廓越发清晰，没来由地想起不知在哪里看见的话，说的是人一辈子不可能看见自己的面孔，我们看见的只是镜像、倒影、照片、录像。

一旦认识到这些图像是酷似本体而又非本体的拟相，

人就获得了意识，混沌的思维中浮现出一个难以界定其概念，但又绝对确定其存在的，自我。

我的照片，与无字的信纸。

母亲的照片，与封死的衣服衬里。

黄老师说，她所说的照片是一张她从旁人手中见到的肖像照。

上世纪八九十年代，黄老师师范毕业分配到一所小学，从实习老师当起。那时的城市尚属前现代的遗存，一辆皇冠面包车半小时能兜完一圈，上街碰到二十个人，其中十个人有点面熟，另外十个攀谈上三句话也能够沾亲带故。在那样一座城市失踪一个人，一个青年女教师，消息很快就在熟人圈子里传开了，过上一个休息日（那时还是单休），礼拜一重新上班，同行之间也在互相打听问询，有谁见过这位教语文的小江老师，她有两个礼拜没去学校上班，上周她父母开始寻人，到如今已经急坏了。

消息最后从火车站传回来，有人在那里看见过她，但调查下来，她似乎并没到窗口买过票。

小江老师的父母为了寻人，把小江老师的近照洗印了好多份，托人散发。

黄老师向我描述照片上的小江老师和我母亲的神似之处，说她在家长会上第一次看见母亲时，心中就泛起疑虑。我站在看不见夜色的窗前,听黄老师说"单眼皮""长眼睛""港台明星那种式样的耳环""对的,椭圆形的"。挂了电话,我加上黄老师的微信,拍了母亲的小照片传过去,黄老师用语音回复我:"好像就是这么一张!"过了两分钟,又回:"不过真的记不清了,那时候的照片都是这样子拍的,拍出来都差不多,你要么还是问问你的妈妈……"

酒店落地窗正对一片海面,天擦黑了,我关上所有的灯,镜子的幻术结束了,我的脸庞与玻璃一起消失,我看见灰色的海水变成深蓝,变得墨黑,天上升起一钩弯月,浓云却飘过来,遮住月亮,再没有离开。

那天晚上我又去了海边。

街灯昏黄如雨。人行道的铺路石呈长方形,表面有一种黑白灰交织的驳杂花纹,斑点状,在路灯的照映下粼粼反光,在干燥冰冷的夜晚营造出盛夏雨夜的虚幻氛围,使人越走越无法分辨真实与虚幻:皮肤感觉是寒冬,眼睛却看到潮湿的夏夜。

沿着南北向的海滨大道,道路东侧每隔一段距离就有一条直通往海滩的砖砌坡道。

我伫立在马路对面。

我想到许多个夜晚,母亲牵着小狗,路况同我现在所见的一样荒凉，零星有车辆呼啸而过，不是骇人的货运大卡车，就是灰扑扑跑长途的小汽车，都开得飞快，母亲等这些车都过去，等到一个安全无虞的空档，才牵着小狗横过马路，走进那条漆黑看不到尽头的坡道。

坡道两旁是森森的树木，路灯参差其中，从枝桠间垂出白色的灯球。灯球的光照范围非常有限，反而把漆黑的道路映得更加幽深不可测。坡道向前延伸，也向下倾斜，因此站在我这一边，只能看到一小段入口，再往前就是纯黑色的天空。在城市里见多了被人造光晕染成深红或深紫的夜空，乍一看这里路尽头的黑色夜空，竟产生了不能够辨认的异质感，呼吸也憋闷起来，仿佛穿着宇航服观看外太空。

我脑海里始终上演着我假想的一幕：母亲站在镜前，把一头长卷发齐耳剪断。

这种想象时而滑稽，时而又真实得可怖，它自发地与记忆中母亲坐在梳妆台前贴双眼皮贴的画面重合到一起，使这个女人在江月华与夏招娣之间妖异地变幻不定。

那天我终究没有走入那条漆黑的坡道。

小城位于中国东面，它的旅游名片之一是中国日出最早的地方，夏季的游客定好闹钟，清早赶到海边与日出合影。

夏招娣却在夜里独自观赏伸手不见五指的海景。

我没有走入那条母亲夜里看海的道路。

沿原路返回时，粼粼的路面依然给我下雨的错觉，大车在耳边隆隆地开过去，从远处来，到远处去。

我在想我到底看见了什么：我曾梦见一个母亲抱着我上火车，另一个母亲在站台上追，站台上的母亲留着齐耳短发。

地上的水光不是真的水，踩上去的干燥回声总让人失望；来时的高铁上，在几十年不曾回味过的泡面与饭菜的浑浊气味、嘈杂的人声与一站站的停与走中间，我睡了好几觉；我想起我一度梦见站台上奔跑的母亲，随着她挥手奔跑，她的短发在风里生长，长成了一头披肩及腰的大波浪。

酒店里温暖如春，一瞬间的冷热替换让我打了个大喷嚏。

手机轻微地震了一下。我以为是黄老师的微信，翻开屏幕，却是一条来自陌生号码的短信：语冰你好，我是周小菊阿姨，听说你妈妈过世了，我才知道这件事，你一切都还好吗？

周小菊阿姨。

父亲荣升区域总经理时，有一阵我发觉家里起了某种不大明显的变化,过了一阵子,我才琢磨出来那到底是什么,我问母亲:周小菊阿姨怎么好久没到我们家来玩了?还有许玫华阿姨、唐惠阿姨,还有……所有母亲可以称之为"小姐妹"的阿姨们,不知从什么时候起都不再上门了。

母亲只淡淡地应了一声,我也就没当回事。

直到好几年后,大学暑假,我和同学约好去打电动,在约见面的综合商城门口,偶然遇见同样在等我母亲的两位阿姨,她们热情地拉起我的手问长问短。那天晚饭桌上,我再一次问母亲,阿姨们怎么不来家里了,母亲回答:"你爸爸觉得那些阿姨档次太低,把我们家弄得乱七八糟的。"

父亲跟了一句:"还有她们身上有股味道。我早就想说了。"

那些阿姨此后仍旧不来我们家做客。

直到周小菊阿姨这次联系我,我才发觉多年过去,母亲和那些阿姨已失去了联络。

静谧的酒店套房里,我思考着,母亲是个很能忍让的女人吗?从《千里江山图》的窗帘,到对闺蜜下逐客令,她的平静让我在落地窗前抱起自己的胳膊,感到指尖有种陌生的、微微的战栗,我不觉得那是忍让,那是和忍让表面相似但实际完全不同的东西,是冷漠。

她在照片上甜美地笑。

她在我记忆里露出牙龈粗俗地笑。

我却才触碰到她一直未曾掩饰过的冷漠。

5

假期过后,院里接到一个X市政府直委项目。国企拿这种项目不用招标,前期——尤其是刚开始的时候还算松散,但做起来以后一轮轮过审同样把人抽筋拔骨,连轴熬夜是常有的事;还要吃大锅饭,活多钱少,有时责任不清,同事跳槽到私企挣大钱是常有的事。但我不知性格里什么因素作祟,或者人生中何处被秘密植下了懒惰因子,竟从没想过换一碗饭吃,有新同事和我一起做过项目以后,说我熬夜时一副奔着猝死去的干劲,怎么不去私企,或者名下开个小公司挂靠单位——狠一狠,鸽笼变跃层?

我自己也深为奇怪。人对于自身真相的无知,在我身上仿佛尤为殊异。我爱钱,爱大房子,爱热闹的物质生活,否则何必千里迢迢到上海来出卖血汗。因此工作上的这种懒于变化连我自己也弄不懂。

所谓的项目内容是X市的地标建筑，当地政府想模仿上海中心，也建一个X市中心，资金比较充裕，难的是地段和时间——如今疫情成了常态，对施工时间的要求变得比以前更苛刻，我做设计，建筑结构计算和施工尚不在业务范围内，疫情对我的影响还比较小。另一点却不得不考虑，那就是批出来的地在X市中心，繁荣地带，附近有地铁、医院、学校，地皮本身还顶着一座上世纪九十年代建的砖石结构大楼，在如此沸腾的油锅中央，先大拆，再大建。怎么拆和怎么建，要同"建什么"齐头并进地考虑。

项目初期总是看资料。

巨量的，开会后从甲方手里接到的放在移动硬盘里的资料。

这些还远远不够，自己还要各方面搜集。

看了十来天资料，我对X市历史人文的了解程度大致可以去竞聘当地导游了，从历史古迹到名人望族再到市花市容，心里有个模糊但脉动般跃跃欲试的念头，在思维的迷雾里生长。

甲方设计要求经常是大话：锐意、进取、新风尚，等等。

落到现实的设计上,却更像是和任何人、任何要求都无关,最后是从设计者自己身体里抽拔出一件东西,交付出去。

母亲去世的消息由周小菊阿姨在昔日的小姐妹圈里迅速传播,不多久许玫华阿姨就联系到我,她跟着儿子移居上海,母亲去世的消息勾动起她种种情绪,便想见我一面,我以工作忙为由拒绝了。

这天晚上睡到半夜,我忽然醒了,掀被而起,在床沿呆了几秒钟,跑到客厅开电脑,有个设计想法在脑海里猝然冒出,又有点抓捏不住,需要翻看资料。

我在电脑的各个文件夹里搜寻。找一样自己也说不清是什么的东西,就像是抓挠不到的细微痒意。我从冰箱里拿了瓶苏打水,对着电脑屏喝下去半瓶,仍不能消解。我又跑进储藏室,模糊的冲动像大停电时大楼踢脚线上幽暗的逃生指示灯,引着我在创意诞生前的黑暗里向前奔走。这在做设计的过程中时有发生,我由着一种似我非我的意念指使,在储物间以前积攒的工作资料里翻找,睡意仍未完全退去,我不知道自己什么时候又打开母亲的遗物箱,从一个没有标记的牛皮纸袋里倒出一沓乱七八糟的票据、证件、老年卡,甚至还有健身广告,最后翻到一摞胡乱卷在一起、用皮筋绑扎的医院检查单,有一张——至少是二十年前的门诊手术化验单上写着，血型，B。

是和我一模一样的血型。

这个简单的事实让我茫然地想了一阵。

通电了，幽暗的设计念头倏忽浮出脑海，我忽然想到自己在找什么。我抛下化验单，回到电脑前，找到名为"历史"的工作文件夹，又找到该名目下的子文件夹"市博物馆"，在图册里翻，鼠标的滚轮不断地转动，直到看见X市博物院的宝贝之一，中国最古老的青铜剑。

图片上的剑丑得过分，锈蚀，甚至残缺，我无法像历史学家那样，对文物展开专业性的想象力，触及它早已不存在的美。网上能找到当年的考古视频，这件了不起的古物当年出土的样子比这张图片还不如。它从一堆腐泥与污水中起出来，面上覆盖着棺木朽烂剥蚀的黑色残片，考古学家用精细的镊子挑去污泥，剥离出来的东西在我看来仍是一摊烂污。剑的长度也可笑，几乎是把匕首，武侠片里侠客拔剑，动辄一道白光闪过，现实里这把剑的规制却酷肖一把炒饭铲。

我打算再努把力，打开作图软件比比画画，然而X市中心是一盘群英荟萃、参差的建筑群，中西合璧，横贯古今，不仅有彰显本国历史的气度，甚至有囊括世界史的野心。在这样一片神奇的土地上再拔起一座恨天高的大厦,无论它像不像一把剑,最后都将成为刺向观看者眼珠的致命一击。

我找来各种器型的剑,试了好几次,最后还是全抹了。

盯着屏幕上的空白,我想,是不是因为我不了解剑的历史?拉出来的线条怎么看都不对劲,是因为陌生吗?对剑的原初形制的陌生?我以为的剑实际是汉以后冶铁工艺发展的产物,而最初的青铜剑只有人小臂长度,短小精悍,"动辄一道白光闪过"是后来的演化。一件自己向来以为明确知道的东西,居然有着完全超乎想象的源头,这种感觉在我心里盘桓了好几天,使坚固的客观世界像骤然沉入水下般不时呈现出动荡的幻影——人对一切已知的事物到底有多盲目?

细密的不安在蔓延。

我似乎应当去一趟X市博物馆,亲眼见一见古剑,寻找灵感,但当休息日来临,我一边想着这件事,一边却收拾行李,开车来到小江老师曾经生活过的A城。

A城和我的老家B城相邻。根据黄老师的回忆,我找到小江老师工作过的小学(当年的小学随着城市发展经历了搬迁和扩建),联系上了一位退休教师,她曾和小江老师共事过,她又帮我辗转联络到小江老师的哥哥江伟国。

江伟国长着一张酷肖我母亲的脸。

后悔像胃酸一样顺着我的食管一阵阵地返流,把江伟国待客的绿茶变得苦涩难喝。我在猜江伟国是否也从我的脸上摄取到什么,但即便有,至少他表面上没有显露出来。

江伟国年近七十,我假冒小江老师昔年的学生与他攀谈。言辞间,我感到江伟国对我的身份并不在意,他同意和我见面的缘由是可以与人谈一谈江月华——即小江老师,机会难得,他便不在意交谈对象是谁了。

他与江月华的父母业已去世,他自己如今三代同堂,正殷切期待着第四代。江月华于他日益像一个鬼魂,除他以外无人经见,于是他也不禁怀疑其存在的确实性——孤证不立,况且记忆正在消退。

在他的故事里,小江老师失踪后家里人的确下苦心狠找过一阵,后来打算报警,也就是在这时候,他们收到江月华从B城寄来的书信,大意是说她已在B城立足,打算就这样生活下去,并附生活照一张。信的笔迹与照片都没有作假,寄信地址则不存在。类似的书信后来又收到一封,家里人只好接受这样的事实。自此以后江月华和家里人断了联络,但江伟国在儿子满月时收到过江月华通过邮局寄来的一套礼物,是奶粉、婴儿服和婴儿被褥。十几年前他们的父亲去世,送别仪式上有人看见江月华,但等江伟国追出去的时候,人已经走了,也未知是否她真的来过。后来母亲去世,江月华没有来,或者来了但没被人发现。

江伟国不介意把当年的书信给我看,我拒绝了。

不管他是否怀疑我的身份,我维持着小江老师学生的身份结束了这次会面。

回到酒店,我点了外卖,晚饭过后,单位组员给我发文件,是我之前布置给他的任务,让他搜集那把X市博物馆青铜剑的资料。

剑的名字叫"太虞","虞"有人说是一种鹿头龙身的怪物。在这把剑铸造的时代,剑的名字大多以铸造者、拥有者的名字来命名,比如"干将剑""莫邪剑""越王勾践剑",这把剑却拥有自己独立的名字,仿佛它不知怎么从物的身份脱离出来,拥有了自我意识。

当天夜里,我梦见X市中心破土动工,地基上,旧楼炸毁,新楼地基开建,连续墙的钢筋往地下打进去,这是地基的基础。地基支撑大楼,连续墙支撑地基,垂直往下的巨大力量悍然捅进地底深处,像参天怪树的可怕根系。与此同时，放大了亿万倍的太虚剑掀翻土层，向上暴长。梦里的我仿佛拥有另外一套知识，眼看着一下一上的力量把世界搅和得地动山摇，便领悟到盘古当年从混沌中撑开天地也是同样的过程。

早上醒来我发现自己睡相极差，枕头被丢到了床头柜，被子一半蹭在地上。

我再次拜访江伟国。我想看一看江月华当年写给家里的书信。

书信内容没有提供任何有益的信息，我对着泛黄变脆的信纸看了两三遍，字迹娟秀潇洒，和母亲的笔迹不同。在我的记忆里，母亲的笔迹经常被人误认为男性所写，笔画刚直，有时甚至显得粗俗，和她在B城时构建的那套身份相符，但信纸上某些熟悉的棱角、转折、撇捺，零星却眼熟，就像一听即知的脚步声——世界上只有这个人有这样的脚步声，世界上只有你听了出来。

两份相当简短的信，我在江伟国家里看了很久，久到江伟国又为我添了一次茶水。

看完后，我把信纸还给他，告诉他我是江月华的女儿，并拿出母亲的小照。

那天回酒店之前，我买了一包烟，一提啤酒。

晚饭依旧是外卖，饭后甜点是烟和酒。

江月华师范毕业后当上小学教师,上班路线穿过一片开放式城市公园,某个冬日,她帮学生画班级海报,走出校门时天已黑透,回家路上经过公园时,她被人拖进树林。

万幸没有被灭口,也没丢钱,仅受到一些皮肉伤。

报警了吗?

一开始要去的。

后来呢?

后来又觉得……

觉得什么?

后来就……没有去。

……哦。哦。

再后来……

怎么样?

再后来,那个人死掉了。

知道是哪个人?

一开始不知道,后来被月华找到了。怎么找到的……我们也不清楚,月华说是那个人,原来就住在我们家隔一条弄堂后面。这种事情……也不好多问,月华说是,那我们就……这种事情怎么问呢?说是就是了吧!她讲那个人戴眼镜的,牙齿是这样子地包天的,还有讲话的声音,她路上碰到那个人,就把他认出来了,是她学校里的电工。我们也不敢多说什么,怕刺激她。但是么,戴眼镜的人,地包天的人,不是光那一个,对吧?声音么,怎么认得出来呢?那段时间她不开心,我们不好多说。大家都很难挨的。

那么,"那个人"就死了?

死了,月华走以后,报纸上登了这件事——

你们在报纸上寻人找她了?

不是的,是"那个人"死了的事情,上报纸了。一开始我们不知道死的就是他,只知道河里捞起来一个人,后来才知道死的原来就是月华讲过的那一个。人都死了,我们就想叫月华回家来,一个人在B城有什么意思呢?她又晓得我儿子满月,肯定跟我们这里的人还有联系,不然怎么会知道?但我们那时候也不知道她到底跟谁在联系,问来问去,没问到,也就只好让她去了。

我问江伟国:"'那个人'什么时候死的?"

江伟国说在我母亲离开A城之后,后来又改口,说那是报纸上刊登报道的时间,仔细想想,倒有可能在母亲离开A城之前,或者是前后脚。

啤酒罐拉环开启的声音,打火机点火的声音,吸烟过肺的声音，酒精渗入血管在太阳穴一下一下搏跳的声音。

迷醉与眩晕在四肢百骸里流窜，交织成一座向上无限延伸的通天塔，塔里不通文明的光电，几十年前的树林在醉醺醺的想象里冲破钢筋水泥，黑魆魆的枝叶在塔中抽拔舒展，阴郁地掩藏住两道动作激烈的人影，好几个瞬间里，我看见厮打的手臂与腿脚猝然分裂出千百条，又收敛回人形。尖叫、嘶吼、谩骂、喘息，树林邪恶地静默着……

通天塔地基最深处的混凝土大底板迸出第一条裂隙。

黑色的火焰从裂隙里钻出来，顺着纵贯上下的消防井眨眼登顶。心火熊熊，江伟国在我脸上逡巡的目光倏忽闪现，如同防火总控的监测系统，一旦扫描到流窜的黑色火苗，便开启巨型水泵，刺骨的冰水从四面八方喷溅，水火炼狱里，我宁可放任自己在酒精与尼古丁里瘫软沉底，也不愿思考我身上另一半的组成是什么，那不是来自母亲的另外一半……

第二天醒来，头疼欲裂，太阳穴和眼皮说不好哪里的刺痛更厉害些，我头重脚轻地去了A城图书馆，扎进档案室几十年前的报纸堆中埋头苦找，终于在一堆复印件中找到当年的新闻：清淤船意外打捞出无名男尸。

卢某，某小学电工，素有酗酒史，于某某日失踪，家人多方寻找无果后报案。现经家属确认，河中无名男尸即为卢某……

档案馆里空旷阴凉，加上我在内一共三个人。我胳膊上的鸡皮疙瘩每隔一阵就要重新冒出来一次，往下蔓延到膝盖，往上一直爬到头顶。我不明白自己为何痴蠢地滞留在此，我早就应该在回沪的路上了，今天是工作日，科学发展、锐意进取的X市中心在等我虚构。

一直坐到中午，档案室的工作人员好心地过来提醒："需要的资料都可以叫我给你复印的。"她指指门口的复印机，示意我，"我们马上要午休了，你可以下午一点半再来"。

如果没有钢筋笼和混凝土的技术进步，现如今所有的摩天大楼全都要变成中世纪的堡垒——厚重窒息的砖石设计，只在墙上开几个枪眼似的小窗。一切玻璃的或者亚克力的外立面都将不复存在。

建筑史的知识我早已还给老师，依稀记得世界上第一幢混凝土结构的建筑似乎是在英国。有了钢筋水泥的骨骼，砖石尽弃，充填在承重骨架间的血肉变成大而阔的凸窗，光线像冲刷出新世界的洪水一样灌注进来，那时是在课堂上，我看到那"第一幢"高楼，外扩的窗栅间玻璃光闪烁，如一只只无情绪的眼睛，无爱憎亦无喜怒，但始终睁得大大的，对世间的一切都不错过。

那一瞬间，脑海里本能地反映出母亲坐在窗台边看书的静态画面。

窗外是最普通的风景。

她手里拿着并不十分要看的书。

父亲去世以后，她一个人住在海边的房子里。我一个月给她打一次电话，有时工作忙忘了，她从不着急，等我电话打过去，她总是平静地说："我知道你不会有事情，肯定只是忙。"有时过年她都告诉我不必去见她，"你难得放假，歇着好了，不用过来，我好得很"，她没有很多话讲，我如果问她过得怎样，她只是说"唔"，仿佛是因对话太无聊而开始走神。

现在我知道一切淡漠不是毫无缘由。

我在图书馆附近的咖啡店里坐了一个中午，那间咖啡店不仅卖松饼，还卖手工水饺，再翻过一页菜单，竟然还有鸭血粉丝汤。最后我要了一杯冰美式和一盘三鲜馅的水饺，我想，如果饺子难吃，我就回上海。

饺子果然很难吃。

咖啡的味道很像板蓝根。

我一路胃疼着回到了上海。

6

组员小王有一天看见我电脑屏幕上的方案草图,"啊"了一声,音调高而曲折。他是新招的毕业生,连施工图都还没上手,平时都在打杂。我之前让他搜集太虚剑的资料,他大约以为能一展眼界,看到多么精彩的设计,结果看到立面图一连三座中规中矩的大楼,式样同市面上大部分同类型建筑有着暧昧难辨的相似度。

中午他拿一个快递包裹给我,东西送到了还不走,蹭在我办公室门口期期艾艾地说:"老大,X市中心的方案有几个啊?"

我心里好笑,边拆包裹边回他:"你说呢?"

他手不自觉地往门框上抠:"那'太虚剑'……"

包裹里是一条毯子,我拎起来看了看,做毛巾太大,浴巾又太小,摸了摸,还有夹层。

毯子底下是一条毛线围巾,像是手打的,还钩了几朵绒线花,我叫住小王:"你等等——"

我把包裹翻过来看了看,收件人的确是我。

"怎么了?"小王问我。

我挥挥手让他走了,我以为是他送错了快递,但看来并非如此。

包裹的寄出地址是A城，寄件人"姚晴"，一个我闻所未闻的名字。

除了毯子和围巾，还有一个巴掌大的首饰盒，装着一枚足金的宝宝锁，最后是一只白信封，里面除了信纸，还另有一只年久泛黄、稍小一圈的信封。

"姚晴"在信上介绍了几件物品的来历：

围巾由姚晴的母亲手织，纯羊毛，是我的十八岁生日礼物；宝宝锁是给我孩子的。

姚晴的母亲两年前死于癌症，临死前她嘱咐姚晴，如果有机会，就把这些东西交给我，没有机会就算了，不强求。

江月华失踪的事当年在附近居民中间很有名。几天前，江伟国在老年大学碰到小时候的邻居，此人后来和姚晴的父亲是同事，两人谈起江月华，江伟国不知出于何种心态，也谈到了我。姚晴听闻后，从江伟国处打听到了我的地址。我离开A城前，江伟国要我的地址，要了两三回，我实在不想自己的住址被他知道，不得已留了工作单位的——房子不好轻易换，工作总还能跳槽。

姚晴通篇只讲她的母亲，没有提到一个"卢"字，使人无法猜测她们母女与溺死的卢某之间的关系，与我母亲的渊源又是从何而起。我看着发黄的没有封口的信封，终究没把手伸进去。

晚上下班遇到堵车。

一个红灯接一个红灯，等待变得越来越让人烦躁，很想下车跑到街边的便利店买烟和酒。我不耐烦地用手指敲击着方向盘，盯着窗外横穿马路的行人，他们不紧不慢地走过斑马线，几位老年妇女手里不约而同拎着尼龙布的购物袋。牙根细微地痒起来，想吃口香糖，伸手翻包的时候，我从后视镜里瞥见自己的脸，目光阴沉，嘴角下撇。

回到家，腹内饥饿而没有食欲，我从冰箱里翻出一瓶来历不详的香槟，过期了一个多月，总比没有强。我想喝酒，但不想叫人送上门，也没有兴致下楼买——我在房子里转了好几圈，暴躁、困顿、无法安定。信就放在桌上。

心绪杂乱纷繁。

我拧开瓶盖，一口气灌下大半瓶香槟，甜得舌根酸苦，最后按着我坐下来的并不是那点微末的酒精含量，而是胃里沉甸甸的一大袋水，它暂时拖拽住心脏。

信纸薄脆，从信封里抽取时摩擦出嗤啦嗤啦的动静。

这之后我把信收起来，放好，到书房打开打印机，连接电脑，把太虚剑的图片打出来，又找来剪刀。把太虞剑从A4纸上剪下来之前，我抽空点了一份外卖，饥饿一旦回到身体里，很快就开始报复我之前对它的忽视，在我身体里凿出一个大空洞——简直像一口井，一口摩天大楼里的消防竖井，四壁光滑陡直，一落千丈地插进地底。我点了一大份蛋炒饭，加钱让店家多加两个鸡蛋，加葱，但不要玉米粒、火腿和胡萝卜丁，不要做成丰盛的扬州炒饭，要那种最老式的蛋炒饭，有的母亲绝对不愿意做的那种，即便做了也一定要添许多浇头，譬如虾仁、豌豆、肉丁，而我母亲的豪华版蛋炒饭仅仅是多加几个鸡蛋，再来点大小不匀的葱花。

饭送来时还热，揭开盖，蒸汽扑面，不锈钢勺子扎下去，掘起瓷瓷实实的一大块填进嘴里，热油浸炒过的米粒弹滑得近乎肉感。

我一直吃到整个人挺在凳子上，多一滴水都喝不下。

母亲去世后我从未流过一滴眼泪，至今依然如此。

我扶着桌子站起来，慢吞吞地在家里散步消食，一直走到呼吸的时候不再噎得翻白眼才挪回书房，拿起剪刀，把太虞剑剪出来，放在手里来回比画，又打开电脑，重新搜索当年的考古视频，对照已有的资料看起来。

我不记得我是几点钟打开绘图软件，一切动作仿佛是自发进行，客观的时间被卷入飞速运转的思维过程，创造外的一切皆为云雾。

人群不存在，过往不存在，我自己也只剩下思考的大脑与操作电子笔的手，五脏六腑与五官六感全都被回收进虚空。

画完草图，写好标注、备忘录，我看了眼时间，是早上九点多，我给组员打电话，让她暂时不要做先前那版方案的效果渲染。

我睡了一大觉，醒来又是晚上。洗澡、吃饭，把草图发下去做平立剖设计图，如此昼夜颠倒，到夜里又睡不着，就吃两粒褪黑素，药物起效后我昏沉沉地睡过去。第二天闹钟把我叫醒，起床，洗漱，出门，在小区门口买一套煎饼馃子，加一根火腿肠，带到办公室，吃完，拿上平板电脑到领导办公室，给他看新的方案图，领导很意外，感情上接受不了，我晓之以情、动之以理，最后吵了一架，领导同意。

之后的半个多月我忙得晕头转向，改图，做PPT，开小组会，出差到X市，实地考察，跟甲方开会，沟通扯皮，出施工图，计算审核，等等。有时熬夜太晚，就在办公室的沙发上睡，梦里都在跟甲方谈设计理念。

等我再一次来到海滨小城，已经是过年以后，春天都快来了。

海边依旧很冷，海风很大，吹透羽绒服、皮手套。

我带来了母亲的骨灰，并且把那封信也烧成灰，和在母亲的骨灰坛里。

我想象着母亲在漆黑的夜里站在这同一片水域面前，海水看不见，但听得分明，一阵阵潮涌引发的是她怎样的心绪，我将永远无法知道，但那些她留下的照片，有一两张我看见她的手向下，抚摸着她养的小狗，她的手指陷在雪纳瑞灰白蓬松的毛发里，也许就感到轻暖与柔软。

夜里的流水是她一生的友伴。

近四十年前的A城，她也是在同样的情景下遇到了——我始终不知该如何称呼姚晴的母亲，我也应该称她为"母亲"吗? 或者就直呼她的名字，季红梅。

四十年前，A城市民公园外不远的护城河边，夜深人静，江月华遇到徘徊在此的季红梅。

现在即便知道了前因后果，我对整件事仍然说得上是一无所知。我不知道江月华和季红梅怎样搭讪起来，谁先跟谁说话，动作、表情、心里的试探。我只知道季红梅在信上说的那些：她想跳河，遇到同样在河边徘徊的江月华。这时江月华就已经计划着要把强奸犯卢某诱骗出来，推进河里吗? 还是她想的和季红梅其实是同一件事,只不过两人攀谈以后,计划才意外地改变了走向?季红梅在信里没有说,于是永远没有人知道。

季红梅那时在火车站工作。她有一个高大帅气的丈夫,人人羡慕。然而从怀孕开始,丈夫性情大变,搞外遇(那时候还叫轧姘头),揍她,女儿出生以后这样的日子丝毫没有好转的迹象,季红梅想要离婚,但丈夫扬言绝不会放过她们母女。

中间的过程空缺。

我所知道的是卢某被江月华约出来,灌了酒,推进河里。

季红梅利用火车站员工的身份,帮助江月华登上去B城的火车,当时火车站工作人员有这样不成文的福利,可以使用工作证带一个朋友登上随便哪一趟火车而不用买票。因此无论江月华家里面还是警察都查不到她的行迹。作为交换,江月华离开A城的时候带走了季红梅的女儿。季红梅在三年后离了婚,关于这三年的细节她在信里也一样只字未提。但缺少了女儿作为人质,她总算得偿所愿。

至于江月华到了B城怎样变成了夏招娣,是否在当年到处招贴的办假证的小广告上得到启发,买来假身份乃至假的丧偶证明……探究的念头偶尔在我脑海里闪过,但从不停留太久。

我在海边来回走了几趟,对照母亲遗留的照片,找到了她总在夜里看海的固定地点。站在这个角度凝望大海,海的面目并没有更奇特的地方。我不知道母亲选择这个地方是出于习惯、回忆,或者仅仅是偶然。

晚上,我来到白天踩过点的地方。难怪这座城市的旅游业始终搞不起来,这里的海缺乏成为迷人海景的一应要素,海岸边是粗糙硌脚的碎石砾,一直走到离海水很近的地方才有一层浅薄的沙滩,海南的海水是一汪碧蓝,这里的海水是一滩铁灰,夜色下泛起的光泽只会让寒意更深。

我把母亲的骨灰连同烧化的信纸一起倒进海里,然后就用冻僵的手指撮起衣领,头也不回地小跑回酒店了。

X市中心破土动工了,据说施工方看见图纸以后问候了我列祖列宗,并且给建筑起了个外号叫"扎心大楼",认为那把太虚剑与其说是气势恢宏地屹立在X市中心的土地上,不如说是一剑扎进他们的心里,给他们施工带来无数的难题。任何新的设计总要被施工方骂,这也算一种惯例。

我没有把X市中心设计成一把长剑直指云天的样子,反正高也高不过上海中心,经费摆在那里,更不用说国家的五百米楼高限制。我跟甲方说，配上周围那些古今中外的其他建筑，楼越高，越是像一把炒饭勺，支棱在一锅大杂烩里。

所以我绘制的X市中心，是一把重剑剑锋朝下，一剑扎进地底。风格是庄严、古朴、厚重，不是烂大街的全玻璃外立面，玻璃立面中间，六道水泥柱模拟原太虞剑的古老花纹，一路向上，汇聚到顶，又起装饰作用，又起支撑作用。不轻盈的确是不轻盈，但要的就是坐镇在那里，不指向虚无的高处，而是引导人们的目光向下，回到土地，回到自身，回到无言与深沉。

春天过完了，夏天到来以前，甲方的设计费到账了，我用奖金买了一张水床，据说这种床有一百种延年益寿的神奇功效，我不信，我只是觉得躺在上面还算舒服。不光我这么觉得，巧巧也这么觉得，这只狗被我母亲养坏了，明明睡觉时看见它好端端地趴在垫子上，早上醒来不是蜷在我被窝里，就是横在我枕头上。它大概知道我狠不下心打它，狗是有这种本领，它知道语言之外的一切。

太空：三个人的晚餐

1

金凯丽死了，死时形单影只，仰面朝天，眉头微皱。死人也会露出表情，这是一项少有人知的常识，然而并不稀奇。常和死人打交道的殡葬师都知道，人死后面部表情经常留有生前的惯性，爱笑的人死后面颊肌肉微微上提，似笑非笑，如蒙娜丽莎；老愁眉苦脸的人死后眉头也会皱起，嘴抿着，本来死后皮肤不再分泌油脂，嘴唇会变得又干又薄，抿起来则更薄，苦不堪言，一副要下地狱的倒霉相。如果问金凯丽，她定会回答以上所言非虚，因为她本人就是一名入殓师，工作内容是给死人化妆，对死人的面部表情颇有见解。可惜她如今已有口难言，她死了。

　　金凯丽生前不苟言笑，是个毫不和蔼可亲的女人，但严肃不等同于忧愁，她并不愁眉苦脸，死后却眉头紧蹙，可以合理推测，她对自己的死亡不大满意，也许是横死。但对这种事最好还是不要乱发表意见，死亡是一件大事，容不得一点轻佻与玩笑，我们最好尊重一个已死的人，尤其这个人死时是皱着眉而非微微笑，何况警察也并没有对金凯丽的死亡发表异议。当然，更严谨一点来说，警方压根没来得及注意到这起死亡事件。个中内幕说起来有点不光彩，因为金凯丽死后第二天就火化了，这样的速度不得不说多少是利用了一点职务之便，走了后门，在一众安安静静排队的死者中插队进了焚化炉。警方先进的刑侦技术对毛发、血液、唾液、指纹能够大显神威，对于骨灰能做的就不多了，顶多测一测DNA，这其实没有必要，因为即便检测，结果也会显示DNA就属于金凯丽本人。那么金凯丽的确是死了，没有人悼念她，除了她的猫，不过金凯丽养的是一只资质平平的土猫，

纷纷水火

懒，馋，毛色脏乱，金凯丽死后过了一阵，有热心的邻居想起这只猫，却发现它早已不知所终，可能早已恢复自由，成了流浪猫。

对金凯丽的死亡唯一持有异议的只有金凯丽自己，但还是那句话，她死了。

2

金凯丽的死亡与她的出生有关，这仿佛是一句废话，但七八岁时，金凯丽尚不这么觉得，她站在沙滩边、海风里、无尽大海的面前，认真思考出生与死亡的关系，那时候她就已经是个不讨人喜欢的小姑娘，讨厌裙子，讨厌洋娃娃，讨厌童话故事与表扬，老师让低年级小学生写人生第一篇大作文，题目是《我的理想》，金凯丽的作品因表现突出而被选送到教室讲台前宣读，读完老师把她的写作经验向全班推广："以后谁再这么写，我就给他记大过！"

金凯丽写：我是被收养的孩子，我要弄明白是谁生了我，谁送走我，然后把他们全部杀掉。

彼时金凯丽考虑的是她自己的出生与别人的死亡，

就她那会儿的年纪来说她当然是考虑得太多了,她的生活经验太少,不知道人世间无穷无尽的事件里唯独出生与死亡是不必考虑的,既然一个人存在,那她就已经出生,既然一个人出生,她就必定死亡。一个人过早考虑死亡是一件不吉利的事,这很有可能(尽管说不上是什么道理)导致冥冥中的死亡提前到来,哪怕她考虑的是别人的死亡。

就旁人的猜想而言,金凯丽对生身父母的恶意多半来源于她在养父母家的不幸福,这是很有道理的,甚至称得上洞察世情,然而金凯丽的养父母给她构筑的生活虽然不能说是"童话般的",至少也说得过去。首先,金凯丽的养母爱读书,当这位娴静的女士沉浸于精神世界,她便常常忽略了现实世界,他们家的地板一般是一个月拖一次,三餐有时简化为两餐,养母说这是魏晋遗风,"竹林七贤"就只吃两顿饭。只吃一顿的时候也有,金凯丽由此知道了日本"怀石料理"的由来,那里的和尚一天吃一顿饭,晚上饿得胃痉挛,就把烤热的石头揣进怀里,胃痛便大为减轻。养母讲这些典故纯粹是出于博闻广记而无法不掉书袋,绝不会以此要求自己或金凯丽"见贤思齐",她谈论这些典故时,虽然家中只提供一顿或两顿饭,零食与外卖却供给充沛,这导致金凯丽小小年纪便吃腻了垃圾食品,对大部分同龄人两眼放绿光的薯片、炸鸡、可乐、冰激凌等避之唯恐不及,见到米面与炒菜则风卷残云,仿佛吃了上顿没下顿,因此营养不良,茁壮成长。

金凯丽的养父常年不着家,干的却是一门正经营生——他是一位导游。当他工作时,他踏遍千山万水,照顾着少则十多人、多则近百人的旅行团体的衣食住行,沿途他滔滔不绝、喜笑颜开;当他回到家时,他便沉默寡言,尽量不踏出家门一步,对地板的光洁程度与一日的餐饮次数都毫不在意。他对妻子最满意的一点就是她热爱看书而不喜欢活动,看待养女则更具慧眼。这位不孕不育的父亲感到比起旅游团里那些"人来疯"的小魔王们,女儿金凯丽堪称天使,她从不向自己提出数不尽的古怪难题,从不猴在自己身上撒娇撒泼,从不尖叫,基本上,她从不出现在他面前。

金凯丽的生活从小便呈现出两极分化的紧张局面,在家里她令人满意,在外则名声很差,老师隔三岔五就要求见家长。但这位女学生家庭特殊,她的父亲不在家,母亲在另一个世界(精神世界),因此她和男生打架、逃课追野猫、溜进实验室做危险实验、偷开学校保卫处的电动巡逻车,诸如此类的恶行,最后竟然全都不了了之。

不过老师们也并不是全无办法，在科学的教育手段全都无效以后，有老师给金凯丽下了断言：此子日后必成大患，害人害己！

　　一个预言当它出现的时候只是普普通通的迷信行为，而当它日后应验，人们回想起来，方才体会到语言的恐怖与命运的诡谲。金凯丽的葬礼无人参加，但她死亡的消息不久后仍在这座海滨小城的熟人间慢慢地传递开，知情者回忆往昔，想到一个拥有如此可厌的生命力的人竟然英年早逝，不由得津津乐道，其中更有一个叫费文瑞的男人被触动了心弦。夜半三更，费文瑞睁着眼睛失眠，昏漠的天花板上倒映出隐秘无人知的过往，旧时阳光漂白尽此刻夜色，费文瑞看见金凯丽跪在课桌上，教室里寂静无人，只有他们两个，有"野兽"之绰号的女孩从桌上弯腰，伸出食指与中指，按住他脖颈，落点是书中所示学名为"颈动脉窦"的位置，这个地方遭受外力按压，轻则头晕恶心，重则休克或心跳停止。那是一个永恒被固定为半明半昧的时空印记，眩晕是有的，心脏的搏跳也减缓，但当女生问出"有濒死感吗？"，当事人浑身的血液便骤然苏醒。

　　费文瑞从床上一跃而起。夜深人静，他勇闯老同学灵堂，发现殡仪馆也生意兴隆，同一间小礼堂，自金凯丽葬礼之后又款待过好几任死者，一点可供凭吊的残迹也没有。费文瑞空怀一腔放馊了的旧情，酝酿了好几天，总算打听到金凯丽生前的住址，再一次夜访故人。

金凯丽工作几年后便贷款买房独居，她死后房子空置，费文瑞把耳朵贴在门板上，金属防盗门冰得他倒抽一口气，不多时，楼道感应灯暗下去，伤感的眼泪水漫上来。费文瑞回忆起学生时代两人的交往，是金凯丽先跟他搭话，对他手里的《世界变态杀手大全》感兴趣，而他从自己向来没人打扰的阴暗角落里抬起头，看见女同学贫血的苍白面颊，微微皲裂而渗出一线血丝的嘴唇，炯炯的眼睛，还有纤长手指尖上嵌着可疑脏污的指甲，费文瑞呆滞木愣的躯壳底下，是一瞬间鼓胀的苍白灵魂。

死了主人的空房间里传来一声阴柔的猫叫。

沉溺在回忆里的男人没有听到。猫叫前后一共三声，两短一长，到最后一声陡峭长音，鸡皮疙瘩才颤嗦嗦在费文瑞身上出齐。

他屁滚尿流下楼，跑，跑过小花园、假山假河假桥，跑进对面楼栋，闯进电梯轿厢，一路上行到同一楼层，跑到走廊尽头的露台朝金凯丽那栋楼使劲张望。金凯丽家黑魆魆的窗户后面隐约有鬼影出没，隐约又没有。费文瑞抓耳挠腮，掏出手机打光照向对面，可惜忘记遵循光线传播原理，手电一开差点照瞎他自己的近视眼，并且在视域里留下两大块艳紫色的视觉残留斑块，带着这对光斑再往对面看，只看见一片荡漾的虚无。

这时轰然的喝彩声从全世界各个角落响起，地球为之震动。

费文瑞悚然回头，走廊空荡荡依旧，欢呼声在家家户户房门紧闭的家宅中回旋，庆祝人类有史以来最伟大的工程经历近四十年的艰苦耕耘，到今天终于迸发出第一线曙光。

费文瑞颓然走回家，一路听闻的都是这桩重大新闻："天梯"工程今日今时今刻成功接通了第一根缆线。费文瑞不禁神思飘飞，想到几十年前金凯丽第一次向他提出"自杀"这一人生大计时的灿烂面容。

3

死亡的确在一开始就以一种不同寻常的面目出现在金凯丽的眼前，那不是长辈的离去、宠物的猝死这类有教育意义的事件，而是起始于贝壳。

贝壳实在不是一件展示死亡的好道具，但对话偏偏就如此发生——

金凯丽人生第一次来到海边,从半掩的沙堆中双手揪出一枚贝壳,问养母:"这是什么?"

"贝壳。"

"贝壳是什么?"

"贝类的尸体。"

"尸体是什么?"

"是死亡的结果。"

金凯丽仔细观察这枚"死亡",那实际上是一扇牡蛎壳,略有破损,但整体还算完整,它的内侧是光滑的白色,外侧的形状怪异有趣,白底黑斑,图案与金凯丽当时的绘画水准不相上下,都是略具形状而充满变幻的可能,令她倍感亲切。

这当然是教育的失败。

合格的父母应当让孩子明白死亡是危险、不祥、难闻的气味与哭嚎,偌大的地球上只有金凯丽一个人的死亡是坚固的、巴掌大,揣在帽子里带回家,第二天她醒来,发现"死亡"被凿了个洞,下面坠三根鸡骨头,变成了一只风铃。养父从未说明这件作品的旨趣,他做完就忘了,在金凯丽起床前就出发带团旅游去了。金凯丽观摩许久,从牡蛎与老母鸡的死亡中得出谁也不知道的结论，没过多久，她就写出了那篇大作文，令语文老师终生难忘。

老师命金凯丽重写一篇，金凯丽灵感有限，尤其当老师不允许谋杀养父母这样的主题，金凯丽只得上网搜了几篇范文，拼凑抄写。这实在是件折磨人的事，金凯丽不由得对亲生父母因爱生恨，产生了极端的想法。对于亲生父母，她原本感到那是一对亲切的陌生人，他们和她素无往来，但存在不容置疑的血缘关系，很值得她分享一点死亡的乐趣来共同体味。现在则不同，她觉得他们不过是些惹祸精，当众读作文与被批评尚且不算什么，主要是额外浪费了她的宝贵时间，耽误她放学后收看考古挖坟、勘验古尸的科教节目，等她抄完作文打开电视，有趣的节目早放完了，只剩下无聊的新闻，播报多国联合启动"太空天梯"项目，目前项目进行到在南太平洋养殖珊瑚礁建筑人工浮岛岛基的阶段，预计五十年后有望完成云云。

金凯丽对着电视咬笔杆，脑子里想的是珊瑚礁也是珊瑚虫的尸体，人类倒堂而皇之地让它出现在新闻里。这微不足道的感想在金凯丽的脑海里一闪而过，虽然后来引发了十分重大的恶性结果，但公平地讲，无论珊瑚虫还是金凯丽，大家均非故意，此种相逢实在怪不得谁。

大约三四年后，金凯丽做了一件隐秘的大事，终其一生，直到她死去，她都没有向任何人提过哪怕一句。这件事经过漫长的酝酿、周密的计划、细致的准备，最后付诸实践，结束后，金凯丽仍不过是一个即将入中学的小学毕业生。她没有让任何人意识到事情的发生与结束，新闻没有相关的报道，身在其中的人们也没有丝毫感知，但金凯丽事后回到养父母的家，从某种意义上来讲，已经完全变了个人——对于人生，她有了截然不同的打算，她打算自杀。这是郑重其事的儿戏。而此时蓝波正经历他人生的第一次跑步晕厥，这件事是他十多年后找到金凯丽的根本原因。

来到中学，费文瑞与金凯丽同校同班，费文瑞暗自感到高兴，金凯丽则知道这是两人居住地段相近与九年制义务教育相关学制的综合结果，既然两人已经因此成为小学同班同学，成为中学同学当然不意外。一席话说得费文瑞哑口无言，苍白灵魂在木愣外表下渐渐变灰，并干瘪了好几天。

人工浮岛建成，"太空天梯"的下一阶段是在3.6万公里高的地球同步轨道建造零重力空间站，学校以此为国庆晚会的主题，责令各班出节目。

老师把学生分成小组讨论。

费文瑞决定弃权，金凯丽决定发表演讲，题目是《论集体表演与乌合之众》，两人双双作为典型到班级门口罚站，双脚并拢，两手背后。费文瑞的手在身后抠死皮。金凯丽目视前方，说道："我决定十八岁生日的时候自杀。"

费文瑞在震惊中转过头，看见金凯丽笃定、镇静的面容，阳光落在她脑后，把她的黑头发照得发绿发亮，如昆虫坚质油润的甲壳，散乱飞翘的碎发是警惕的触须，她的脸在阴影里依然苍白，面颊上均匀浅淡地分布着晒斑。

费文瑞愈加忍不住地抠起手指，写字茧上层层死皮撕之不尽，痒像一缕鬼魅在身体里出没，他想咬一口，像猎豹撕咬羚羊的血肉，像幼儿把脸整个扎进棉花糖咬一大口，像钳子咬住厚铁皮把它咬弯，什么都像，真痒。

事后回忆这一刻总像是幻觉，像是大脑自行演绎的一场白日梦。费文瑞不确定金凯丽是真和他说了那些话还是没说，他恍惚记得金凯丽还说自杀的原因是人间无趣，而之所以选在十八岁是因为这个年龄是所谓的成人节点，她的自杀将是理性的选择，不应当被人扭曲成又一起未成年自杀案例。

此时距离两个人决裂不到一个月。

决裂的起因暧昧难辨，取决于角度与时间：从费文瑞的角度来看，源于金凯丽自作主张的谋杀；而金凯丽的角度是什么，这对费文瑞来说是个谜，他曾经痛苦地思考过，却意外发现了思考行为本身的荒诞，他越是思考，事件与想法与期望与幻觉越是交织合流，形成旋涡，除了精神上的哮喘他一无所获。时间过去，成年的费文瑞偶然回望往事的遗迹，在曾经是潭渊而如今已成沙漠的地方摸摸索索，才猜想当年金凯丽的作为也许不过是出于神秘的对称想法——

那年金凯丽的养父在一次带团旅游中坠崖身亡，这种意外不幸但也平常，此事作为因由，从金凯丽的角度便产生一个合理的结果——她把费文瑞的父亲推下了十九楼。

金凯丽始终认为她和费文瑞如手性异构体般镜像对称。比如两人的母亲都厌烦交际，有时即使面对熟人打招呼，也充耳不闻地茫然走过；比如两人的父亲都不着家；再比如他们自己在人群中的无人打扰的清闲处境；金凯丽自作主张、不请自来地溜进费文瑞家找他玩时，还发现两家的卫生情况、饮食频率也颇雷同。

有一次费文瑞鼻青脸肿地躲在教室角落看书，金凯丽到他面前也只当没看见，金凯丽揪住他的两只耳朵像抓住两个把手，把他的脸端详一遍，然后把自己的袖子撸到胳膊肘，露出手腕处的灼伤与小臂上的几道血痕："我们不是一样吗？"

费文瑞的猪头是父亲酒后的杰作，金凯丽的胳膊是违规实验与追野猫的结果，但说到底有什么不同？哪一种危险比另一种更危险，还是哪一次意外来得更意外一些？可见镜子是必要的，用来校准、纠偏，用真实的虚妄打破幻想的虚妄。

但金凯丽的养父死了，当费文瑞又一次胳膊缠着绷带出现在金凯丽面前，金凯丽的灼伤、擦伤、抓伤就失去了平衡。几天后的周末，金凯丽让费文瑞帮她回学校取一份快递，并交代他尽可能在外游荡，等到某个她确定而他尚且不愿深想的时刻，她会发出通知。

快递在长途运输的过程中颠簸得很脏，时间充裕，费文瑞蹲在校门口的垃圾箱边把外包装拆开，露出内里的书籍封面，"入殓""葬仪"的字样显现在镜面般光滑返照的封皮上，仿佛河底凝滞不动的石子。

金凯丽在养父死后收到许多安慰，对此她说了两次"闭嘴"，尚未重复到第三次，人们的好心就像潮水般退去。有一天费文瑞和她坐在实验楼顶的露台上，费文瑞不知怎么想到要问："你爸最后一面是什么样子的？"

"很难看。"

费文瑞抱着参考书在街上徘徊，像走在海水里，冰冷，冰冷之中却又有腥咸的浮力。

金凯丽的电话来了，简短平淡的两个字："好了。"

费文瑞按捺住战栗，仍以日常的拖沓步伐走回家，老远就看见楼底的围观人群，他父亲从十九楼摔下来，酒气和血腥气都浓烈而新鲜。

费文瑞紧攥住书本，他没有抬头。他知道金凯丽的身影早就从他家窗口离开，不会有人看见她推人下楼，但想象中的幻影却挥之不去。

十多年后，"太空天梯"的第一根缆线接通地球同步轨道与南太平洋人造浮岛的夜晚，费文瑞心神不宁地回到家，坐到床边，从枕头底下抽出黑色的葬礼请柬。请柬邀他在几天前参加金凯丽的追悼会而他没有出现，现在，他从请柬中抽出一张明显是新近被撕下来的书封，封面破得离奇，纸面与破口都泛黄，只有沿书脊撕下来的那道缝隙白上许多。这页罕见的封面勾连过去与现在，把费文瑞抛掷到父亲死后他复课回到学校的头一天，那天下了课，金凯丽找到他，问："我的快递呢？"

费文瑞低着头把书掏出来，一共四本，其中两本的封面被划得稀巴烂。金凯丽拿着书走了，从此两人再没有说过话,那时蓝波即将迎来人生的第二次昏厥,并磕掉半颗门牙。

4

三十岁,蓝波辗转来到海滨小城R市。

他来是带着好意。假如金凯丽愿意捐献她右心房总体积的四分之三,他会付给她一笔可观的补偿费用,附上全家真诚的感谢,他甚至还带来了一封母亲亲笔书写、父亲共同署名的道歉信,说明了当年把金凯丽送人收养的种种不得已。

晕厥在近几年变得频繁,还伴随咳血,后来终于确诊是严重心衰,蓝波做了场手术,摘掉心脏,以一台人造仪器暂时替代。任何后天的变故都不能扭转金凯丽和蓝波是双胞胎的事实,从蓝波的角度,这个事实大大提高了金凯丽和他配型成功的概率,另一方面,也在三十年前就打下两人深厚的感情基础,使他一见到金凯丽的脸就心绪急切,眼眶发热,这张脸跨越异卵与异地的双重阻隔,竟仍与他如此相似。

金凯丽饶有兴致地观摩蓝波的体外人工心脏,那是一根钢笔样的金属细杆，十分便携。蓝波把它挂在胸前，如同一件造型凝练的挂饰，彰显出不凡的品位。细杆一端伸出两根导线，从肋骨间穿入人体，代替心脏与主动脉相连。金凯丽问了几个问题，包括人工心脏的材质、工作原理与动力系统，又问这样一台仪器能工作几年。蓝波说两年。与此同时金凯丽在网上查到的数据是五到七年，之后要替换新品。如果一直找不到生物心脏源，使用人工心脏的保守生存期是三十年。

如果两人配型成功，金凯丽捐献出四分之三的右心房，外加一部分从骨髓中抽滤的低分化细胞，这些宝贵的捐赠物会被分别移植到小白鼠体内与背部，三个月到半年左右的时间里，一颗完整的、适合蓝波使用的生物工程心脏就会在小鼠背部长成，之后的移植与康复虽然也充满艰辛，但蓝波已经做好了充足的心理准备。

金凯丽本人的心脏虽说不会复原，但她的麻烦绝不会比蓝波多，一个纳米级的智能辅泵仪就能够代替右心房的功能，这个仪器仅有一粒大米的三分之一大，将通过上肢静脉定向游动到心脏附近，之后展开六条支架，蜘蛛般灵巧地攀附在心脏上。全部过程不过是一个三十分钟内的门诊手术，只在手肘内侧切一个创可贴就能覆盖的刀口，费用当然由蓝波方面负担。

金凯丽仔细聆听蓝波的一切解释、说明，认真阅读文字与图片资料，她对纳米级智能辅泵仪很满意，它的构造至少从图示上看来极具巧思，之后她观看了小鼠培养人类心脏的视频，核算了一应花销，并提出手术后的伤疤美容也应算进蓝波的费用预算中，蓝波查阅了大致价位后同意了，他还借口上厕所悄悄付了饭钱。最后金凯丽建议去看天鹅。

每到冬天，数以千万计的天鹅浩浩荡荡到R城越冬，栖满R城的大小湖泊，它们优美、聒噪、烦人又怕人，是R城冬天著名的景观，可惜R城的旅游业始终萧条，尤其寒冷的冬天，天鹅密集而寂寞。

看完天鹅，两人又去看夜海，第二天相约海钓，钓到了鲅鱇鱼、牡蛎、皮皮虾与一只回力鞋；第三天他们去看海鸥；第四天他们起了大早去赶海，遇到一些捡海带的人，海水退潮在沙滩上留下连片的海带，远看像一个个倒伏的死人，如舞台效果般极具表现力，太阳出来以后海水湛蓝，遥远的云沉默耸峙。

蓝波问金凯丽下定决心没有，金凯丽不明所以，蓝波解释说是捐赠右心房与低分化细胞的决心，金凯丽说：“我在头一天和你见面吃饭的时候就拒绝了。”蓝波说：“可是这几天你一点也没有改变心意吗？"金凯丽说：

"没有。"

蓝波感受到无可比拟的背叛、愚弄、欺骗,金凯丽只感到困惑。

蓝波怒吼着使用人工心脏他只能活到六十岁,金凯丽知道这不怪他,不是每个人都有她的工作经验,能见识到许多心脏健康的人也死于六十岁之前。她从沙堆里拣出一只牡蛎壳,想用儿时养母对"死亡"的解释来开解她的亲兄弟,但牡蛎壳被劈手夺走,在空中划出一道抛物线落进海里。以一位心脏病人的体能而言,这一手扔得又漂亮又远。

蓝波在决然离开之前,问了金凯丽最后一句"为什么"——为什么拒绝捐献。

面对如此濒临边缘的情绪,金凯丽不得不审慎以对,她在认真、深入地思索后才做出回答:"因为我有这样的权利?"

蓝波伤心绝望地坐在机场,打算回家。母亲在这时给他打电话,本意是安慰,但这位爱子如命的母亲把给儿子接风的冬至团圆家宴形容得太过美好,以至于儿子不禁想到此种美好他只能再享用三十年,对比之下,金凯丽简直拥有无限的时间。

更不用提人工心脏的种种不便与禁忌。

因此蓝波虽然发誓此生再不见金凯丽,但几小时后就打破誓言,给金凯丽打去电话,想见她最后一面。

金凯丽毫无芥蒂地答应了请求,但时间仓促,她当天无法请假,这正中蓝波下怀,他等在她家门口,等她下班,顺势进入金凯丽独居的家。金凯丽给蓝波倒了杯水,蓝波拿出准备好的绳子从背后勒住她脖颈。

金凯丽慢了半拍才开始挣扎。挣扎的作用不大,仅仅让两人如同双人舞般协同退后几步,蓝波的后背抵在墙上,更方便借力,绳子勒得更紧了。金凯丽收养的野猫敏锐机智,早一步便夹着尾巴缩进床底下一声不出。

金凯丽的手盲目地往后摸索,摸到蓝波与她酷肖的鼻子、眼睛、嘴巴,摸到抽紧的咬肌与下巴,摸到青筋蹦跳的脖子,摸到颈动脉窦的位置,用力摁了下去。

很久以前在学校教室里与另一个人只演练过一次的方式,时隔这么多年倒还记得清楚,个中原因不容分神细想,唯有进出最后的力气摁下去、摁下去。

蓝波呼吸急促,渐渐失去意识,顺着墙根瘫软到底,转入熟悉的昏厥。

金凯丽把人绑在床上,嘴里塞上保暖毛袜,陷在报警还是报复的两难境地。她缺乏对人工心脏使用者的了解，在她短暂犹豫的十多分钟里，蓝波因血氧含量不足而慢慢地窒息而死了，死前甚至没有挣扎。

金凯丽检视蓝波手腕、脚腕的勒痕、口腔中的毛袜纤维残留，感到头顶谋杀的阴云远浓于防卫过当。

入夜，养母阅读了几页《闺房哲学》后入睡，金凯丽的电话把她从安眠中叫起。母亲徒步走到金凯丽住处，两人协力把蓝波塞进汽车后备厢，之后养母坐进汽车后座，陪金凯丽去殡仪馆上夜班。

此地风俗向来如此：死者在凌晨火化。

因此殡仪馆的工作总是三班倒，夜晚有时甚至忙过白天。

两人再次合作把蓝波抬上尸车，盖上罩布，推入金凯丽工作的整容室。一间整容室由一名入殓师独立使用，养母头一次旁观金凯丽的工作，目睹她在双臂缠裹上保鲜膜，戴上胶皮手套，再依次换上蓝色防护服、防护帽、口罩、护目镜，拉过水管给尸体冲洗全身，把死后失禁排泄出的种种秽物用洗涤剂和清水冲洗干净，拭干，之后往死者身上扎进两根引流管，一根放干全身血液，另一根泵入红色防腐液，令干瘪的血管重新丰盈，灰白的肤色恢复少许红润。

此后是金凯丽在殡葬学校学过，而她一般来说做得比大部分同行更好的项目：为死者整理遗容。

她给蓝波修剪指甲、化妆、戴上假发套。

涂抹口红时她发现死者门齿有缺损。蓝波曾在一次晕厥中摔断门牙，之后填补完整，但今天的一番剧烈活动中，出于紧张、愤怒与激动，他不觉间咬碎了填补材料，如今他在永恒的平静中嘴唇微张，露出鲜明的牙洞。

金凯丽用修复蜡还给他一口好牙，但这些牙齿的颜色仍然比金凯丽本人的要黑黄许多，金凯丽便干脆用一根S形缝针穿过死者的鼻中隔与下唇小系带，把线抽紧，蓝波的嘴便体面地闭上了。

三个多小时后，养母看看躺在台面上的人，他不仅与金凯丽酷似，而且仿佛还要更光彩照人一些。金凯丽则拿起剪刀，几下就把自己的长发剪得极短。等一切收拾停当，三人原路回家。

事情到白天换成另一幅样子。

白天的世界里，金凯丽自杀身亡，作为入殓师，她经验丰富、准备充分。她留下自杀的手写信、视频，做好身体内外清洁，提前三天禁食，提前一天禁水，死前给自己化好妆，打开天然气阀门，给养母发送定时消息。至少面对警察，养母是这样说的，她出具的证据也十分充沛，最有力的就是金凯丽拍摄的视频，经鉴定的确为金凯丽本人拍摄、本人声音，未经任何技术篡改。

尸体的外观与死亡时间、死亡方式也一致。

金凯丽在视频与绝笔信中都交代除养母外，禁止任何人触碰自己的遗体，葬礼则一切从简，尽快火化。

只有一个意外——金凯丽被推入焚化炉后五六分钟，炉腔内一声巨响，整座炉体都随之震颤。

同事问养母，金凯丽身上是否携带电子产品，这通常是炸膛的主要原因。养母双眼含泪，嘴唇颤抖，说不出一个字，同事便安慰她，携带电子产品虽说违规，但其实也总发生，声音听起来是吓人，对焚化炉的损害则比较有限，不用担心。

事后金凯丽才想起一定是人工心脏的某个体内部件没有拆除。

葬礼后第四天，访客上门，来者手持一封黑色请柬，抽出夹带其中的老旧且破碎的书封，费文瑞说："阿姨，我能不能去金凯丽那儿找一本书？"

5

费文瑞把车开上高架,漫长的路途他始终在考虑那个令他深深战栗的问题:金凯丽是否还活着。

副驾驶上扔着那本从金凯丽住处找到的书。

说找也不确切,书就放在一进门的鞋柜上,失去了封面的殡葬专业参考书赤裸却也神秘,扉页上只用铅笔写了一行陌生地址,没有任何行动上的暗示,一如曾经从高处、从俯瞰下尘的那个窗口给他打电话时说的那句"好了"。

这是连问题都还不存在的时刻,更不用说答案。

车从滨海开到内陆,一路上汽车广播在说"太空天梯"的建设进程:第一根缆线架设成功后,接下来一方面会继续架设缆线,总数将达到七根;同时,在现有的位于地球同步轨道处的空间站上方,将开始建设一座平衡空间站,用以提供离心力,抵消地球向下拉扯缆绳的引力,使七根通贯天地的缆绳能始终维持稳定与平衡;将来等七根缆绳都建设完成,就会在其基础上架设往返天梯的运输舱。到时候,普通人也能像乘坐飞机一样,乘坐天梯前往太空游览。

陌生的科技名字费文瑞听完就忘,对太空也从未产生过想法，主持人热切的讨论渐渐被心里的混乱挤占，退居注意力的边缘而成为背景音，惶惑浮现。

这种惶惑因其存在的切实与无明而甚至超过费文瑞内在的年龄。

有几次它以具象化的形式出现，比如父亲的尸体，比如金凯丽的请柬，混凝土公路在两面飞驰，费文瑞在静止的车厢中产生迟钝的惊悚感——惶惑竟仿佛总与死亡相关，死亡的风把生活的海水荡开，露出一座座黑色潮冷的礁石，这就是无法形容的惶惑。

书本扉页上的铅笔字地址则只是一行字迹，不是一个切实的地方，他是从真实存在的城市R去往一个空幻的所在，其间经过的既非时间也非空间，而是一段不具象但客观存在的惶惑。

电台主持人的声音又回来，豪奢的男声与流丽的女声，热烈幻想天梯建成后的太空之旅，从人工浮岛到空间站，从切实的地方升入太空，去游览真空、广漠与黑暗的虚空，然后再回到地面。费文瑞一秒钟就在想象中完成伟大游历，在闷窒的幻觉中想到夜海。

和金凯丽决裂后，两个人在学校外还见过好几次。云层浓暗的夜，他到海边散步，遇到在沙滩上刨坑的金凯丽。她总有东西要埋，死猫、死麻雀、死仙人掌、一只破碗、一双男式旧皮鞋，等等。悠长的海岸线深夜里是她的私人坟场。没有月光的子夜，沙滩、海水、天空，全都看不见，抹杀了空间的世界里唯余阵阵潮声，这声音脱离了海水的矫饰，暴露出虚空的本质，无涯、无形、无尽的虚空，不是个体能随随便便面对的东西。费文瑞本能地想跑，又绊在柔泞的沙堆里，中邪一般，竟驻足聆听，过了片刻，连眼睛都闭上，便听到虚空本身在呼吸，在吞吃时间与空间，吞吃一切有形的妄想。

金凯丽总是早于费文瑞出现在沙滩，他拔腿跑回家前她仍在原处一铲一铲地挖沙，有时回到家，气喘吁吁之际费文瑞还在恶毒地想，被人收养的金凯丽不是胎生的，她只可能是不可名状的虚空本身孕育出来的怪物，她对他的好处里挟带剧毒，给他的帮助则是血腥而无形……

费文瑞握着方向盘，汽车往铅笔字迹的地址奔赴，可费文瑞渐渐感到他并没有操控着车辆，是什么真正操控着汽车，他说不清，他想要往相反的方向逃逸，可一双眼睛又忍不住要往那个缥缈的目的地窥视，仿佛恐惧本身也是渴望。

金凯丽完全像另一个人了。

她短发，穿运动外套和牛仔裤，乍一看的确有点像蓝波。

她怀揣蓝波经过防腐处理的手指，握在手心焐热，用这样的指纹与雷同的面孔代替蓝波上飞机回家，如此蓝波的失踪地点就从R城变成他的住地X城。现在她又蜷缩进费文瑞的汽车后备厢，以躲过沿路的监控。

这是她第二次来X城。

关于那件她至死没有告诉过任何人的事，当她蜷缩在燠热、颠簸的后备厢，她倒是可以慢慢回想，这也是她第一次回忆这件事。

金凯丽曾经也感到恼人的孤独，那时她尚且不能理解此种孤独无可排解，那是细胞在人体内分裂、分化与衰亡的总集，快乐与悲伤均由来于此。一个人如果接受这种孤独却又不面对它，它就嬗变为惶惑；而一个人如果面对它却不打算接受，就会自以为清醒地踏入离奇的道路，未必是歧途，但总归不寻常。

升入中学前的暑假，金凯丽便经由周密的调查与准备，顺利地一个人来到X城下某镇某村，见到蓝波一家。

她本打算找的人是亲生母亲与蓝波，但躲在一间她说不上是什么建筑（实际上是空置的猪圈）的阴影背后，等待了近两个小时后，她首先看见了这个家里的大女儿，之后是二女儿与三女儿,最后是母亲、蓝波与小女儿。蓝波手里捏着一根棒棒糖,他意气风发,快乐而充满破坏性的活力,比蓝波大一岁半的小女儿也要糖而得到了母亲的一记头皮。

金凯丽始终没有从她的阴影里走出来,她目睹蓝波举着飞船造型的棒棒糖啧啧舔舐,唱诵着"人吃糖,狗吃屎,猪吃屁!",便同小女儿一样伸出舌头舔舔嘴唇。此处比R城干燥得多,金凯丽感到嘴唇干裂起皮。

之后她悄然返回R城。回到熟悉的城市,金凯丽感觉自己仿佛并没有离开过,她回来的感触和春游秋游、长短途旅行都不同而更像一场过了头的午睡,醒来后恍惚也饥饿,时间与空间都似是而非,因为人刚刚去了虚空一趟。

此后金凯丽便打算自杀,那时她是真诚的,她觉察到虚空确凿存在而真实世界是人类的集体创造,只是她仍未能把握住孤独。

后备厢里混杂人造革与机油气味,金凯丽感到这是自己第二次告别一个词语可以单独存在而不需要比照的绝对世界,重回动荡、变化、困囿于光速极限的人间。这种事情无法从宏观的角度来裁定好或不好,人在此时只能投靠一些极细微的东西,金凯丽攥着手中那张残旧的书封面，正如许多年前费文瑞攥紧替她取来的那四本参考书，天黑在他们到达R城以前。

晚饭吃鲅鱼饺子。

喝蛤蜊海带汤，还有新鲜的炸带鱼，饭后水果是无花果，难得到这个季节还有。

吃饭的人是费文瑞、金凯丽与养母，猫在地上谄媚作陪，共讨到三只饺子，美得它直眯眼睛。

电视里播放着新闻，天梯第一根线缆的通电庆典，此事只具有重大象征意义，真正的通电则要等到七根线缆全部建成，而天梯全部建成、真正投入使用，保守估计还要三十年。

新闻播报员声音稳重笃定，令人忍不住想相信——

"……电缆表面是常温超导材料'魔角'石墨烯，这是由两层石墨烯形成的二维摩尔超晶格结构，具有……"

养母博览群书，此时便想到都广建木的传说，《山海经》里说世界的中心是个叫作"都广之野"的地方，都广之野的中心又有一棵树，名为建木。建木通天彻地，太古的先民就从这棵树上往来天界与人间，那时的神仙与凡人界限不分明。后来总有天神到人间作乱，树就给砍了，从此神仙不能下凡，凡人也不能上天。

古人也颇能自处。

嘴巴张开，却先打了个哈欠，再开口，说的就变成另外一件事：

养母说，当年她想养一只猫，托人打听谁家母猫下崽，送她一只，性别不限，毛色也无所谓。没想到事情托付出去，抱回来却是个女婴。原来口口相传，以讹传讹，人家以为她要收养的不是猫崽子，而是个毛头孩子。也不知当时怎么动了心，稀里糊涂也就把孩子收了下来，平心而论，的确也没好好养。

总归是冬至夜，饭后三人又喝了点酒才散席。

养母上床，拿起没看完的《闺房哲学》，翻了两页，隔壁房间就有动静。养母便合上书，戴上耳机，选定音乐，整个人窝进电热毯烤得暖烘烘的暄软被窝。

夜深时分，无情无义的老猫伴着阳台上的牡蛎壳风铃，鸡骨头无声摇荡。